神의 선택

저자 강수화

1962년 경남 합천 출생
진주여자고등학교 졸업
미국 캘리포니아 소재 College 졸업
2014년 「한국산문」에 수필 〈단감〉으로 등단하며 작품 활동 시작
2022년 「월간문학」, 「한국소설」 등에 단편소설 〈생존증후군〉, 〈신의 선택·1〉 등을 발표
장편소설 『왕자와 무수리의 결혼이야기』, 『멘도타 성(城)으로 가는 길』을 펴냈음.
kangsuehwa@naver.com

신(神)의 선택

초판 1쇄 발행 2023년 11월 30일

지은이 강수화
표지 사진 임영미
표지 글씨 강병인

제작 메이킹북스

발행인 강수화
발행처 수화북스
출판등록 제2020-000030호
주소 서울시 강동구 올림픽로 77길 9-12, 2층
전화 02-475-7567
팩스 031-357-3709
이메일 kangsuehwa@naver.com

ISBN 979-11-970629-7-1(03810)
값 20,000원

ⓒ 강수화 2023 Printed in Korea

잘못된 책은 구입하신 곳에서 바꾸어 드립니다.
이 책의 전부 또는 일부 내용을 재사용하려면 사전에 저작권자와 펴낸곳의 동의를 받아야 합니다.

신神의 선택

저자 강수화

작가의 말

　80세 초반에 병을 얻은 어머니가 7~8년을 병석에서 전전하다가 90세에 돌아가셨다. 처음 어머니가 쓰러졌을 땐 마른하늘에 날벼락이 이는 줄 알았다. 온 우주의 불빛이 동시에 꺼지기라도 하듯, 두려운 공포를 느꼈었다. 정신없이 달려간 병원에서 수술대 위에 누워있는 엄마를 보며 내 인생도 끝나는 줄 알았다.
　어머니의 병환이 길어지며, 소생 가망이 없고부터 어머니를 맘속에서 분리시키는 자신을 발견했다. 코를 통한 튜브(비위관 삽입)로 영양을 공급받으며 자식조차 알아보지 못하는 식물인간 상태의 어머니는 이미 내 어머니가 아니었기 때문이다.
　인간은 철저하게 등식이 성립되는 구조일 때만이 서로의 관계가 원활해지는, 대상이 부모라고 예외가 될 수 없음에 스스로 환멸을 느낀 바 있다.

　'작가의 손을 떠난 작품은 오로지 독자의 몫'이라는 커튼 뒤에 숨어 인간의 비루한 욕망과 어둠에 대해 '임금님 귀는 당나귀 귀'라는 외침으로 토했다. 남의 일인 양 작품으로 밀어내고 보니 전모가 훤히 드러나는 위치로 스스로 들어선, 자책골을 넣은 느낌이다. 전신을 샅샅이 비추는 내시경 카메라 앞에 벌거벗은 한 영혼이 거기 있었기 때문이다.

수록된 작품들은 선천적이거나 후천적으로 형성되었을지 모를, 인간의 이기심과 악(惡)의 본성을 나 혼자 감당하기 힘들어 '소설'이라는 이름을 빌려 세상 밖으로 내던진 것인지 모른다.

어디에선가 '가면의 인생이 자아이며 삶의 본질 자체가 위선'이라는 내용을 접한 적 있다. 이 말을 방패막이로 다시 숨고 싶다. 세상 속으로 내던진 활자들이 어쩌면 인간 근저(根底)의 양심일지 모른다는 외침을 하며.

글이 나오기까지, 한 핏줄을 타고 태어난 언니와 오빠들께 깊은 감사를 드린다. 유난히 인정이 많았던 부모님의 유전자 덕인지 형제들 하나같이 감성이 풍부하고 정이 많은 편이다. 요즘시대에 보기 드문 우애를 나누며 살아가고 있는 근간도 여기에 기인하리라 싶다. 좋은 일 궂은일에 한마음으로 단결하여 기쁨은 크게, 슬픔은 적게 만들어가는 형제들은 나의 자부심이자 긍지이며, 내 문학의 화수분이기도 하다.

아무리 형제간의 정이 깊을지라도 부부가 베갯머리에서 속살거리며 흠집을 낸다면 그 우애에 금이 가기 마련이다. 형제들과 인연 맺은 올케와 형부들에게 감사의 말을 전한다. 부창부수, 하나같이 따뜻한 마음의 소유자들로 오늘날 우리가족을 '명문가' 반열에 우뚝 세운 장본인들임을, 세상에 자랑하고 싶다!

  소설의 본질인 갈등을 다루는 부분에서 피붙이를 악역으로 묘사할 수 있었던 점도 형제들의 지성(知性)과 내면의 힘을 믿었기 때문이다.

  작품은 모교 출신 문인들로 구성된 「일신문학」의 영향을 많이 받았다. 그 덕에 박경리, 김지연 소설가 등의 그림자 곁에라도 서성일 수 있었는지 모른다. 위대한 당신들의 족적에 누가 되지 않기만을 바랄 뿐이다.

  살아 숨 쉬는 백과사전이란 표현이 무색할 정도로 다방면에 박학다식한 박상률 선생님을 만난 것은 내 인연의 가장 큰 행운이 아닌가 싶다. 너나없이 비슷한 인간사에 소설거리가 따로 있지 아니하다는 진리를 일깨워주신 덕에 용기를 낼 수 있었다. 매주 풍성한 인문학 지식으로 잠자는 뇌를 일깨워주신다. 그분의 지성 근처를 어슬렁거리는 자체가 행복이다.

  마지막으로, 사랑하는 남편과 두 아들에게 특별한 감사를 표한다!

2023년 11월에
강수화

神의 선택

[추천사]

인간 강수화의 실존적 삶이 잘 스미어 있는 소설

　우리에게 소설 '데미안'으로 잘 알려진 독일의 시인 헤르만 헤세는 '삶이란 자기 자신을 향한 길을 걷는 일'이라는 취지의 말을 하길 좋아했다. 누구도 완전하게 자기 자신이 되어보진 않았지만, 자기 자신이 되려고 애를 쓰면서 자신의 길을 묵묵히 걸어갈 뿐이라고 했다.
　강수화 작가의 소설을 읽으면서 가장 먼저 든 생각은 헤세의 말이었다. 강수화 작가의 소설엔 인간 강수화의 실존적 삶이 잘 스미어 있다. 무엇보다도 작가는 자신의 특성과 기질은 물론, 자신을 둘러싼 여러 인연들의 특성과 기질도 잘 알고 있다. 그는 그러한 것을 갈무리하여 소설로 풀어냈다.
　이번 소설집 《신(神)의 선택》에 실린 소설들도 마찬가지이다. 강수화 작가는 없는 이야기를 억지로 지어내지 않는다. 자신이 살면서 보고 듣거나, 직접 겪은 일들을 실마리 삼아 이야기를 풀어낸다. 그러기에 그의 글은 허무맹랑하지 않다. 소설이 허구라는 것은 진실을 드러내는 허구이지, 아무 의미 없는 허무맹랑한 허구가 아니라는 뜻이다.
　소설은 없는 일도 상상으로 만들어 붙인다. 하지만 상상이라는 것도 현실을 바탕으로 했을 때 제대로 발휘된다. 현실을 바탕으로 하지 않으면 자칫 공상이 되고 만다. 상상은 쓸 데 있는 생각이지만 공상은 쓸데없는 생각일 뿐이다. 사는 데에 공상도 때론 필요하다. 그래서 많은 사람들이 기발한 생각을 공상이라고 여긴다. 하지만 짜임새 있고 감동을 주는 소설은 공상이 아닌 상상이 더 잘 그려져 있을 때이다.

강수화 작가의 소설은 자신을 둘러싸고 있는 세계를 과감히 깨뜨림으로써 새로운 세계를 열어가는 걸 보여준다. 헤세가 '데미안'에서 그랬던 것처럼 밝은 세계를 그리는 만큼 어두운 세계도 같이 그리고, 선과 악이 공존하고, 기쁨과 슬픔이 함께 존재하는 세상을 그린다. 그러면서 등장인물들 스스로 진정한 자기를 찾아가는 모습이 진실하게 그려져 있다. 이러한 점 모두 강수화 작가 스스로 자기 내면의 소리에 귀를 많이 기울이고 있다는 방증이다.

-박상률(작가)

차례

작가의 말 _ 06

[추천사]
인간 강수화의 실존적 삶이 잘 스미어 있는 소설 _ 10

신(神)의 선택·1 _ 15

신(神)의 선택·2 _ 47

신(神)의 선택·3 _ 81

생존증후군 _ 145

인간 등급 _ 175

주홍글씨 _ 213

고등(高等) 동물 _ 253

章人の書画

단편소설

신(神)의 선택·1

인간의 삶은 어디까지일까? 살아 있다고 할 수 없으면서도, 죽음도 아닌 연명치료…

 아파트 부엌 창에서 바라보이는 아차산 단풍이 며칠 사이 푸르죽죽한 갈색으로 변해 있었다. 여느 때와 다름없는 금요일 아침이었다. 남편을 출근시키고 아이들 학교와 어린이집에 보낸 뒤 막 설거지를 시작하려던 현숙은 환기를 위해 창문을 열었다. 후욱, 치고 들어오는 찬바람에 얼른 문을 도로 닫고 환풍기를 스위치를 눌렀다.
 "카톡!"
 '쏴아아~' 울리는 환기구 소음 사이로 휴대폰 카톡 울리는 소리가 들렸다.
 고무장갑을 벗고 폰을 열었다.
 "엄마 위독, 대구 ○○병원….''

삼남 이녀와 올케 둘까지 일곱 명으로 구성된 현숙의 친정 형제 단톡방, 톡을 올린 이는 큰오빠였다. 현숙은 미리보기로 슬쩍 훑고는 폰을 도로 덮었다.

설거지를 마저 끝낸 뒤 커피를 마시며 단톡방을 열었다. 큰오빠 대화창 옆 아라비아 숫자가 2로 내려가 있었다. 두 사람 외, 나머지는 확인했다는 뜻이다. 그런데 아무도 말이 없다. 현숙도 입에서 맴도는 말을 쓸까 말까 망설이다, 다시 몇 자 적다 결국 전송을 누르지 않은 채 방을 빠져나왔다. 반응 없는 언니 오빠들에 대한 서운함이, 묘한 적개심으로까지 이어져 폰을 가방에 던져 넣고는 집 밖으로 나갔다.

의식, 무의식 반으로 집 근처 백화점에 들렀다. 에스컬레이터에 몸을 실어 꼭대기층의 커피숍에 앉았다. 커피 한 잔을 받아들고 다시 폰을 여니 빨간색 숫자가 두 자릿수로 표시돼 있었다.

"우짜꼬! 절에서 일박(一泊)으로 오늘 방생 왔는데…. / 오늘 교회 성가대와 봉사활동이 예정돼 있어 저녁 늦게나…. / 회사 일이 너무 바빠 몸 빼기가…."

뚜렷한 이유와 변명들이 난립하는 가운데, 아무 조건도 이유도 없는 한 문장이 눈에 띄었다.

"조퇴하고 바로 갈게요."

동생의 톡이었다.

숨소리조차 내지 않은 채 현숙은 다시 폰을 덮었다. 할 일 없이 백화점 전 층을 순회하고 집에 오니 동생의 개톡이 들어와 있었다.

"누나, 지금 병원인데 이번엔 정말 마지막 같은….”

견고하게 벽을 세우던 현숙의 마음이 스르르 무너져 내렸다. 자신보다 동생이 엄마를 보내야 한다는 슬픔이 덜컥 두려움으로 덮쳤다.

부랴부랴 짐을 챙기며 남편과 시어머니에게 차례로 전화를 걸었다.

엄마의 몸은 온통 무질서한 줄들로 연결돼 있었다. 맥박, 체온, 혈중 산소 농도 등을 그래프로 나타내는 환자 모니터링 장비, 널따란 비닐 팩에 담겨 있는 쌀뜨물처럼 생긴 영양제, 인공호흡기, 산소호흡기, 체외막 산소화 장치(ecmo), 소변 줄….

어지러운 줄 속에 갇힌 엄마의 모습은 마치 천적에게 급소를 공격당한 짐승이 수풀 속에서 애처로이 숨을 할딱이고 있는 것 같았다. 현숙이 엄마에게 자신의 존재를 알리기 위해 손을 들어 피부에 닿을 자리를 찾았으나 엄마 몸에 부착된 수많은 생명 연장 장치들로 빈틈을 찾을 수 없었다. 발이라도 만져볼 요량으로 이불을 들추었다가 황급히 뒷걸음질 쳤다. 그것은 마치 갓 잡은 싱싱한 오징어를 금방 데쳐놓은 듯 핏빛 자주색에 곧 터질 풍선처럼 탱글탱글하게 부풀어 있었다. 도저히 사람의 신체 일부라곤 믿기지 않을 만큼 흉측하고 이물스러운 혈관에도 안쓰럽게 바늘이 꽂혀 있었다.

현숙의 우는 소리에 먼저 도착해 울었을 동생도 다시 어깨를 들썩이며 흐느꼈다. 자식의 우는 소리를 들었을까, 갑자기 엄마의 호흡과 맥박이 요동쳤다. 현숙의 부름에 급히 달려온 간호사가 '아아, 여기 물이 없군요.' 하며 뽀글거리며 산소를 발생시키는 용기(water trap)에 물을 채웠다. 그리고 친절하게 한 마디를 보탰다.

"보호자분, 증류수예요. 여기 둘 테니 용기에 수시로 채우셔야 해요."

산소 공급이 제대로 안 됐단다. 엄마는 금세 안정이 되었고 모니터의 그래프도 일정한 패턴으로 오르내렸다.

엄마 나이 구순이었다. 건강하던 엄마가 쓰러진 지는 8년 전으로, 병원 입·퇴원을 반복하며 최근 2년간은 식물인간처럼 요양원에서 누워만 지냈다. 엄마의 긴 병으로 친정 형제간 보이지 않는 갈등이 심화되고 있던 중이었다.

현숙은 이 모든 갈등이 돈 때문으로 여기다, 아닌 것도 같고…. 시작과 끝이 모호한 뫼비우스의 띠처럼 앞뒤가 헷갈려왔다. 엄마에게 들어가는 경비는 n분의 1씩, 5남매 공평하게 분담한 것을 누구 한 사람 거르거나 밀린 적 없었다. 하지만 애초 시작점 높낮이가 다른 것을 위에서 'n분의 1'이라는 전지가위로 싹둑 잘랐다며 불만을 쏟아내는 형제들이 있었다. 정의(正意)에 반감을 가진 이들의 정의(正意)의 발로였던지 모른다.

저녁이 되자 일부 형제들이 하나둘 병실로 들어섰다. 아무리 해도 나올 것 같지 않은 피를 뽑고, 혈압과 맥박을 재고, 시간대별로 검사한 결과를 늦은 밤 당직의가 들고 왔다.

– 약 일주일 정도 지켜보셔야 할 것 같습니다. 환자 상태가 급격하게 나빠진 건 폐렴이 원인, 그것이 잡히느냐 아니냐에 따라….

현숙은 서울에서 내려온 김에 엄마 곁을 지키겠다며 모두에게 돌아가라고 했다. 멀리 산다는 이유로 대구에 사는 형제들보다 시간을 덜 낸 것은 사실이었다. 현숙의 고집에 왔던 피붙이와 올케들이 돌아갔다. 그녀는 간병하고자 준비해 간 가방이 아닌, 장례식을 대비해 준비해 온 소지품을 하나씩 꺼내 환자 침대 옆 서랍에 정리했다. 목적만 달랐을 뿐 살아있는 사람에겐 같은 용도의 옷가지며 세면도구 등이었다. 손수건 개수가 특히 많았다. 대충 끝내고 한숨 돌리려는데 동생이 불쑥 들어왔다.

"어어? 너는 안 갔니?"

"가다 돌아왔어."

"왜에?"

"폐렴이라고 해서, 일주일이면 퇴원하지 않을까? 다음 주엔 연월차 내면 되니 누나가 서울로 올라가는 게 옳겠어. 매형이 어린 조카들 돌보려면 힘들 테고…. 아까는 꼭 돌아가실 것 같아 너무 두려워…."

동생은 자신 때문에 현숙이 먼 길 내려왔다는 부담 때문인지, 그녀더러 올라가라고 채근했다.

"어차피 내려왔으니 다음 주말까진 내가 있을게. 한 번 내려오기도 힘들고, 너도 좀 쉬어야지. 그리고, 두 사람이 여기 있을 필요 없다는 거, 우리가 긴 세월 간병해오며 터득한 진리 아이가. 합리적인 시간 관리가 얼마나 중요하다는 거…."

현숙 말을 듣는지 마는지, 동생은 엄마만 뚫어져라 응시하고 있었다.

"누나! 엄마 눈떴어, 엄마, 엄마! 나 보여?"

현숙이 급히 고개를 돌리니, 초점 없이 흔들리던 엄마의 동공이 허공에서 잠시 머무는가 싶더니 이내 일자로 닫혀버렸다. 동생은 잡았던 보물을 놓친 듯, 황망하다 못해 허탈한 표정으로 자리에 털썩 주저앉았다.

"종현아, 찜질방이라도 가서 더운물에 몸 좀 담그고 온나. 목욕할 때도 된 것 같은데?"

현숙의 닦달에 마지못해 몸을 일으킨 그는 엄마에게 연결된 줄 하나하나를 점검하며 재차 당부를 잊지 않았다.

"무슨 일 있으면 곧바로 연락해 줘."

"걱정 말고."

균형이 맞지 않는 몸을 허우적거리며 그가 나갔다.

엄마의 얼굴은 석고나 밀랍으로 만든 고체 덩어리, 핏기라곤 하나 없는 마네킹 같았다. 눈은 감겨있고 코는 형태조차 불분명했다. 코와 식도를 연결한 관으로 음식물을 투여하고 있었는데, 환자가 무의식중에 건드리기도 한다며 붕대와 거즈로 단단히 고정시켜 놓았다. 조금 난 빈틈으론 산소호흡기가 입구를 단단히 봉쇄하고 있었다. 음식물 섭취와 언어 소통, 호흡을 담당하던 입은 온전히 그 기능을 코에게 떠넘긴 채 묵언 수행 중이었다. 지구상의 어느 생명체도

자기 역할에서 벗어나면 도태하기 마련이다. 굳게 닫힌 폐가(廢家) 위로 수많은 거미줄이 얽히는 건 자연의 질서며 법칙이리라.

"과연 저 몸에 피가 돌기나 할까? 어디까지가 인간의 삶일까?"

한없이 깊은 상념으로 빠져들고 있는 그녀를 요란하게 울려대는 휴대폰 음이 깨웠다.

"엄마에게 무슨 일 있으면 즉각 전화해라이….'

집으로 돌아간, 멀리 방생 갔다는… 그들의 전화였다. 무슨 일 있기를 절실히 바라는 목소리들로 느껴졌다. 현숙은 중요한 프로젝트의 성패가 자신의 손에 달린 듯, 무슨 수를 써서라도 좋은 결과물을 내놓아야 할 듯했다. 불행히도(?) 엄마에게 무슨 일이 있을 것 같지는 않았다. 호흡은 고르고 환자 모니터링 장비의 그래프도 일정하고 규칙적인 패턴으로 움직였으며 공중에 매달린 링거와 인공 영양 등도 순조로이 흡수되고 있었다.

간밤을 꼬박 새웠다. 앞 침상에 70대 중반의 남자 환자가 입원했는데 밤새도록 기침을 하는 것도 모자라 국적 불명의 언어를 쏟아냈다. 엄마를 제외한 나머지 환자와 보호자들이 일시에 들고 일어났다. 병원 측에선 1인실이 나올 때까지만 봐달라고 했고 보호자는 손이 발이 되도록 빌었다. 적군을 쳐부술 태세로 봉기했으나 눈물 흘리는 보호자 앞에 정 많은 대한민국 국민들은 같이 울어주었다. 누군들 일부러 저러겠나…. 현숙 또한 동병상련의 아픔으로 그 환자와 보호자를 안았다. 보호자에게 환자의 이상한 말에 대해 물으니 신앙심이 깊은 교회 장로로 방언 기도 소리이며, 치매기가 있어 낮밤을 구별하지 못한다고도 했다.

　엄마가 안정돼 가는 모습이 현숙에겐 좌절감을 안겨주었다. 일주일 동안 자신이 있겠다고 큰소리쳤지만, 아무리 시어머니를 불렀다 해도 여전히 엄마 손길을 필요로 하는 중학생 초등생들인지라 남편의 눈초리도 두려웠다. 이번엔 돌아가실지 모른다고 했더니 기쁨에 들뜬(?) 목소리로 빨리 먼저 내려가 있으라고 했던 것이다.

　"삶도 아닌, 죽음도 아닌 연명치료, 또다시 꼬이는 함수…."

　팔 년 전, 처음 엄마가 쓰러졌단 소식을 들었을 땐 마른하늘에 날벼락이 이는 줄 알았다. 온 우주의 불빛이 동시에 꺼지기라도 하듯, 두려운 공포를 느꼈었다. 정신없이 달려간 병원에서 수술대 위에 누워있는 엄마를 보고 언니 오빠들과 무엇을 어떻게 해야 할지 몰라 발을 동동 구르며 부들부들 떨기만 했다.

　의술의 발달 덕인지 신의 부름을 받지 못한 탓(!)인지 엄마는 이 주일여 만에 퇴원을 했다. 가벼운 뇌경색으로 관리만 잘하면 정상인처럼 살 수 있다는 말에 자식들은 감사의 눈물을 흘렸다. 엄마는 시골집으로 가고 싶어 했으나 맏이인 큰오빠가 손사래를 쳤다. 약한 중풍이라도 제때에 제대로 치료하지 않으면 반신불수로 사는 경우를 많이 봐 왔다며, 물리치료와 한방치료를 필수적으로 거쳐야 한다고 했다. 엄마의 큰오빠네로의 퇴원은 지극히 자연스럽고 당연한 수순이었다. 오빠는 오남매 중 유일한 대학졸업자로 현직 교사인데다 대구시에서 가장 집값이 비싼 수성구의 40평형대 아파트에 살고 있었다. 게다가 올케는 그 아파트단지 내 자신들의 소유상가에서 피아노 학원을 운영하고 있었다. 동네 주변에 댐이 건설되며 현숙이네 토지 일부가 수용되었는데, 그 보상금으로 상가를 분양받았으리라…. 큰오빠를 제외한 형제들은 의심을 하고 있었다. 상가를 분양받을 당시와 보상금 지급 시기가 맞물렸기 때문이다.

 어느 아들에게 얼마가 흘러갔는지, 돈의 행방에 대해 누구도 입 밖으로 내지 않았지만, 장남에게 가장 많이 흘러갔으리라는 사실을 의심하는 이는 없었다. 다만 엄마의 노후가 큰오빠네에서 편안하리란 사실, 그 값과 이 값에 대한 등식이 얼추 성립한다고 믿었기에 수면 위로 부상시키지 않았을 따름이었다.

 큰오빠 집에서 약 삼 개월 동안 병원 물리 치료와 한의원 등에서 치료받으며 엄마는 거의 정상인처럼 돌아왔다. 외관상으론 쓰러지기 전의 엄마와 달라진 것을 발견할 수 없었다. 아들과 며느리, 손자 손녀의 효도를 만끽하고 볍씨 파종한다며 서둘러 시골로 돌아갔다.

 엄마가 다시 쓰러진 것은 그로부터 이 년이 지났을 무렵이었다. 같은 병원, 같은 의사로부터 두 번째 수술을 받았다. 첫 번째와 같은 절차대로 큰오빠 집으로 퇴원하고…. 오남매도 다시 모였다.

 엄마의 움직임은 표 나게 둔하고 말도 어눌했다.

 "엄마! 이제 시골집에 가지 마세요! 이 몸으로 농사 어림도 없어… 혈압이 높아 힘든 일하고 용쓰면 바로 쓰러집니다. 농사 안 지어도 먹고살 만하니 여기 가마이 계시이소… 한 번 더 쓰러지면 영원히 중풍 환자로 자리보전한 채 저세상 간다고들 안 합디까!… 맞고말고. 진즉 농사 손 놨어야. 비료 값, 인건비 등, 말 떼고 포 떼고 남는 게 뭐 있어요. 여기서 편히 노인 대학이나…."

너도나도 엄마의 시골로의 귀환을 반대하는 발언들을 쏟아냈다. 이 집에 계셨으면 아무 문제없었을 것을, 재발 원인이 오빠네를 나갔기 때문이라는 논리로 엄마를 몰아세웠다.

큰오빠 내외는 숨조차 쉬지 않는 느낌으로 앉아 있었다. 집주인의 침묵에 어색한 분위기가 이어지자 모두는 엄마 치료비에 보태라며 봉투 하나씩을 내밀고 돌아갔다.

다시 일상의 흐름에 묻혀들었다. 현숙은 엄마 운명에 대해 돌아가며 훈수를 두는 동안 한 마디도 하지 않던 큰오빠 내외가 마음에 걸려 내내 심기가 편치 않았다. 의도적으로 큰오빠 내외에게 매일 감사를 표했으나 역시나 답이 없었다.

그런데 요 며칠 엄마가 매일 현숙에게 전화를 걸어왔다. 엄마는 특별한 일이 아니고는 당신이 먼저 전화를 거는 사람이 아니었다. 큰오빠가 휴대폰을 사드리며 자식 순으로 1부터 5까지 단축번호를 설정해 드렸지만, 큰아들 통장에서 돈 나가는 것이 아까워 무슨 일로 전화를 걸었다가도 상대에게 다시 걸라며 끊기 일쑤였다.

"집에 있었나-아무 일 없다-무슨 일은-개안타-걱정 마라…."

한 번 다녀와야겠다는 마음을 먹고, 벼르다 대구로 갔다.

집 안이 냉랭했다. 올케는 현숙과 눈조차 마주치지 않으려 했다. 엄마가 현숙을 쿡 찌르며 방으로 불렀다.

"너거들 올라가고 며칠 지나지 않아 너의 오빠와 올케가 크게 싸웠다. 오빠가 너거 아부지를 닮아 성질이 불같더라. 며느리 패는 소리가 들려 말리러 갔더니 문을 잠가놓고 열어조야지, 그 뒤로 며느리가 오빠와 나한테 일절 말을 안 한다. 징역살이가 따로 없다…. 저기 너거 집에 좀 가 있으면 안 되겠나?"

"우, 우리 집에? 아아, 안 되긴…. 내가 왜 진즉 그 생각을 못 했지?"

엄마는 막내딸인 현숙이네 잘 가지 않았다. 칠남매 맏이인 현숙 남편은 시집 식구들의 자랑이자 상징이었다. 며느릿감으로 현숙을 탐탁지 못하게 여긴 시어른들의 반대로 둘의 결혼까지 우여곡절이 많았다. 결혼 후, 아들의 유학이 이미 예정돼 있었는데, 시아버지가 엄마를 만나 다짜고짜 유학 자금을 좀 보태라고 했지만, 단돈 한 푼 보태주지 않은 사돈에 대한 원망이 오롯이 현숙에게로 쏠려, 어지간히 시집살이를 했다. 시부모의 엄마에 대한 감정 탓인지 남편 또한 처가를 가까이하지 않았다. 이런 속사정에 어쩌다 서울에 올 일이 있어도 하룻밤 자기 바쁘게 내려가 버렸다.

현숙은 오빠네에서 고양이 앞의 쥐처럼 작아진 엄마를 두고 볼 수 없어 뒷일 따윈 생각지 않고 엄마를 모시고 왔다. 지금까지 시가 위주로 살아온, 한 번쯤은 반란을 꿈꾸고 싶었던 마음도 무시할 수 없었다.

우려와 달리, 평소 처가에 데면데면했던 남편이 웬일로 엄마를 반갑게 맞았다. 이번 기회에 완전히 회복되실 수 있도록 잘해드리라며 아는 병원 물리 치료까지 직접 예약해 주는가 하면 퇴근길엔 엄마 좋아하는 단팥빵과 과일 등을 사오기도 했다. 아이들도 날마다 잔칫집 같은 분위기에 덩달아 즐거워했다. 현숙은 엄마와 단둘이 있는 시간엔 살아오며 겪었던 좋은 일, 궂은일, 가슴 아팠던 일들을 토하며 웃다가 울었다. 엄마에게 효도하고 있다는 의식은 충만한 행복감을 불러일으키기도 했다.

엄마의 건강은 표 나게 다시 좋아졌다. 혼자 공원을 산책하거나 가까운 시장을 다녀오기도 했으며, 현숙이 둘째를 어린이집에 맡기고 오가는 데 매번 동행했다. 가끔 둘째를 데리고 오는 길에 엄마와 아들을 먼저 보내고 현숙이 시장을 들렀다 오기도 했다.

안사돈이 아들 집에 와 있는 것을 여간 못마땅해하지 않는 시아버지가 검열이라도 하듯 자주 아들며느리 집을 들락거렸다. 엄마는 다시 고양이 앞의 쥐처럼 졸았다. 시아버지의 심술에 남편도 점점 피로감을 느끼는 듯, 장모님 언제 내려가시는지 슬쩍슬쩍 빗대어 묻기도 했다.

저녁마다 시끌벅적 잔칫집 같던 분위기가 예전의 모습으로 돌아가고, 남편의 퇴근길 손도 맨송맨송했으며, 옷을 훌훌 벗고 샤워실로 행하던 자유를 침해당한다며 거실에 있는 장모를 의식하기도 했다. 아이들도 더 이상 할머니의 존재를 귀히 여기지 않고 투명인간처럼 여기는 듯했다.

　엄마가 내려간 것은 아니, 내쫓았던 날은 서울에 온 지 5개월이 지났을 무렵이었다. 다녀간 지 채 한 달이 안 된 시아버지가 또 올라온다는 소식에 현숙이 허둥대며 시장을 다녀오고…. 저녁 준비로 정신이 없을 때였다. 둘째 어린이집 퇴원 시간과 맞물리자 엄마가 겉옷을 걸치며 나갈 채비를 했다.

　"아아는 내가 데꼬 오께. 사돈 오신다니 얼른 저녁 준비해라."
　"아뇨, 퍼뜩 제가 다녀올게요."
　"너도 참! 내가 그 정도도 못하는 등신인 줄 아나?"
　엄마의 발끈하는 소리에 현숙이 움찔했다. 그때서야 눈치를 챘다. 딸네에서 당신의 쓸모를 증명해 보이고 싶어 한다는 것을. 가끔씩 깜빡깜빡할 때가 있었지만 지갑이나 돋보기 등, 사소한 건망증이었지 길을 잃거나 한 적은 없었다. 현숙은 엄마의 단기 건망증보다 수술 후 반사 신경이 느린 것을 더 걱정했다. 혹시 건널목에서 머뭇거리다 신호를 놓치지나 않을까 하는.

　시아버지가 도착하고서야 사태를 직감했다. 부랴부랴 어린이집으로 달려가니 할머니가 아이를 데리고 나간 사실만 확인시켜주었다. 공원, 주택가, 한강 고수부지… 닥치는 대로 뛰어다녔다. 남편과 큰아들까지 일과 공부를 제쳐두고 달려와 미친 듯 헤맸지만 어느 누구의 눈에도 띄지 않았다.

　영겁 같던 대여섯 시간 후, 송파구의 어느 지구대에서 연락이 왔다. 송파구와 강남구가 행정구역상 인접하긴 했으나 팔순노인이 유모차를 끌고 갈 만한 거리는 아니었다. 지구대로 달려간 현숙은 그 자리서 엄마를 향해 바락바락 악을 썼다.

"엄마! 당장 대구로 내려가!"

집에 돌아와 주섬주섬 보따리 싸는 엄마를 누구 하나 말리는 사람이 없었다.

대구로 내려간 지 사흘 만에 엄마가 길을 잃었고, 약 열두 시간 만에 경찰을 통해 찾았다는 소식을 접했을 때, 현숙은 아연실색했다. 엄마의 인지 기능에 문제가 있으리라는 사실이 뇌성을 동반한 벼락처럼 그녀 머리를 강타했던 것이다.

엄마의 치매 검사 결과는 이미 상당히 진행된 것으로 확인됐다. 엄마의 치료와 거처 문제 등, 제반 사항에 대한 논의를 위해 다시 큰오빠 집에 모였다.

"손자 보느라… 맞벌이라서… 직장 때문에…."

대부분 엄마를 모시지 못하는 이유는 분명하고도 확실했다. 이유를 대지 않은 사람은 큰오빠 내외와 동생뿐이었다. 동생은 장애인 고용센터에서 주선한 전자부품 공장에 재직 중이었다. 마흔을 넘긴 중년으로 공장 기숙사에서 생활하고 있었던 터라 이유는 대나마나 했다.

"촌에 갈란다."

엄마의 한마디에 집안은 정적이 감돌았다.

"……."

"저랑 같이 가입시더."
정적을 깬 이는 동생이었다.

젊은 아버지의 갑작스런 사망에 엄마는 예고 없이 젊은 과부가 되었다. 시골 관청의 공무원 아내로 먹을 만큼 농사를 지으며 편한 삶을 영위하던 엄마는 하루아침에 전사로 변해야 했다. 먹을 것이 땅에서 나오던 시골 살림에 매월 꼬박꼬박 나오는 월급이 나오는 집이었던 만큼 동네에서는 고만고만한 부자로 통했다. 고등학생이었던 큰오빠 외, 특별히 큰돈 들어갈 일이 없었지만 그렇다고 저축을 하지는 못했다. 너나없이 가난했던 살림살이, 집집마다 아이들이 6~8명씩 되었으니 중학교, 고등학교 등록금 시기가 되면 현숙이네로 돈 빌리러 오는 사람이 많던 터라 저축은 꿈도 꾸지 못했다. 사람 좋은 아버지는 돈 빌리러 오는 사람 그냥 보내지 말라며, 엄마와 자주 입씨름을 벌이곤 했다.

돈 빌려간 대부분의 이웃들은 가을 추수가 끝난 후 나락 매상을 하거나 추수 뒤 곡식으로 돈을 사서 빚을 갚아왔다. 모든 장부 관리를 엄마가 했는데, 안방 앉은뱅이책상 위에 돈 빌려가고 갚은 사람들 명단이 빼곡히 적혀있었다. 가끔 엄마가 장부를 펼치는 날엔 현숙이 깨친 글자와 숫자를 자랑하고 싶음에 자신이 하겠다고 나서기도 했다.

아버지가 돌아가시자 돈 빌려간 사람들 대부분 갚았다며, 억지주장을 펴는 이들이 많았다.

엄마는 점점 사람들과 각을 세우며, 억울한 마음을 오로지 자식 성공시키는 데로 쏟으며, 지긋지긋한 동네를 떠나 대구로 이사 갈 계획을 세우고 있었다. 첫 번째 실행이 아이들을 대구로 보내는 일이었다.

현숙이만 엄마의 뒷일 뒷바라지 겸 남겨두고 모두 대구로 보냈다. 아들 셋의 뒷바라지는 중학교 졸업한 언니에게 떠맡겨졌다. 고등학교 진학을 하지 못한 채 공장에서 일하며 동생들 돌보던 언니는 내내 불만을 토로했지만 엄마에게 받아들여지지 않았다.

세월의 시계는 그들 집안의 사정과는 무관하게 잘도 흘러 큰오빠가 군대를 가고 공고를 다니던 둘째 오빠는 현장 실습을 다니느라 집에 붙어있는 시간이 거의 없어, 사실상 언니가 책임져야 할 사람은 동생 혼자뿐이었다. 그러나 언니는 자신의 뭉툭 잘려버린 학업에의 길을 계속 이어갈 뜻을 비치며 끊임없이 엄마와 갈등을 빚었다.

"내가 언제까지 이 집안의 시다바리 노릇해야 되는데?"

"현숙이 여상 졸업한 뒤 은행에 취직할 때까지만 참아라!"

결국 언니는 자신의 길을 가겠다며 동생을 팽개치고 나가 버렸다.

언니가 없는 집에서 어설프게 연탄을 갈고 자던 동생이 문틈으로 새어 들어온 연탄가스에 결국 불구자의 몸이 되었다.

동생의 사고 이후 엄마는 거의 환장하거나 미친 사람처럼 가슴을 쥐어뜯고 울부짖었다. 동생을 치료하겠다며 전국 방방곡곡 용하다는 병원과 한의원을 찾아 헤맸으며 점쟁이를 불러 굿을 하는가 하면, 좋다는 약초는 땡빛을 내어서라도 구해 먹였다. 이미 손상된 뇌는 복구가 불가능하다고, 누군가 과학적·의학적 근거를 대기라도 하면 살기 띤 눈으로 으르렁댔다.

"내 자슥 내가 저렇게 만들었으니, 내가 고쳐 조야지!"

엄마의 막내아들에 대한 참회와 탄식은 터무니없는 망상과 집착으로까지 이어졌으나 누구도 말릴 재간이 없었다. 현숙이 은행에 취직하여 받는 월급도 동생의 치료비 명목으로 흔적 없이 스러졌다.

엄마의 광적인 몸부림이 멈춘 것은, 머리 커진 동생이 더 이상 엄마의 미신에 동조하지 않게 되면서부터였다.

성한 네 명의 자식 모두 엄마를 밀어내고, 병신 자식 혼자 엄마를 받아들인 후, 집안은 다시 평화를 찾은 듯했다. 형제들은 순번을 정해 시골에 드나들기로, 두 사람에게 들어가는 생활비 등은 다달이 붓는 곗돈에서 충당키로 했다. 곗돈 인당 부담액을 대폭 늘렸다.

인간은 무엇에나 내성을 갖는다. 착실하게 돌던 수레바퀴가 얼마 지나지 않아 삐걱거리기 시작했다. 자신의 차례를 잘 지키지 않을뿐더러 어쩌다 생색내며 가는 것도 야유회나 나들이쯤으로 생각하는 것 같았다. 한 번에 우르르 몰려가 왁자지껄 요란스럽게 유흥을 즐기다 오는 것처럼 느껴졌다.

엄마는 두 번째 쓰러진 후 몸이 급격하게 나빠졌다. 나이도 팔십

중반에 이르렀으니 좋아지기를 기대하는 일 자체가 무리였는지 모른다. 동생 또한 한쪽 육신을 못 쓰는 반면으로, 평생 남이 해주는 밥만 먹다 병든 노모를 부양하며 자기 손으로 밥을 해먹기 시작했으니, 그 끼니가 제대로 된 영양식일 수 없었다. 형제들이 몰린 날 잔칫날처럼 잘 먹고 나면 다음 타자가 등장할 때까지는 사각지대인 셈이었다. 현숙은 이러한 형제들이 못마땅하고 이해되지 않았지만 다른 형제들보다 방문 빈도가 낮았던 탓에, 누구를 원망하고 비난할 입장이 못 되었다.

 현숙이 모처럼 남편으로부터 휴가를 받아 엄마와 동생이 있는 시골로 내려갔다. 방 안은 지린내로 진동하고, 이 개월여 만에 본 엄마는 몰라보게 야위어 있었다. 누군가의 부축 없이는 거동조차 불안정했다.

 목욕을 시키기 위해 가마솥에 불을 지피고, 동생과 함께 엄마를 양팔에 끼우고 수돗가로 옮기려니 엄마의 체중이 너무나 무겁게 느껴져 몇 번이나 자빠질 뻔했다. 자력으로 자신의 몸을 움직이는 사람과 그렇지 못한 사람과의 차이가 그렇게 큰 줄 예전엔 미처 몰랐다.

 겨우 목욕을 끝내고 다시 턱이 진 구조로 안방까지 모시려니, 그 길이 천리나 되는 양 아득했다. 시골집은 재래식 그대로였다. 엄마 건강하실 때 형제들이 몇 번이나 현대식으로 개량하려고 했으나 엄마가 결사적으로 반대했다. 당신 사후에 성한 자식들이 병신 동생을 그 집에 방치할까 염려해서 그러셨다. 엄마의 속내를 알고는 그들 가족의 금기어처럼 돼 버려 집 개량이나 보수에 대해 입 조차 뻥긋하지 않았다. 그런 집에 한 명이 아닌 두 명이 버려진 꼴 이었다.

꼬박 사흘을 엄마와 동생과 보낸 현숙은 특단의 조치가 필요하다고 느꼈다. 건강한 사람조차 감당하기 힘든 중노동을 몸 불편한 동생이 해낼 범위가 아니라고 여겼다. 더 없어 엄마의 정신도 온전치 못했다.

"엄마와 너의 식사도 그렇고… 위생 상태… 요양원에 모시는 거 생각해보자… 엄마 정신이 맑으면 서럽고 잔인한 일로 받아들일지 모르나… 요양원인지 집인지 모르실 게 뻔하니…."

"누나! 그런 말 하려거든 다시 오지 마! 엄마가 요양원에서 몇 년 더 사시는 게 무슨 의미가 있어?"

동생은 그렇게 엄마와 몇 년을 더 살았다. 그가 엄마의 요양원행을 허락한 것은 일반식을 소화시키지 못하는데다 욕창이 생겨 더는 일반 가정에서 모실 수 없게 되고부터였다.

동생도 다시 취직을 했다.

형제들과 복닥거리던 주말이 지나고 월, 화요일은 엄마의 고른 숨소리처럼 조용하고 소리 없이 지났다.

현숙이 내려온 지 엿새째인 수요일이었다. 퇴근하고 병실로 온 동생이 연월차를 다 내어 다음 주말까지 쉬기로 했다며 현숙더러 서울로 올라가라고 했다.

"내가 주말까지 있겠다고 했는데 뭐 하러 연차까지 냈어?"

"대구 형제들도 많은데… 매형이 우리 집안을 어떻게 보겠어?"

"시댁에 하느라고 해왔어!"

동생이 화까지 내며 올라가라고 했지만 현숙도 고집을 꺾지 않았다. 서울에서 잠시 엄마를 모시는 동안 시아버지 앞에서 엄마를 내쫓은 죄를 생각하면, 자다가도 벌떡 일어나 관세음보살을 외쳐야 할 만큼 감정을 자제하기 힘들었다. 둘째와 함께 길을 잃었을 때 온통 아이에 대한 걱정으로 머릿속이 하얘졌지 엄마의 안위에 대한 걱정은 손톱만큼도 없었던 것이다. 스스로에 대해 용서할 수 없음을, 이 기회가 아니면 영영 갚을 수 없을 것 같아서였다.

실랑이 끝에 현숙과 동생은 병실에 같이 있게 되었다. 어제 환자 한 명이 사망하고 나간 탓에 빈 침상이 세 개나 되었다. 기괴한 장로 때문인지 그 병실엔 환자를 더 들이지 않는 듯했다. 장로는 낮에는 줄곧 잠을 자고 밤이 되면 주님을 부르고-찬송가-방언 순으로, 방언의 끝자락에선 병동 전체가 쿵쿵 울릴 데시벨의 통곡으로 의식을 마쳤다. 현숙도 처음엔 정말 미치겠더니, 낮잠으로 보충하며 그마저 일상으로 받아들이게 되었다.

몽롱한 정신에, 창밖의 어둠이 점차 밀려나는 게 보였다. 시월의 끝자락 어스름한 새벽녘 공기는 차가운지 길가는 사람들 입에서 하얀 입김이 뿜어져 나왔다.

아침으로 뭘 먹을지 동생과 의논하고 있는데 양손 가득 무거운 짐을 들고 언니가 병실로 불쑥 들어섰다.

"어어, 언니? 이렇게 일찍 웬일이야?"

"아직 아침 안 먹었제?"

"손자들은 어떻게 하고?"

"너거 형부 이번 주에 오후 근무라 애들 맡기고 부랴부랴 밥 해왔다. 종현이는 회사 안 갔나?"

"연월차 휴가 모조리 썼다네. 내가 뭐라 했어."

"그라마 현숙이는 밥 먹고 서울로 올라가라. 매번 이 서방 보기 미안타."

"이번 주말까지는 내가 있겠다고 했잖아."

언니가 들고 온 보따리를 풀었다. 찰밥과 미역국, 부추김치, 멸치볶음, 오이 도라지무침 등 맛난 반찬들이 가득했다. 침대 바닥에 신문지를 깔고 옆 침상의 보호자와 장로 간병인까지 불러 모내기철 들밥 먹듯 동그마니 둘러앉았다. 입에 밥을 떠 넣기 바쁘게 목구멍으로 넘어가는 소리들이, 숟가락 젓가락 오르내리는 속도와 비슷했다.

"저리 아픈 사람 눕혀놓고 산 사람은 밥이 이리 맛있는 걸 보면… 눈물은 아래로 밥숟갈은 위로 오른다는 말이 괜히 나왔겠어요. 하하하하 호호호호…."

오랜만에 밥 같은 밥을 먹은 현숙이 기분 좋은 포만감에 히죽히죽 웃으며 남은 찬들을 정리하여 냉장고에 넣고는 믹스커피를 타서 앉았다.

"내가 입 다물라꼬 맹세했는데, 해도해도 오빠 너무한다 싶어서…. 장남이 저래도 되나?"

"오빠도 나름 자기 역할 해 왔어. 엄마 처음 쓰러졌을 때 오빠네서 모셨잖아."

"우리하고 똑같나? 장남 아이가! 그리고 엔분의 일이 뭐꼬? 살다 살다 그런 산수는 처음 본다. "

언니는 작정하고 왔는지 큰오빠 내외를 신랄하게 비판하고, 이어 자신 아래 남동생인 둘째 오빠 내외까지 싸잡아 욕했다. 언니의 감정 발언이 이어지는 동안 동생은 빈 침대에 모로 누워 죽은 듯 미동조차 하지 않았다. 현숙은 동생을 의식하며, 언니의 오빠들에 대한 감정을 몇 번이나 제지시켰지만 소용없었다.

"내가 가만있는 등신 같아도…. 알 건 다 안다. 너희 둘 다 고생한 거."

"나는 자주 내려오지 못하는 대신 돈으로 메꾼 거였어. 그리고 얼마 되지도 않았고."

"내가 별로 한 게 없어서 입 다물고 있었지만…."

"언니는 결혼 전에 집안에 희생 많이 했잖아. 그기 보통 일이가?"

"허어엉, 어어엉…."

언니가 갑자기 폭풍오열을 하며 닭똥 같은 눈물을 쏟기 시작했다.

"언니, 여서 와 이라노?"

"니가 그 말 하니까. 종현이 생각하면 나도 죄인…. 죽고 싶었던 적이 한두 번 아니다. 종현아, 미안해. 으흐흑…."

간호사가 뛰어오고, 옆 병실 등에서 사람들이 힐금거렸다. 사망 환자가 발생한 줄 알았던 모양이다.

한여름 소나기 퍼붓듯, 눈물 콧물 쏟아가며 통곡을 하고 떠난 언니의 빈자리에 적막이 파고들었다.

석고상처럼 붙박여 있는 동생과 엄마를 번갈아 보노라니, 두 사람이 한 몸인 듯 두 몸인 듯, 우울하고 슬픈 그림자가 현숙을 뒤덮었다. 엄마와 시골로 들어가기 전 자신과 비슷한 처지의 여성과 혼담이 오가던 중이었다. 그는 결혼 대신 엄마를 택했다. 떼려야 뗄 수 없는 불가분의 관계!

엄마 입원 팔 일째, 금요일이었다. 희뿌연 안개가 걷히고 아침이 밝았다. 주치의가 회진을 왔다.

- 환자분 폐렴이 거의 치료됐어요. 영양제도 잘 흡수가 되구요, 일단 큰 고비는 넘긴 것 같습니다. 저희 병원에는 연명치료 할 시스템이 안 되니 다음 주에 퇴원하시도록….

현숙은 아득해져왔다.

"아마 이삼일을 넘기지 못할 겁니다. 마지막을 준비하시는 게…."

이런 상황을 예상하고 눈물 흘릴 준비로 손수건을 한 뭉치 준비해 왔다.

토요일 오후가 되자 형제들이 하나둘 병실로 모여들었다. 현숙은 매일같이 단톡방에 올린 내용을 다시 브리핑하고 어제 아침 의사가 한 말을 공개했다.

"의사가 두 가지 초이스를 주더군요. 퇴원, 그리고 가족합의하에 생명 연장 장치를 제거할 것인지 여부…."

현숙은 목이 메어 더 이상 말을 잇지 못했다. 어색한 숨소리만이 병실의 공기를 가르고 있었다.

"어, 어흠! 저어어…. 모두 어떻게 생각할지 모르겠다만, 만약 엄마가 의식이 있으시다면 이런 식의 삶은 절대로 원하지 않으실 것 같은…."

큰오빠가 생명 연장 장치를 제거했으면 하는 뉘앙스로 조심스레 포문을 열었다.

"뭐어어? 엄마를 죽이자꼬오?"

둘째 오빠가 발끈하며, 마치 큰오빠를 태워버리기라도 할 것처럼 이글거리는 눈빛으로 노려보았다.

"일마가 와 이라노?"

"몰라서 물어?"

"뭘?"

"아무리 세상이 변했다 해도, 형이 그러면 안 되는 거 아냐?"

"내가 뭘 어쨌는데?"

"장남이잖아!"

"삼촌! 그런 말씀 마이소, 동서는 어머니 모시기라도 해 봤어예? 손 하나 까딱 안 한 사람이 누군데요? 그리고 조부모, 아버님, 제사,

두 번의 명절 그런 날들은 돈 안 들어갑니꺼!"

큰올케가 자기 남편 앞으로 나서며 시동생의 말을 앙칼지게 되받아쳤다.

"허얼! 우리 집사람도 형수처럼 노른자위 땅 상가 하나 턱 안겨줬으면 그런 가족 행사? 어서 오시라며 버선발로 뛰어내려가 모셨을 걸요. 그기 몇 푼이나 들어간다꼬? '엔분의 일?' 누구는 영어 산수 못해서 가만 있었는 줄 알아요?"

"서방님네도 어머님한테 돈 받은 거 알고 있어요! 저희처럼 그 돈으로 상가 분양받지 그랬어요? 그리고, 도련님 저렇게 된 게 서방님 탓이라고 하던데, 그런 말하면 죄받지예."

"이 XX년이?"

"뭐어? 이 XX가?"

번개 같은 섬광이 번쩍였다. 형수 욕하는 소리에 큰오빠가 둘째 오빠 뺨을 후려쳤던 것이다. 눈을 희번덕대던 둘째 오빠가 큰오빠가 앉아있던 환자용 침대를 뒤집어엎었다. 침대와 함께 큰오빠가 구석으로 물건처럼 처박혔다. 비틀거리며 일어선 큰오빠가 다시 둘째 오빠에게 달려들며 두 사람은 칡넝쿨처럼 엉키며 나뒹굴었다. 그때였다. 동생이 손을 번쩍 치켜올리는 모습에, 현숙은 비명조차 지르지 못했다. 눈알이 홱 돌아간 동생의 손에 들려있는 것은 맥가이버 칼이었다.

병실은 삽시간에 아수라장으로 변하고, 병원 직원인 듯한 건장한 사내 몇 명이 동생을 꼼짝 못하게 붙들고 있었다. 곧이어 도착한 경찰이 동생에게 수갑을 채우는 동안, 동생이 살기 띤 눈으로 거친 숨을 토했다.

"앞으로 누구든 엄마 목숨 가지고 운운하지 마라! 내 다 직이삔다이."

동생 칼에 상해를 입은 사람은 둘째 오빠였다. 다행히 큰 상처는 아닌 듯했다. 큰오빠도 어디가 불편한지 어정쩡하게 기울어진 몸으로 간호사와 큰올케 몸에 의지하여 질질 끌려 어디론가 사라졌다.

현숙은 엄마를 언니에게 맡기고 경찰서로 찾아갔다. 유치장 철창 속, 화살 맞은 맹수처럼 동생이 웅크리고 있었다.

"모두 저희들 잘못입니다. 동생을 풀어주세요."

"흉기 소지 자체만으로도 기소가 되고 상해까지 입혔으니…. 동생을 풀려나게 하려면 모든 형제들 동의를 받아야 합니다. 특히 피해자와의 합의가 가장 중요…."

현숙은 부지런히 몸을 움직여 오빠 집을 차례로 돌았다. 먼저 피해자인 둘째 오빠 집부터 들렀다. 너댓 바늘 꿰맸다며 붕대를 칭칭 감고 나온 오빠는 올케 도장까지, 두 말 않고 꾹 찍어주었다. 이어 큰오빠네로 갔다.

"우리는 못해줍니다. 처음부터 저 사람 죽이려고 한 거 아니에요?"

"올케! 안 해주면 나 지금 당장 서울 올라갈 거예요. 대구 사는 사람들이 알아서 해결해야…. 그리고 동생이 풀려났을 때도 생각하세요!"

 연신 나불대는 올케를 밀치고 큰오빠가 덜덜 떨리는 손으로 도장 두 개를 꾹떡 꾹떡 찍어주었다.

 현숙이 여기저기 돌아다니다 오니 병실엔 엄마와 장로 두 명의 환자만이 남아 있었다. 다른 환자는 칼부림이 무서워 병실을 옮겼다고, 장로의 간병인이 묻지도 않은 말에 답을 주었다.

 우두망찰하고 있는데 간호사가 현숙을 불렀다. 의사가 찾는다고 했다. 간호사를 따라 현숙은 의사에게로 갔다.

 "보호자님, 박** 환자는 저희 병원에서 더 이상 할 일이 없어요. 오늘이나 내일 중으로 퇴원하시라고 뵙자고 했습니다. 더구나 동생분이 여기 계시니…. 야간 근무 간호사들의 안전도 염려되구요…."

 "선생님! 저희 엄마 얼마나 더 사실 것 같습니까?"

 "현재 뇌사 상태긴 하지만 호흡과 소화, 배설 등이 원활한 것으로 보아…. 그래도 노인들은 갑자기 변고가 생기기도 하고…. 신(神)만이 아시겠죠. 내일까지 퇴원 부탁드립니다. 주말이지만 제가 퇴원확인서 준비해놓고 가겠습니다."

 면회실 문 닫힐 시간이 임박해서야 동생이 몸을 가누지 못할 정도로 비틀거리며 병실로 들어섰다. 몸에서는 술 냄새가 진동했다. 알아듣지 못할 몇 마디를 횡설수설하더니 빈 침상에 몸을 던져 이내 코를 골았다.

　장로의 증세는 더 심해졌다. 몽유병 환자처럼 온 병실을 쏘다니며 괴성을 지르는 통에 여기저기서 불만과 아우성이 속출해 저녁 식사 후 두 손 두 발을 침상에 묶었다. 물론 보호자의 동의하에. 할아버지 간병인은 묶기를 기다렸다가 다른 병실 친하게 지내는 간병인 곁에 자러 간다며 현숙에게 무슨 일 있으면 불러달라고 했다. 늘 하던 패턴이었다. 병실에서 서로 그 정도 편의는 봐주고 있었다.

　밤 열두 시가 가까워지자 할아버지의 의식이 시작되었다.

　"주니임! 이 불쌍한 인생을 가엾이 여기시고…. 내 주를 가까이 하려 함은 십자가 짐 같은 고생이나…."

　현숙은 엄마 침대 주변의 커튼을 완전히 두르고 위의 조명을 껐다. 아까부터 water trap의 증류수가 바닥을 향하고 있는 것을 눈여겨보고 있었다.

　"@#$%^&*@#$%^&*…."

　도심 한가운데의 번쩍이는 간판 불빛처럼 현란하게 움직이던 환자 모니터링 장비의 꺾은선 그래프가 장로의 방언 기도 소리에 놀라듯 서서히 일자로 변해가고 있었다. 더 이상의 움직임이 없는 것을 확인한 현숙이 장로의 통곡 소리를 배경으로, water trap에 증류수를 다시 채우곤 슬며시 커튼을 젖혔다.

　잠시 후 현숙이 간호사 사무실로 달려가 엄마의 상태를 알리고,

의사가 레지던트, 간호사가 드라마의 한 장면처럼 달려왔다. 의사는 엄마의 눈을 뒤집어보고 청진기로 호흡과 맥박을, 귀를 대고 숨소리를 확인했다.

"지금까지 환자 곁에 누가 계셨습니까?"

"…."

현숙이 옆에서 대답 대신 손을 들어 자신임을 밝혔다. 순간, 의사가 매의 눈으로 현숙의 심장을 꿰뚫었다. 강렬한 레이저 눈빛에 현숙의 몸이 파르르 떨렸다.

얼마간의 정적이 흐르고, 의사가 입을 열었다.

"박** 환자께서는 2015년 11월 ○일, 04시 ○○분에 심정지로 사망하셨습니다."

앞에서 이 모든 광경을 지켜보던 장로가 멀쩡한 정신인 듯 한마디 했다.

"이 모든 것은 신(神)의 선택입니다!"

삶이 있는 풍경

단편소설

신(神)의 선택 · 2

방금 어머니를 묻고 온 자식들의 밥숟갈은
속도전을 방불케 했다.

    음력 시월 이십 일, 대구 시내 중형 병원에 입원해 있던 어머니의 사망이 의사의 입을 통해 공식적으로 확인되자 큰오빠는 빈소를 시골 장례식장에 차리자고 했다. 장지가 동네 가까운 선산인데다 어머니가 건강하실 때 동네 사람들과 함께 가입해놓은 상포계(喪布契: 초상 때 드는 비용을 서로 도와가며 마련하기 위해 모은 계)를 자신이 이어받아 지금껏 유지해왔기 때문이라고 했다.
    당연히 돌아가신 그 병원 장례식장에서 장례를 치를 줄 알았던 형제들은 다소 의아한 듯 서로의 반응만을 살폈다.
    "모두에게 도움 되는 일인데, 뭘 그렇게 망설여요?"
    오빠가 무슨 말을 할 듯 말 듯 뜸 들이는 사이 큰올케가 자기 남편을 툭 치며 말했다. 아내의 말에 용기를 얻었던지 오빠가 다시 말을 이었다.

"친구들이 조언을 주더구나. 도시에서 하면 보기에는 번듯해 보일지 모르나 식비 등을 제하고 나면 별로 남는 게 없지만, 시골은 교통이 불편한 이유 등으로 조의금만 보내오는 경우가 많아 경제적으로 이득이라는…."

죽기 전에도, 죽은 후에도 어머니는 여전히 돈 문제로 자식들을 불편하고 갈등하게 만들었다. 손가락으로 애꿎은 바닥을 긁거나, 손톱을 뜯거나, 휴대폰을 만지작거리는 등으로, 모두 민망한 시선들을 처리하고 있었다.

"우찌들 생각하노?"

곰곰이 생각해보니 딱히 오해할 일만도 아닌 것 같았다. 도시에서 후딱후딱 치르는 형식적인 의식보다 진심으로 눈물 흘리며 슬퍼해줄 조문객들 속에서 편안한 영면에 드는 게 한결 숭고할 듯했다. 생판 모르는 곳도 아닌 어머니가 평생을 터전으로 삼고 살아온 고향이었다. 경제적으로도 득이라 하니 꿩 먹고 알 먹기가 따로 없다는 생각이었다.

"시골에서 하는 것도 괜찮을 듯한데요?"

고개를 숙인 채 눈동자만을 굴리며 서로를 살피던 형제들이 현숙의 말에 하나둘 고개를 세워 올리며 끄덕였다.

분위기가 찬성 쪽으로 기우는 동안 현숙은 자신의 부부 앞으로 들어올 조의금 액수를 대충 어림잡아 보았다. 이천만 원 언저리, 시골이라면 천오백만 원까지도 노려볼 만했다. 그 돈은 이미 쓰일 데가 있었다. 어머니가 앓아누우며 이래저래 끌어다 쓴 빚이었다. 고정 지출은 형제들 곗돈에서 일정하게 빠져나가고 있었지만 환자 있는 집엔 언제나 변수가 생기기 마련으로, 그 수에는 오로지 돈이 정답으로 메꿔져야만 했다.

"여서 합시다! 시골 동네 인심이…."

창백한 얼굴로 구석자리에 물건처럼 박혀 있던 동생이 단호하게 공기를 잘랐다.

서슬 오른 그의 눈빛에 모두의 눈들이 허둥대는 사이, 큰올케가 다시 자기 남편 옆구리를 쿡 찌르며 말을 더듬거렸다.

"아아 예예, 안 그래도, 저 역시 대구서 하는 게 좋을 것 같다고 생각했어요. 제 지인들 대부분 도시에 살아 먼 시골까지 문상에 다녀갈 사람이 많지 않을 것 같긴 했거든요. 히히히히…."

"그게 낫겠나? 그러마, 그렇게 하지 뭐…."

이어 장례업체를 어디로 선정할 것인지가 도마 위에 올랐다.

"우리 절(寺刹) 소속 장의사업체에 내가 회원으로 가입돼 있어, 아마 조금은 혜택이…."

"죽은 사람한테 절하는 건 우상 숭배라예!"

언니 말이 채 끝나기도 전에 둘째 올케가 발끈하며 치받자, 동생의 서늘한 눈빛이 형수를 향했다. 황급히 자기 남편 뒤로 몸을 숨기는 것으로, 장례는 불교식으로 결정되었다.

두 의제가 확정되자마자 곧바로 시신 운반용 들것이 들어오고, 어머니가 비로소 이승에서 저승으로 가는 첫 관문인 지하 장례식장 냉동고로 옮겨졌다.

텅 빈 장례식장을 처음 본 현숙은 충격을 금치 못했다. 넓은 거실 한쪽에 수많은 테이블이 쌓여 있고, 주방으로 보이는 곳의 업소용 냉장고 두 대가 고장 났는지 불이 꺼진 채 있었다. 썰렁하고 을씨년스런 분위기에 서로들 바라보며 고개를 갸웃했다.
"여가 맞나? 아닌 것 같은데? 우찌 이리 춥노?, 냉장고 고장 난 거 보니 창고 같기도….”

현숙이 들어올 때 보았던 입구 쪽의 '장례위사무실'을 찾았다.
"저어 101호 유족인데요….”
"아아 예에 예에, 금방 갈 낍니더. 조깨마 기다리이소.”
"박** 고인, 장례식장 맞습니까?”
"아아 예에, 맞심더!”

담당자는 무슨 일을 처리하다 말고 입구에서 기다리는 사람이 의식되어선지 자리에서 일어나 현숙을 앞장서며 101호로 향했다. 그의 손에 앨범같이 묵직해 보이는 책자가 들려 있었다.

춥고 으스스한 분위기에 잔뜩 목을 웅크리고 있던 형제와 조카들에게 까만색 정장 차림의 관계자는 입구에서 90도로 인사하며 깍듯한 예를 갖추었다. 현숙의 콧날이 시큰해져 왔다. 신발을 정갈하게 벗어 거실에 오른 그는 상주 한 사람 한 사람에게 공손히 인사하며 자신의 명함을 건넸다.

"무슨 일 있으면 언제든지 전화 주십시오."

인사를 마친 그는 누구 한 사람 따라오라며, 넓은 거실을 가로질렀다. 뒤따르는 현숙에게 거실 안쪽의 방들과 화장실을 차례로 돌며 불을 켜고 보일러 작동법을 세세히 알려주고, 주방으로 나와 냉장고 플러그를 집어 콘센트에 끼웠다. 두 대의 냉장고에 환한 불이 들어왔다.

아직 시부모가 살아 있고 친정아버지는 어렸을 때 돌아가신 탓에 집 안에서 장례를 치를 일이 없어 벌거벗은 장례식장을 본 적 없었다. 꽃과 조문객으로 북적이는 모습이 하나의 상품처럼 갖춰진 줄 알았다. 상주 손으로 하나둘 만들어가야 한다는 사실을 알고 나자 왠지 모를 엄숙함과 경건함이 사라졌다.

여전히 뭘 어떻게 해야 할지 몰라 서성대고 있는 상주들 사이, 다른 한 명의 정복 입은 직원이 나타나 먼저 와 있던 담당자와 눈짓을 주고받는 듯하더니 무수한 높이로 쌓여 있는 테이블 하나를 번쩍 들어내려 객실 한가운데로 옮겼다.

"상주님들, 모두 이쪽으로 와 주십시오."

처음 왔던 담당자가 상주들을 불렀다. 우르르 몰려간 자리에서 그는 진즉부터 손에 들고 있던 책장을 고속열차처럼 빠른 속도로 넘기며 말했다.

"제단 장식할 꽃으로 상 중 하… 제사상에 오를 나물로 삼색 오색 칠색… 조기 마릿수로 하나 셋 다섯…. 식장 크기와 규모, 상주 수와 기타 조건 따라 사이즈별… 특실이니 가장 대형으로 주문하는 게 통상적….”

차창 너머로 빠르게 스치는 풍경은 국화꽃, 나물, 생선, 과일 등… 제단 장식용 국화꽃 규모 사이즈와 제사상에 오르는 음식과 필요한 물품들이었다.

"궁금한 사항 있습니까?"

그제야 무슨 뜻인지를 알아챈 형제들의 눈이 허공에서 부딪치다 직원에게로, 다시 책자로 향했다.

"특실용 사이즈에 맞게 주문하면 저희가 알아서 다 맞춰드립니다."

"자, 잠깐만요, 잠깐만 계셔 보이소."

큰오빠가 분산된 시선들을 한곳으로 불렀다.

"모두 우찌 생각하노? 대, 중, 소의 비용 차이가 결코 만만치 않고, 하루에 세끼를 가장 비싼 상차림을 한다는 건…. 낭비로밖에 여겨지지 않는데…."

"상에 올려진 것은 제를 지낸 후 드셔도 됩니다! 장성한 조카들도 많구만요!"

직원이 큰오빠 말을 가로채며 특실용으로 강권하자, 너도나도 한마디씩 보탰다.

"엄마가 살아계셔서 드시는 것도 아니고…. 어차피 주방에서 식사가 나오기도…. 맞다. 저따다 말라 돈 내삐리노… 그렇제? … 하모… 그라마 모두 소(小)자로 하자!"

단 한 사람 말이 없었다. 동생이었다. 하지만 자신의 마음에 들지 않거나 못마땅하다고 생각하는 건 어떤 형태로든 의견을 표출했기에, 그의 침묵은 긍정으로 해석됐다.

자신의 뜻이 받아들여지지 않아서였을까, 담당자의 안색이 싹 변하는 것이 느껴졌다.

"형제 다섯 명과 배우자, 그리고 조카들까지 합치면 조문객 수가 상당할 것으로 생각되는데요, 그냥 특실용으로 하시죠!"

으름장을 놓듯 다분히 협박적인 어투에 둘째 오빠가 가만 있을 리 없었다.

"우리가 알아서 선택하겠다는데, 웬 잔소리가 그리 많아요?"

"잔소리라뇨! 말조심하세요!"

"어? 이 XX가 어디서 눈을 부라려?

"뭐어? 이 XX?"

처음 예를 갖추며 공손하게 굴던 직원은 온데간데없고, 물건을 강매하려 드는 사내와 둘째 오빠가 서로의 멱살을 움켜쥐며 맞붙었다.

큰오빠와 형부, 조카들이 달려들며 겨우 두 사람을 떼어놓았다.

넥타이가 목 뒤로 홱 돌아가고, 와이셔츠 단추가 몇 개 떨어진 담당자는 목을 스프링처럼 좌우로 튕기고 어깨를 으쓱하더니, 최후통첩 같은 포를 발사했다.

"부디 지금의 선택에 후회 없기를 바라고예… 무슨 의견이나 전달사항, 질문 등이 있으면 오로지 맏상주를 통해서만… 읍내 장꾼들처럼 중구난방으로 사무실 들어오지 마세요!"

"읍내 장꾸우운? 이 XX를 그냥 확!"

둘째 오빠가 다시 그에게 달려드는 것을 모두 막아서며, 그를 내쫓듯 보내버렸다.

장의업자에게 대든 결과는 참혹했다. 그가 나가자마자 들어온 두 사람에 의해 국화꽃 한 줄이 어머니 영정 사진 주변으로 한 바퀴 휘익 둘러쳐지고는, 작업을 하다 말고 나간 사람이 돌아오지 않았다. 형제들의 수런거림을 뒤로하고 큰오빠가 사무실을 다녀왔다.

"참내, 저, 저게 다한 거라네."

"이, 이게, 다한 거라구요? / 설마요? / 여, 여기 여백은?"

"소(小)자를 신청했기에, 그 사이즈라고…."

어처구니없는 일에 모두는 분기탱천하여 사무실로 뛰어갔다. 적군이 몰려올 것을 예상하고 있었던지 사무실 앞에 아까 그 담당자가 장승처럼 떡하니 버티고 있었다.

"저게 뭡니까?"

"주문하신 대롭니다!"

"이건 책자의 사진과도 너무 다르고, 저희 옆의 규모 작은 장례식장 제단과 비교해도 터무니없는 것 같은데요?"

"저기도 다 나름 비용이 다릅니다."

"가서 확인해볼까요?"

"여기는 마음대로 돌아다니는 곳이 아닙니다!"

"책자에 나와 있는 소(小)자와도 다르잖아요?"

"음식점에 가도 이미지용 사진과 실제 음식과는 차이가 있죠. 오해할까 봐 드리는 말씀인데요, 저희는 장례식장만 대여만 할 뿐, 이런 업체들과는 전혀 무관합니다."

"제단 꽃장식만이라도 다시 특실용으로 바꿔주세요."

"제사상도 특실용으로 바꾸세요. 그거 얼마 차이납니까? 한 번 가시는 길인데 좋은 거 해드려야죠."

모두는 황당한 표정으로 서로의 눈만 멀뚱멀뚱 바라볼 뿐이었다.

"일단 제단만이라도 특실용으로 해주세요."

"모두 세트로 주문이 가능합니다!"

"애초 선택사항이라고 하셨던 것 같은데요?"

"아마 잘못 이해하신 거 같습니다. 장식이든 제상이든 세트로 들어간다고 말씀드렸어요."

"형! 하지 마세요! 저것들 순 장삿속으로…. 깡패야 뭐야?"

"깡패에겐 깡패로 맞서줍니다!"

"뭐어? 이 XX놈들이?"

둘째 오빠가 다시 그에게 돌진하려는 순간, 사무실 안에서 건장한 어깨 두 명이 나타났다.

"이보쇼, 형씨! 어무이 좋게 저승으로 모시려면 특실용으로 바꾸덩가, 아니면 저걸로 조촐하게 하덩가! 널럴하이 보기 좋소!"

"그냥 저대로 하입시더!"

추상같은 동생의 한마디에 모두는 칼집에 손조차 대지 못한 채 하나둘 빈소로 들어오고 말았다.

현숙은 제단 앞에서 조의를 표하는, 특히 그녀와 남편 연으로 오는 조문객들 앞에 너무 부끄러워 예를 갖추기 무섭게 테이블로 안내했다. 꽃으로 채워지지 않은 벌건 체리색의 빈 공간이 자신의 알몸을 내보이는 것만큼이나 낯 뜨겁게 느껴졌던 것이다.
언니는 처음에는 형제들과 함께 동조해놓고 이제 와서 딴소리였다.
"절에서 하는 상조회에 저렇게 쪼잔하게 따지고 드는 사람 처음 본다. 저기 무슨 꼴이고? 친구들한테 남사스럽고, 절에서는 또 우째 고개를 들고 다니노…."
"언니! 저것들이 나쁜 놈들, 슬픔에 빠진 사람들을 이용해먹으려는…. 책자에도 저 옆 빈소에도 최소 사이즈 국화가 분명히 석 줄이 었어."
"그림하고 다르다잖아."
"다르긴 뭐가 달라? 옆에 소실(小室) 봤어? 국화꽃이 우리보다 훨씬 풍성했어. 가격 물어보려는데 나를 딱 막아서더라."
"그러니까, 처음부터 저 사람들 심기 건드리지 말았어야지. 그거 몇 푼이나 한다꼬!"
"언니! 그게 말이야 말씀이야? 누가 누구 심기를 건드린 건데?"
"절에서 하는 상조회는 별로 마진 없이 봉사하는 차원에서 하는 사업이라더라."

"봉사 좋아하시네."

"니가 절에 대해 뭘 아노?"

"봉사든 아니든 누가 보더라도 금액이 상식적이어야 하고 또, 굳이 마진에 신경 쓰지 않는다면 우리가 어떤 선택을 하던 자기들이 저렇게 열 올릴 필요가 뭐 있어?"

"누나들! 이제 그만했으면 좋겠어!"

언제 나타났는지 동생이 그들 자매 옆에서 서늘한 음성으로 일갈했다.

동생의 얼굴은 창백하다 못해 하얀 페인트를 칠한 듯, 검정색 상복과의 대비가 마치 저승사자로 분장한 연극배우 같기도 했다. 그의 말이 곧 법이었던 만큼 침묵 또한 상응하는 무게로, 장례식장 분위기를 무겁게 내리누르고 있었다.

동생의 이러한 권력(?)은 여기저기 공처럼 굴러다니던 어머니를 모신 것과 그의 장애가 가족의 부주의에서 비롯됐다는 점에서 자연 발생적으로 형성된 거였다.

군청 공무원이었던 아버지는 올망졸망한 5남매를 남기고 뜻밖의 사고로 사망했다. 재산으로 선산과 전답이 조금 있었지만 모두 도지[1]를 내주고 아버지 월급으로 생활해왔던 집안은 하루아침에 하층으로 곤두박질쳤다. 맏이인 큰오빠를 선두로 중학생 초등학생

---

1) 도지: 일정한 대가를 주고 빌려 쓰는 논밭이나 집 터

들이 줄줄이었다.

어머니는 도시로 이주할 계획을 갖고 자식들을 차례로 대구로 보냈다. 순전히 두 딸을 희생타 삼았는데 언니는 아들들 도우미로, 현숙은 아들을 성공시키기 위해 고군분투하는 어머니 조수로 시골에 두었다.

어머니의 결정에 순순히 뒤따르던 언니가 변하기 시작한 건 주경야독으로 오빠와 두 남동생들을 뒷바라지해가며, 기어이 산업체고등학교를 졸업하면서부터였다. 방송통신대학을 지원하며 독립을 선언하고 나섰다. 어머니는 현숙이가 여상 졸업 후 바통을 이어받을 때까지 참으라고 했으나 결국 언니의 고집을 꺾지 못했다.

세월은 현숙의 집안 분위기와 상관없이 한 치 오차 없이 흘렀다. 큰오빠는 한시도 편할 날 없는 집을 가출하듯 군대에 자원입대했고, 공부에 별 흥미가 없었던 둘째 오빠는 일찌감치 기계공고로 진학했으며, 동생은 대구 시내 명문중학교에서 전교 1, 2등을 하며 어머니의 바람과 기대와 바람대로 수재의 면모를 과시했다.

두 아들이 어설픈 자취생활을 이어가고 있었지만, 바야흐로 사춘기를 맞은 데다 원래부터 놀기를 좋아했던 둘째 오빠는 주말마다 밤마다 친구들과 싸돌아다니느라 동생 건사하라는 어머니의 잔소리는 공염불에 불과했다.

겨울방학을 며칠 앞둔 어느 날, 동생이 등교하지 않은 사실을 전달받은 어머니가 부랴부랴 집주인에게 연락하고, 어두컴컴한 방 안에 거품을 물고 쓰러져 있는 동생을 발견했다. 구들장으로 새어 들어온 연탄가스에 동생이 중독됐던 것이다.

 병원으로 들어간 동생은 몸의 3분의 1이 마비된 장애인이 되어 나왔다.

 드디어 말도 많고 탈도 많던 병원에서의 3일장을 끝내고 시골의 장지로 향하는 날이었다. 동네 상포계는 장례 문화가 매장에서 화장장으로 바뀌는 시대로 접어들며 일부 회원들이 탈퇴를 하며 축소되긴 했지만 여전히 남아 있는 사람들이 많다고 했다.

 어린 시절, 동네 초상이 나면 상갓집에 온 동네 사람이 모여 가는 이를 진정으로 슬퍼하며 울음으로 배웅해주던 장례식 장면이 현숙의 뇌리 속에 선명하게 남아 있었다. 원색의 종이로 만들어진 육칠 층 높이의 화려한 상여를 향해 어머니도 상체를 15도가량 기울인 채 손수건을 입에 대고 울었다. 어머니의 울음이 낯설고 두려웠을 뿐 아니라 죽음에 대한 막연한 공포로까지 이어져 상여에 대한 극한 거부감과 이질감을 동시에 느꼈었다. 그러나 서서히 죽음을 받아들이는 나이가 되어가고, 어머니의 생존 가망이 없고부터 상여에 대한 환상이 일기 시작했다. 수백 수천도의 불구덩이 속에서 한 줌의 뼛가루가 되어 나오는 화장장보다, 꽃으로 장식된 요람 속에서 몽실한 뭉게구름을 타고 하늘로 떠나보내는 의식이 한없이 낭만적으로 느껴지기도 했던 것이다. 그 숭고한 하늘 행 열차에 자신의 불효와 죄를 몽땅 실어 보내려는 꿈을 꾸고 있었는지 모르지만….

 웬일인지 동네가 썰렁했다. 동네 사람들이 동구 밖에서 그들 가족을 맞으며 곡을 하리라 예상하고 벌써부터 목이 메어 눈물을 찍어냈던 터라 현숙의 손수건은 이미 흥건히 젖어있었다. 장의차가 현숙이네 집 앞 도로로 들어서자 그때서야 장정 몇 명이 어슬렁거리는 게 눈에 들어왔다. 놀랄 일은 거기서 끝나지 않았다. 기대하고 고대해 마지않던 상여가 한낱 부스러기처럼 덩그러니 놓여있는 게 아닌가! 그녀 기억 속 겹겹으로 풍성하던 종이꽃이 얇은 홑겹으로, 어린 키를 훌쩍 넘어 위압감마저 느껴지던 6~7층 높이의 위용은 온데간데없이 싸구려 물감이나 검정 매직펜 등으로 애써 층수를 표시해 놓은 듯했다. 운구가 들어갈 상자는 누군가의 입김으로도 휙 날아가 버릴 듯한…. 조악하고 저급했으며 성냥갑 같은 무게로도 느껴지지 않았다.

　실망스런 마음을 챌 추스를 새도 없었다. 상여꾼들이 하나같이 그들에게 무슨 원한이라도 있듯 날 선 반응들을 보였다.

　"요즘 장례가 모두 간소화되고 있는 추센데, 이렇게 추운 날 굳이 노제를 지내야겠어?"

　누구에겐지 모를 선전포고에 큰오빠가 대뜸 나섰다.

　"노제 지내는 비용까지 상포계금에 포함됐으며 다들 그렇게 해왔 잖습니까? 제가 직접 상여를 멘 적도 있고, 아니면 그에 상응하는 비용을 꼬박꼬박 내왔으며, 또 사람을 사서 넣어드려…."

　도시에 살고 있다고 들은 명대 아들이 눈을 희번덕대며 혼잣말처럼 씨부렁거렸다.

　"오늘 산까지 갈라꼬 저카나 아니면 여서 썩게 놔둘라카나?"

"무슨 말이 그래?-뭐 이런 기 다 있노?-확 그냥….”

며칠 전 병원에서 원수처럼 붙어 싸웠던 두 오빠와 동생까지 한 팀이 되어 명대 아들과 맞섰다.

살벌한 분위기가 이어지자 현숙 남편이 상여꾼 대표가 누군지 묻고, 벼슬처럼 나서는 명대 아들을 구석으로 데리고 가 몇 마디 나누는가 싶더니 지갑에서 오만 원짜리 몇 장을 쥐여 주었다.

"어허, 이 서방 그러마 안 된다. 우리가 지금까지 수십 년 동안 곗돈을 한 번도 빠짐없이 내왔고, 당연히 저거들 의무인기라. 동네 인심이 와 이리 숭악해졌노!”

"아아 네에, 형님, 일단 좋게 마무리하는 게…. 조금 더 드리면 어떻습니까?”

남편의 중재로 겨우 일이 일단락되는 듯했지만, 상여꾼들은 현숙 가족이 제를 지내는 동안 가래 섞인 침을 홱 뱉어 올리거나 상여 가까운 곳에서 바지를 내리고 소변을 보는가 하면, 제 지내는 쪽을 향해 담배 연기를 뿜으며 히죽히죽 웃기도 했다.

영하 15~16도를 오르내리는 사상 최악의 기온이라는 사실을 장례식장에서 미처 인지하지 못한 탓에 혹독한 추위까지 그들의 적이 되었다. 현숙의 아이들을 비롯, 어린 조카들은 시골 구경에 신이 난 듯 바깥을 나왔다가 무서운 추위에 곧바로 차 안으로 들어가 버렸다. 운전기사는 아이들 때문이라도 히터를 켜고 있어야 한다며 기름값으로 웃돈을 요구했다. 누군가 십만 원을 찔러주자 적다고 투덜댔다.

상주 순으로 술을 따르고 절을 하며 의식을 치르고 있는데, 누군가 뒤에서 욕인지 충고인지 모를 막말을 뱉었다.
"XX! 날도 추운데, 고마 한꺼번에 절하고 말지…."
겨우 제를 끝내고 상여가 땅에서 올려지는가 싶더니, 채 몇 발짝도 떼기 전에 도로 내려오고 말았다. 어머니가 노잣돈이 모자라 저승길을 못 가겠다고 했단다.
가다 서다를 반복하는 동안 이 사람 저 사람 주머니에서 계속 신사임당이 모셔져 나왔다. 모두의 속에서 천불이 일었지만 일단 장지까지는 가야 했기에 감정들을 꾹꾹 누르고 있었다.
"우리끼리 메고 가면 안 되겠습니까?"
참다 못한 동생이 입을 열었다. 현숙 역시 그 생각을 하고 있었다. 다 때려치우고 가족끼리 운구만 들고 올라가 퍼뜩 묻고 싶었다. 장성한 조카들까지 합치면 스무 명이 넘었으니 불가능한 일도 아니었다.
동네 사람들이 왜 저렇게 적대적인지 이해할 수 없다며 현숙 남편이 다시 명대 아들을 불러 구석으로 데리고 갔다. 긴밀한 밀담 끝에 돌아온 결과는 '초상이 나면 상주가 미리 동네회관을 찾아 일백만 원 정도 내놓는 게 예의'라는 것이었다.
지금까지 야금야금 들어간 돈을 감안하여 오십만 원에 겨우 합의를 보았다.
천신만고 끝에 장지까지 도착하여 일이 마무리되는가 싶었는데, 또 하나의 태산이 앞을 가로막고 있었다. 꽁꽁 언 땅에 삽은커녕 괭이, 곡괭이조차 들어가지 않았다. 유족들이 장지까지 포클레인이 오를 수 있을지 말지 머리를 맞대는 동안, 상여꾼들은 모두 돌아가 버렸다.

오랜 기다림 끝에 긴 목을 앞세운 포클레인이 모습을 드러내자 환호성을 지르며 기뻐하는가 하면, 비로소 어머니 잃은 슬픔의 눈물을 쏟아내는 사람도 있었다.

포클레인 바가지가 뾰족한 끝으로 쾅쾅 몇 번을 두드리고는 푹 내리꽂으며, 몇 번을 흙을 퍼 올리자 금세 운구 들어갈 자리가 확보되었다. 줄자를 이리저리 대보던 오빠가 신호를 하고, 한 무리의 남자들이 달려들어 어머니를 구덩이 속으로 밀어 넣었다.

또 제를 지내야 한단다. '절-곡-한줌 흙을 집어 흩뿌리는….' 절차를 속전속결로 처리한 뒤 기사에게 얼른 흙을 덮으라는 신호를 주었다.

흙을 구덩이로 밀어 넣던 기사가 한번 밀어 넣을 때마다 그 위를 성난 듯이 바가지로 쾅쾅 때려댔다. '저 인간도 무슨 감정이 있나?' 싶어 현숙이 씩씩대며 기사에게로 달려갔다.

"왜 그래요?"

"그래야 멧돼지가 손을 못 대요!"

엔진소리로 두 사람의 음성이, 고함으로 치고받았다.

비로소 봉분의 형태가 만들어지고, 큰오빠가 미리 주문해놓은 직사각형의 잔디 판을 누가 먼저랄 새도 없이 하나씩 둘씩 들어 옮기고 있었다. 해가 떨어지자 기온이 더 내려가 모두의 손발, 입술이 시퍼렇게 언 데다 허리가 점점 구부려져 더는 일을 진행하기 어려웠다. 아래쪽에 깔린 잔디는 이미 땅과 함께 얼어붙어 꿈쩍도 하지 않았다.

"안 되겠다. 내려가자!"

큰오빠의 말이 채 떨어지기 무섭게 너도나도 앞다투어 산을 내려가기 바빴다. 여전히 꼬부라진 아래턱을 떨그럭거리며.

차에 오른 모두는 죽은 듯 혼절해버렸다.

"아아, 모진 엄마…!"

누군가 중얼거렸다.

두 올케가 차려낸 구수한 된장국과 토속적인 찬들로 된 밥상에 모두 아귀처럼 달려들었다. 며칠 동안 생존을 위한 섭식만 했을 뿐 밥다운 밥을 구경조차 못했던…. 방금 어머니를 묻고 온 자식들의 밥숟갈은 속도전을 방불케 했다. 장례식에 쓰고 남은 과일들로 후식까지 먹고 나자 하나둘 빈 공간을 찾아 눕기 시작했다. 현숙도 일주일 넘게 제대로 못 잔 데다 온종일 추위로 얼었던 몸이 풀리며 채 상을 물리기도 전에 조카 방으로 기어들었다. 부엌에서 설거지하는 두 올케와 거실 테이블에서 서류들을 잔뜩 올려놓은 오빠의 계산기 두드리는 소리를 뒤로한 채 뜨뜻한 바닥 속으로 녹아들고 있었다.

남편과 아이들을 데리고 시골 친정에 갔다. 집 앞에 차를 세우고 트렁크에 있는 짐들을 내리는 동안, 평소 같았으면 벌써 뛰어와 아이들을 껴안고 짐 손을 들어주기 바빴을 어머니가 뭘 하는지 내다보지도 않았다. 양손 가득 무거운 짐을 들고 대문을 들어서며 '엄마아' 하고 불렀다. 사랑채 가마솥에서 불을 지피던 어머니가 일어서며 고개를 돌리는데 눈, 코, 입이 없었다. 더 기함할 일은 어머니 가슴팍에 피로 범벅된 얼굴을 한 어린애가 붙어 있었는데, 자세히 보니 동생이었다.

"어서 오이라!"

숨조차 쉴 수 없어 끙끙대기만 하는 그녀 귀에 언니 목소리가 들렸다. 눈을 뜨고도 꿈인지 생시인지 몽롱하기만 한 현숙에게 언니가 발로 한 번 더 건드렸다.

"얘는 대낮부터 무슨 잠꼬대를 이리 하노, 오란다, 가자!"

눈을 뜨고도 꿈인지 생시인지, 손가락 하나 움직일 수 없는 상태로 멍하니 천장만 바라보고 있었다.

"으이, 여기 다 모여 봐라!"

오빠의 음성이 몇 번 울리고 나서야 겨우 제정신으로 돌아와 기다시피 해서 거실로 나갔다.

"에~에~에~ 모두들 고생했습니다. 오늘 추운 날씨에 이만큼이라도 하고 와서 참 다행스럽게 생각합니다… 잔디는 날씨 풀리면 동생과 날 잡아 다시 손보도록 하지요… 동네 놈들 생각하니 아직 분이 안 풀려…. 으, 으어, 어험!"

오빠는 몇 차례 헛기침을 한 뒤, 다시 말을 이었다.

"총 조의금 ○천만 원에서 모든 장례비를 제외한 금액 ○천만 원이 남았습니다… 공평하게 n분의 1로 나누었으니 모두 잘 확인하기 바랍니다."

오빠는 모두에게 선심 쓰듯 봉투 하나씩을 내밀었다. 만족해하는 얼굴과 불만족해하는 얼굴들이 뒤섞였다.

어머니 장례식을 치른 지 5개월여가 지났다. 꽃샘추위도 지나고, 봄이 성큼 앞으로 다가왔다. 어머니 산소에 잔디가 제대로 입혀졌는지, 혼자 남은 동생의 생활이 궁금하여 큰마음 먹고 시골로 내려갔다.

그동안 딱히 대상을 특정할 수 없는 서운함과 앙금에 현숙은 동생을 제외한 형제 누구와도 연락을 하지 않고 지내왔다. 장례식 마무리는 더할 수 없이 아름다운 유종의 미처럼 보였다. 장애의 몸으로 수년 동안 어머니를 모시고 산 동생에게 조문객이 몇 명 있을 리 없었다. 그에게까지 공평하게 남은 금액을 분배했으니, 엄청난 적선 행위였거나 박애주의의 표상처럼 느껴지기도 했으니까. 조의금이야말로 철저하게 투자 대비 들어오는 돈이다. 제각각의 투자금이 다른데 'n분의 1'로 통 치다니, 독재 아니면 날치기, 고스톱에 대한 모욕이라고까지 생각했다. 그 판에도 일정한 질서와 규칙이 있기 마련이었으니.

시간이 지나며 억울하고 옹졸한 마음이 조금씩 상쇄되기 시작한 건 순전히 동생에 대한 걱정과 연민 때문이었다. 그를 생각하면 가

숨이 답답하고 먹먹해 '동생'의 'ㄷ'조차 떠올리기 싫었지만, 끈질기고 집요한 사슬로 그녀를 옭아매고 있었다.

녹슨 대문을 쾅쾅 두드리자 안방 문이 스르르 열리며, 머리카락과 턱수염이 얼굴 전체를 뒤덮은 늑대인간이 성큼성큼 걸어 나와 빗장을 열어주었다.

폐가처럼 쓰러져가는 집안, 맥주, 막걸리, 소주 등, 종류도 모양도 다양한 병들이 제각각으로 뒹굴며 어머니 없이 살아온 그의 시간을 보여주는 듯했다. 방 안은 그야말로 지옥이 따로 없었다. 역겨운 시궁창 냄새, 구석구석 어질러진 살림살이, 켜켜이 쌓인 먼지들, 그 속에 들어앉은 쭈그러진 빈 술병들….

냉장고 문을 열자 플라스틱 용기들이 층마다 칸칸마다 입추의 여지 없이 쌓여 있어 숨이 턱 막혀왔다. 이어 냉동고 문을 열었다. 갑자기 산사태가 일어나는 것처럼 단단한 돌덩이들이 삽시간에 쏟아져 내렸다. 반사적으로 몸을 물렸으나 미처 빠져나오지 못한 한쪽 발이 정체 모를 검정 뭉치에 가격당하고 말았다.

"아야! 아아…."

"그냥 두지 머한다꼬…."

겨우 진정을 한 뒤 일어서서 안에 있는 것들을 모조리 끄집어냈다. 봉지를 풀리니 내용물과 함께 얼어붙어 도무지 속이 보이지 않았다.

"그동안 누구누구 다녀갔어?"

"다 왔어. 올 때마다 쟁여놓고 가서 그래."

"1회분씩 잘게 썰어 메모라도 해놓든가, 이렇게 막 쑤셔놓고 가면, 뒷일은 나 몰라라, 저거들 집에서도 이래놓는가!"

그러고도 분이 풀리지 않아 동생에게로 화살을 돌렸다.

"너는 도대체… 이런 고기들을 갖다 주면 고맙게 생각하고 얼른 해먹어야지, 손수 해먹기 귀찮으면 취직이라도 하든가, 이게 사람 사는 집구석이가?"

수 시간에 걸쳐 냉장고를 비워내고 닦아낸 뒤 준비해 간 반찬과 재료들로 밥을 지어 마루에 상을 차렸다. 동생은 밥을 흡입기로 빨아들이는 듯, 순식간에 밥과 찬들을 담은 그릇들이 바닥을 드러냈다.

시선 닿는 곳마다 널브러진 술병들이 마치 영혼이 빠져나간 동생의 모습 같아 현숙의 목이 메어왔다.

"그렇게라도 엄마가 더 사시는 게 나았을까?"

술병들을 푸대와 고무통 등에 담아 읍내 마트에 내려놓고 오자 동생은 그 새 소주를 들이켜고 있었다.

"니는 살라카나, 죽을라카나! 엄마 따라갈 끼가! 으어? 진짜 와 이라는데?"

"…."

"서울 가자! 너의 매형더러 직장 알아봐 달라고 할게. 니가 여기 있는 자체로 형제들에게 테러나 마찬가지다."

"여서 할 일이 있다."

"무슨 일?"

"엄마가 날더러 대산양반, 명대, 가리양반 등, 복수하라고 대구로 전학시켰는데…. 살아생전 효도 못했으니 돌아가신 뒤에라도…."

"니 지금 미쳤나?"

"자식으로서 마땅히…."

동생의 얼굴 위로 어른거리는 물기에 현숙 또한, 동생의 과거와 마주했다.

아버지 제사를 지낸 다음 날이었다. 동네에서는 잔치가 있거나 제사 등을 지내면 몇날 며칠씩 친척이나 이웃들이 그 집을 드나들며 음식을 나눠먹으며 시간을 보내곤 했다.

학교에서 돌아오니 어른들이 방안에 가득했다. 현숙과 동생도 동네 사람들 사이에 끼어 문어꼬리며 곶감 등을 집어먹고 있었다.

정담들이 오가는 사이, 어머니가 옆에 앉은 대산댁과 실랑이를 벌이는 듯했다.

"아지매! 무슨 소리하는기요? 우리 양반이 벌써 갚았다고 하던데요."

"자아들 아버지 세상 떠나기 며칠 전에 우리 집에 찾아와 내년까지 연장해 달라고 사정했고, 수첩에도 분명히 받았다는 표시가 없는데 언제 갚았다고 그러는가??"

"나는 모르요. 우리 양반이 줬다고 하는 소릴 분명히 들어…."

방 안의 분위기가 어머니 편으로 기울자 대산댁이 쌩하며 나가버리고, 방에 있던 사람들 하나같이 '저 집 부부 행사머리가 깨끗지 못하다'며 수군대다 돌아갔다.

크고 작은 산들이 병풍처럼 둘러싸인 동네는 그때까지 전기가 들어오지 않아 밤이 되면 칠흑이었다. 양력 시월 하순, 서산 하늘에 그믐달이 걸려있는가 싶더니 어느새 어둠이 삼키고 말았다.

앞산에서 부엉이와 여우 울음소리가 들렸다. 누운 채 동생과 장난을 치고 있는데 어머니가 호롱불을 끄며 겁을 주었다.

"안 자는 아이는 여시와 부엉이가 귀신같이 알고 눈을 빼간단다. 얼른들 자라."

이불을 끌어당기며 눈을 감으려는 순간, 사립문에서 쩌렁쩌렁한 남자 소리가 들렸다. 어머니 치마꼬리를 붙잡고 마루로 가니 어떤 남자가 축담에 삽을 세운 채 괴물처럼 서 있는 게 아닌가!

"대산 양반! 이 한밤중에 무슨 일인기요?"

"니기미 X팔, 갚았는데 와 안 갚았다 카노! 대부네 집구석 불싸질러삔다."

"날 밝을 때 천천히 얘기합시다."

"장부 내놔! 빡빡 찢어삘라니까."

"내일 날 밝을 때 맞춰보게 돌아가이소."

끝까지 장부를 내주지 않는 어머니를 향해 입에 담을 수 없는 욕을 퍼부으며 장독 몇 개를 삽으로 깨뜨리고 돌아갔다.

중학생이 된 현숙이 학교에서 집으로 오는 길이었다. 집까지의 길은 작은 산등선을 넘어-신작로-논밭 길-동구 밖으로 이어졌다. 등하굣길 논밭에는 어른들이 허리를 굽히거나 앉아 김을 매는 풍경이 예사였다.

긴 가뭄이 이어지던 7월 초순, 기우제를 지냈음에도 비가 오지 않아 사람들의 걱정과 한숨이 탄식처럼 이어지고 있었다. 집안 사정을 알아가는 나이가 된 현숙도 날마다 하늘을 올려다보는 어머니의 표정에 가슴이 바짝 타들어가고 있었다.

신작로 양쪽으로 곧게 뻗은 버드나무들에서 매미들이 떼창을 하고 있는 사이로 영어 단어를 외우며 걷고 있는 현숙의 귀에 매미 울음소리와 구분되는 날카롭고 섬뜩한 비명이 들렸다. 익히 귀에 익은, 같은 피를 나눈 사람의 절규였다. 소리 나는 쪽으로 죽어라 뛰어가니 어머니와 명대가 싸우고 있었다.

명대는 일자무식, 낫 놓고 기역자도 모르는 까막눈이었다. 남의 집 머슴살이하다 장가를 갔고, 아이들이 줄줄이 태어났다는 것을 현숙이 귀로 듣고 눈으로 보며 자랐다.

현숙이네 논과 명대의 유일한 논마지기가 면해 있었다. 가뭄이 지속되어 양수기 물조차 마르자 두 논 사이 졸졸 새어나오는 어린 남자아이 오줌 줄기만 한 물로 간당간당하게 버티고 있었는데, 어느 순간 보를 자기네 논으로 완전 돌리는 것도 모자라 현숙이네 논까지 야금야금 파먹고 있었다. '논이 점점 명대한테로 넘어간다'며 어머니의 한숨에, 현숙은 논의 소실보다 어머니가 명대에게 당할 일이 더 두려웠다.

어머니가 사비를 들여 측량 기사를 부르고, 명대가 점령한 우리 논에 말뚝을 박고는 새끼줄로 줄로 금을 치는데, 명대가 낫으로 줄을 자르고 말뚝을 뽑아버리는, 그날이 그날이었다.

"도랑물 돌리는 것도 모자라 남의 논을 이렇게 파묵어 들어가다니, 양심이 있는 사람이요?"

"이 XX과부년이… 그래 나 양심 없다! 법?… 해볼라마 해바…."

새끼줄을 자르고 말뚝을 빼는 것도 모자라 논 가운데 심어진 벼를 뿌리째 뒤집어 올리는 명대를 어머니가 막아서며, 두 몸이 논바닥으로 나뒹굴었다. 현숙이 논두렁에서 발을 동동 구르며 울고 있는 사이, 흙탕물을 뒤집어쓴 명대가 먼저 일어나며 바닥에서 버둥거리는 어머니를 자근자근 밟았다. 언덕 위 산에서 소를 몰던 동생이 그 모습을 목격했는지 괴성을 지르며 논으로 뛰어들었다. 가까스로 논구덩이에서 기어 나온 세 모자는 진흙탕을 둘러쓴 채 각기 다른 방식으로 울고 한숨지었다.

그해 여름밤이었다. 안방에는 어머니와 동생이, 작은방에는 현숙이 각각 모기장을 치고 문을 활짝 열어놓은 채 자고 있었다. 어머니의 괴성에 놀란 현숙이 안방으로 달려가자 윗마을에 사는 가리양반이 헐레벌떡 뛰어나갔다. 가리양반은 동생의 절친 성호 아버지였다. 동생은 천지도 모르고 자고 있었다.

날이 밝자마자 어머니는 가리댁을 찾아가 지난밤 일을 고하고, 경찰에 알리겠다며 펄펄 뛰었다. 가리댁은 손이 발이 되도록 싹싹

빌었다. 비록 피해자지만 어머니에게도 그 일은 남세스럽고 민망한 일이었던지라 그 선에서 마무리하는 걸로 물러섰다. 그런데 일이 우습게 돌아갔다. 그 집에서 어머니를 남자 유혹한 과부로 먼저 소문을 퍼뜨리고 있었던 것이다.

 미모의 젊은 과부로, 동네에서 부당한 일을 당할 때마다 어머니는 울분을 삭이며 아들들에게 기대를 걸었다. 단 한 명이라도 부디 판검사가 돼주길 바라며 복수의 칼날을 갈고 있었다. 어릴 적부터 남다르게 영특했던 동생에게 그 기대가 가장 컸다.

 동생이 어머니에게 해를 입혔던 인간들에 대한 이야기를 털어놓는 동안 시간은 어느새 자정을 훌쩍 넘고 있었다. 마루에서 보이는 저 멀리의 앞산이 온갖 회한을 담은 채, 대산양반이 삽을 들고 축담에 떡하니 서 있는 것처럼. 수십 년의 세월을 건너서 그들 앞을 가로막고 있는 듯했다. 그날처럼 부엉이가 억세게도 울어댔다.
 "아직 그 인간들이 이 동네 버젓이 살고 있다는 게 용서가 안 돼…."
 "사람이 살다 보면 억울하고 서러운 일 등을 당하기도 하고, 그게 인간사지, 그런 억울함을 없애기 위해 법이 있고 도덕과 윤리가 있는 거고, 법의 존재 이유와 교육의 개념조차 모르는 짐승을 인간인 네가 어찌…."
 "지금까지 내가 그나마 인간이 되고자 했던 것은 엄마를 위해서였어, 이제는 그 의미가 무색하고 그럴 필요조차 없어, 여기서 더 잃을 게 없으니, 엄마를 죽게 한 인간들 내 끝까지 복수하고 말 터…."
현숙의 몸이 파르르 떨리며 경련이 일었다.

현숙이 시골에 다녀온 지 약 한 달이 지났을 무렵이었다. 시댁의 집안 행사로 약 일주일간 동생과 통화를 하지 못한 사이, 형제들 단톡방에 난리가 났다.
동생이 대산양반, 명대네, 가리양반 집 산소를 모조리 파헤친 것도 모자라 그들 집에 있는 장독을 하나 남김없이 깨트려 박살을 내고…. 그 여파로 명대 마누라가 쓰러져 병원에 실려 갔다는 것이다.
동생은 즉시 체포되어 이미 거창지방법원으로 넘어갔다고 했다.

수개월 여의 재판 끝에 동생은 집행유예 3년에 실형 1년, 적지 않은 벌금형을 선고받았다. 이미 1년 가까이 감옥에 있었던 터라 형 확정 후 얼마 안 돼 풀려났다.
출소한 동생을 현숙이 서울로 데려왔다. 이미 시골에는 그가 설 자리가 없었다. 명대 마누라는 동생의 파행 이후 쓰러져 더 이상 일어나지 못하고 곧장 요양병원으로 들었다. 대구에서 택배 일을 하는 명대 아들이 '병신XX 나오기만 하면 바로 죽이겠다'며 오빠들에게 수없는 협박을 해왔다고. 가해자와 피해자, 피해자와 가해자끼리 어떤 돌발 행동을 할지 알 수 없었기 때문이다.

현숙 남편이 자신의 대학 연구실과 산학협동과제를 수행하는 회사에 동생을 취직시켜주었다. 교도소에서 일 년여 규칙적인 생활을 하고 나와선지 그의 몸은 훨씬 다부지고 건강해보였다.

이후 정확히 몇 개월이 흘렀는지 모른다. 퇴근한 남편이 현숙을 다그치며 씩씩댔다.
"당신 알았어? 처남 회사 그만둔 줄?"
"무슨 소리야?"
"어떻게 소개해준 자린데…."

그로부터 며칠 후, 친정 형제 단톡방에 또다시 불이 났다. 명대가 논도랑에 처박혀 죽었다는 것이다. 명대의 시집간 딸이 일주일째 아버지와 연락이 닿지 않아 친정으로 달려와 발견하곤 경찰에 신고했단다. 죽은 지 일주일이 넘었다는 얘기였다.
가장 유력한 용의자로 동생을 지목하고 수사를 하려는데 집 대문과 마루 미닫이문 등이 굳게 닫혀 있다며, 보호자들의 협조를 요청한다는 내용이었다.
읍에 도착하니 형제들이 시골에 가지 않고 현숙을 기다리고 있었다. 모두의 얼굴은 말이 아니게 초췌하고 굳어 있었다. 아마도 흥분해있는 동생을 가장 잘 다스릴 사람으로 현숙을 기다리고, 또 가장 최악의 불행한 사태를 우려, 감히 따로따로 갈 엄두조차 내지 못하고 있었던 듯했다.

모두들 함께 시골집으로 갔다.

대문을 두드리며 동생 이름을 불러보았지만 무거운 침묵에 몸이 오싹할 정도의 무서운 적막만 가득했다. 둘째 오빠가 담을 넘어 안에서 빗장을 열어 모두는 부들부들 떨리는 몸으로 한 발 한 발 안으로 들어갔다. 마루의 미닫이문 역시 둘째 오빠가 망치로 두드려 깼다. 한고비 넘으니 또 한고비…. 다시 안방 문을 열기 위해 망치, 끌, 지렛대 등, 연장이란 연장을 다 동원, 문짝을 아예 뜯어냈다.

벽돌 대여섯 개를 깔고 앉은 양철통에 형제들 수를 의식했는지, 연탄 다섯 장이 자신들의 분신을 불사른 채 하얗게 변해 있었다. 영혼이 빠져나간 동생의 몸뚱이는 외로 엎어져 있었다. 현숙이 동생을 바로 눕히자 입에서 새어나온 피가 가슴까지 흥건히 적시고 있었다. 언니와 올케 둘이 괴성을 지르며 대문 밖으로 튀어나가는 소리가 들렸다.

경찰이 타살인지 자살인지를 조사한다며 방 안에 있는 먼지 하나조차 손대지 못하게 한 까닭에 형제들은 두 손 두 발 묶인 채, 온 방 구석구석을 할퀴고 쥐어뜯으며 몸부림친, 숨 끊어질 당시의 처참하고도 무자비한 흔적들을 생생히 되새겨야만 했다.

경찰은 형제들에게도 조사가 불가피하다며 모두를 읍에 있는 경찰서로 연행했다. 사망일로 추정되는 날을 기점으로 동생의 생존 반응이 나타나는 곳곳마다 CCTV를 확인했다.

"자신의 계좌가 있는 읍 소재 농협으로의 몇 번의 출입… 병원에서 수면제를 처방받고… 마트를 돌며 술과 연탄, 번개탄을 구입…

집으로 돌아오는 버스 안…."

명대를 죽이고, 자신이 죽을 준비를 해가는 과정들이 혈육으로 이어진 연줄로 고스란히 전달되었다. 지옥의 불구덩이 속으로 내던져지는 고통이 그러했을까, 그것은 차라리 죽음보다 더한 고통이었다. 죽을 때까지 두고두고 감내해야만 하는 지옥이었기 때문이다.

그는 철저히 어머니를 괴롭힌 인간들과 불효한 자식, 형제들에게까지 완전한 복수를 하고 떠난 셈이었다. 의사가 추정한 사망일은 약 일주일 전으로 음력 시월 이십일, 어머니 돌아가신 날이었다.

경찰과 의사가 사인을 자살로 마무리하며, 동생의 유서를 그때서야 돌려주었다.

"신이 나를 이렇게 세상에 던지셨으니, 이 모양 이대로 신께로… 이 모든 것은 신의 선택…."

유서의 마지막 문장이었다.

第九章 結論

중편소설

신(神)의 선택·3

인생은 한바탕 축제인가,
소풍 끝난 후의 허전함인가?

    경찰에서는 동생의 사망일을 일주일 전으로 추정했다. 그렇다면 음력 시월 스무날쯤이 되는데, 그날은 엄마가 돌아가신 날이기도 했다. 엄마는 긴 시간 병석에 누워 있으면서 지친 자식들의 모진 불효 속에 떠났다. 경제활동을 하지 못한 시점부터 순전히 자식들 주머니에서 나오는 돈으로 생활해야 했기에, 이 자식 저 자식의 눈치를 살펴야 했다. 살얼음판 위를 걷듯 하는 엄마를 보다 못해 장애를 가진 막내 남동생이 자신의 꿈과 인생을 접은 채, 엄마를 모시고 시골로 귀향했다.
    동생의 결단으로 한동안 집안은 잠잠했다. 하지만 인간의 마지막 수순 같기도 한 '요양원-요양병원-병원'을 번갈아 옮겨 다니는 동

안, 엄마는 또다시 병원비 문제 등으로 자식들을 불효자로 만들었다. 몸과 마음이 지쳐가던 나날들… 그 막다른 길목에서 현숙이 끔찍한 불효를 저질렀다. 점점 심화되는 형제들의 전쟁(!) 그 악몽의 굴레에서 벗어나고자 식물인간 상태의 엄마의 호흡을 멈추게 했던 것이다. 현숙은 엄마가 숨을 거두는 단 몇 초만 참으면 형제간 전쟁이 종식되고 밝은 평화가 찾아오리라 믿었다.

거미줄처럼 얽힌 자연 생태계, 곧 스러질 듯 보이는 미미한 생명일지라도 누군가의 삶을 지탱하는 원천일 수 있음을, 사위어가는 촛불이었지만 동생의 삶을 지탱해주는 '영양 줄'이었음을, 미처 깨닫지 못했다.

엄마와 직접적인 줄로 맞닿아 있었던 생명체, 동생이 스스로 목숨을 끊었다. 현숙이 슬픔에 앞서 지옥의 나락으로 떨어지는 공포에 떨었던 이유는 부정할 수 없는 인연의 고리 때문이었다. 그와 얽히고설킨 수많은 고리들 중 어느 누구의 생명과 맞닿아 있을지 모른다는 이유에서였다.

소식을 접하고 고향집으로 달려온 형제들이 동생의 주검 앞에서 허둥댔다.

"아이고오, 아이고오!"

"내가 니를 이리 만들었다."

"어야, 이 일을 우째야 되노!"

"빈소부터 차려야 되는 거 아이가?"

"엄마 아부지 옆에 바로 매장해야 하나?"

"자식도 없는데, 우리가 영전에 술 따른다 말이가?"

"세상에 나온 순서대로 가는 게 순린데, 니가 나를 앞서 가노!"

"누나! 제발 그만 좀, 언제까지 종현이 저렇게 연탄재 속에 둘라꼬?"

"차라리 나, 나, 나를 델꼬 가라, 아이고오 아이고오! 나를 무, 무, 묻어라….”

누구의 입에서 나오는 통곡이며 탄식인지 분간할 수 없는 상황 속에 언니가 옆으로 휙 쓰러지며 일순간 상황이 종료됐다. 급히 구급차를 불렀지만 읍내와의 접근성이 좋지 않은 시골이라 오는 시간이 더뎌, 발을 동동 구르던 형부가 중간에 인계하기로 하고 헐레벌떡 차에 태우고 떠났다. 대신 논의는 자유로워졌다.

관 구입 경로와 입관 후 절차 등에 대해 3남매가 의논해 나가던 중, 둘째 오빠가 자신의 트럭으로 가족끼리 운구를 메고 엄마 아버지 산소 옆에 묻자고 했다.

"젊은 아이들한테 어떻게 그런 일을 시켜요?"

자신의 아이들에게 험한 주검을 맡길 수 없다며 발끈하는 두 올케를 현숙이 사나운 눈빛으로 쏘아보았다. 두 사람은 황급히 기둥 뒤로 몸을 숨겼다. 험악한 분위기에 큰오빠가 중재하며 나섰다.

"집사람과 제수씨 말도 일리 있다. 엄마 장례식 때 경험했잖아. 상여꾼들의 행패에 차라리 가족끼리 상여를 옮길까 하고 들어보니 꿈쩍도 않았던….”

결국 둘째 오빠가 읍내에서 장례식장을 운영하고 있는 친구에게 물어보기로 하고, 휴대폰을 꺼내 전화를 걸었다. '어, 어' 소리를 반복하며, 마루에서 축담으로, 축담에서 마당으로, 급기야 장독간을 넘어 남새밭 귀퉁이 고욤나무 아래까지 가서 스파이 접선하듯 소곤거렸다. 현장에서 일하다 말고 달려온 둘째 오빠의 작업복 여기저기엔 페인트가 묻어있고, 작업모를 썼던, 착 달라붙은 머리는 군데군데 새치가 뭉쳐있어 마치 하얀색 DDT 가루를 뿌려놓은 듯했다.

"아아아악! 으어어억!"

통화가 길어지는가 싶던 둘째 오빠의 발작적인 괴성이었다. 둘째 올케가 비명을 지르며 달려가고… 큰오빠 내외와 현숙도 남새밭으로 내달렸다.

"내가, 내가 죽였다. 엄마도 동생도, 모두 내 때문에…."

고욤나무에 머리를 짓찧으며 자해를 하고 있는 둘째 오빠를 네 사람이 달려들어 겨우 땅바닥으로 끌어 앉히자, 이번에는 머리를 바닥에 쿵쿵 찧으며 몸부림쳤다.

"동생! 이러지 마라, 이 모든 사단은 맏이인 내 탓이다. 내가 못나서… 어무이 용서하이소, 종현아 미안하다, 아이고오 아이고오…."

큰오빠의 통곡에 바닥에 널브러져 있던 둘째 오빠가 벌떡 일어나 큰오빠를 안으며 말렸다. 둘째 오빠 얼굴은 어디가 찢어졌는지 피범벅이었다. 남새밭의 심어놓기만 하고 거두지 않아 허옇게 말라버린 시래기 같은 배춧잎과 무 잎사귀 틈에서 부둥켜안으며, 형제들은 참으로 오랜만에 화합했다. 마루에서 둘째 올케가 자기 남편 얼굴의 피를 닦고 밴드를 붙이는 동안 둘째 오빠가 친구와의 통화내용을 전했다. 어느 죽음이든 반드시 예를 치른 후 저세상으로 보내는 의식이 필요하단다. 그 말에 모두가 고개를 끄덕였고, 서둘러 읍내 장례식장에 빈소를 차리기로 했다. 화장을 할지 매장을 할지에 대해서는 장례식장에서 의논하기로 했다. 경찰이 타살인지 자살인지를 조사한다며 노란색 바탕에 검은색으로 'police line'이라고 쓰여진 띠를 둘러치고는, 동생의 주검에 손도 대지 못하게 하는 바람에 모두는 빈손으로 읍내에 갔다.

장례식장은 모든 시설과 물품들이 완비된 채 그들을 손님처럼 맞았다. 영정 사진 주변의 국화는 송곳 하나 꽂을 자리 없이 빽빽했고, 여러 대의 냉장고에는 칸마다 술과 음료들로 가득 차 있었다. 보일러도 진즉 가동했는지 이미 뜨끈뜨끈하게 데워져 있었고, 조문객을 맞이할 수십 개의 테이블 위에는 설거지하기 편리하도록 비닐 덮개까지 완벽하게 세팅되어 있었다. 여느 유명 인사의 장례식장처럼 호화롭게 느껴지기까지 하는 분위기에 현숙은 아이러니하게도 불편함을 느꼈다. 누군가의 장례를 치르고 남은 흔적들이 아닌지 수사관처럼 훑고 다녔다. 국화꽃의 신선도가 의심되어 직접 손으로 만져보기도, 가까이 다가가 냄새를 맡아보기도 했다. 눈으로 촉각으로, 후각으로도 신선도를 구분해 낼 만큼 해박하지도 않았으면서, 그저 모든 것들이 눈에 거슬렸을 따름이었다.

동생의 시신은 최초 발견 시점부터 반나절이 경과한 후에야 장례식장으로 옮겨졌다. 의사로부터 일산화탄소 중독에 의한 사망임을, 경찰로부터 자살임이 입증되고 나서였다.

큰오빠-언니-둘째 오빠-현숙-동생으로, 5남매였던 그들 가족에서 한 명이 저세상으로 갔으니 남은 형제는 총 4명이었다. 각자의 배우자까지 합쳐 모두 8명, 언니가 병원으로 실려 가며 형부까지 빠졌으니 남은 사람은 총 6명뿐이었다. 5남매 자식들을 다 합치면 스무여 명이 넘었으나, 어찌된 일인지 조카들이 보이지 않았다. 너도 나도 삼촌 또는 외삼촌의 불행한 죽음을 아이들에게 알리고 싶어 하지 않았음을, 인간의 이기심은 모두가 비슷하다는 것을 현숙이 곧 깨달았다. 그녀 역시 시부모에게 다른 볼일로 집을 비운다며, 남편에게 입단속까지 시켰으므로.

형제들의 극도로 흥분됐던 감정들이 조금 가라앉나 싶었는데 병원으로 실려 간 언니가 돌아오며 다시 고조되기 시작했다. 텅 빈 눈으로 부숭부숭한 국화송이 한가운데의 영정 사진을 뚫어지게 바라보다, 기어이 사진을 빼내 젖먹이 어린아이 품듯 가슴에 껴안고는 또다시 통곡을 이어갔기 때문이다.

언니는 울 힘조차 없으면 기절하듯 드러누워 불경을 읊조렸다. 보다 못한 형부가 조카를 시켜 집에 있는 카세트 라디오와 테이프를 가져오게 했다. 역사 속 물건 같은 카세트테이프를 누르자 신기하게 언니의 불교식 방언(?)이 멈췄다. 테이프에 녹음된 것은 어느 국악 명창이 부른 '회심곡'이었다. 기독교인 둘째 올케가 격한 거부감을 표시하다 둘째 오빠에게 제지당했다. 회심곡 완창 녹음한 카세트테이프여서 한 번 꽂아 놓으면 2시간여 동안 울었다.

회심곡 소리를 배경으로 언니의 통곡은 이어졌다 끊어지기를 반복하며, 가끔 잠에 드는지 조용하기도 했다. 대부분 소리에 적응하는 듯했으나 현숙만은 예외였다. 회심곡 가사 구절구절이 예리한 비수처럼 그녀 뇌리를 파고들며 뇌의 교란을 일으키는 듯했다. 현재 일어난 일들이 꿈인 듯 생시인 듯, 어느 경계치만 넘으면 곧바로 미치는 단계로 접어들 것 같아 황급히 의식을 당기기도 했다. 그러면 다시 참극의 현장에 포로가 되곤 했다.

아버님 전엔 뼈를 빌고 어머니 전엔 살을 빌어 태어난 동생은 엄마의 성심으로 길러내고자 했던 과부하에 한쪽이 무너진 반편이 되었다. 그에게 엄마는 성(城)이었으며 기둥이었으며, 삶의 이유이기도 했다. 엄마가 떠남으로 그의 존재 이유가 소멸되었고, 그의 떠남으로 형제들 또한 무너져 내리고 있었다. 그가 허물어버린 성안엔 가족이란 이름으로 공유해온 온갖 희로애락이 살아 숨 쉬고 있었다. 세상을 살아가는 데 끊임없는 영양 공급이 이루어지는 성, 그 화수분에 무시무시한 핵폭탄이 떨어진 격이었다. 과거와 현재, 미래까지 위협하는 핵!

동생이 그 결단을 하기까지 고뇌했을 시간과 참극의 현장은 방사능 오염보다 더 지독한 살상 무기임에 틀림없었다. 형제들의 의지와는 상관없이 머릿속을 지배할 것이기에.

"벽돌 여섯 개 위에 놓인 연탄 넉 장… 하얀 재로 변한 마흔여덟 개의 빈 구멍… 영혼이 빠져나간 동생의 몸뚱이… 방 구석구석을 할퀴고 쥐어뜯으며 몸부림친…."

"아이 씨이, 산 사람마저 죽을 판…."

몽롱했던 의식이 화들짝 깨어났다. 캐리어와 패딩 점퍼들이 무질서하게 쌓여 있는 방 귀퉁이, 웅크려 자고 있던 남편의 볼멘소리였다.

"아휴우! 저놈의 라디오를 확!"

현숙은 남편에게 살의를 느꼈다. 이 비극적인 일에 피 한 방울 섞이지 않은, 동생이 그려온 모노그래프에 먼지만 한 점으로도 위치하지 않을 저런 타인은 오로지 의식의 순도를 해치는 이물질(?), 그 이상도 이하도 아닐 거라 여겼다. 어제 형부와 둘이 술상을 마주한 채 잔을 주거니 받거니 하며, 큰 소리로 웃기까지 했었다.

누구에게든 무엇에게든, 폭파하고 싶은 분노를 겨우 가누며 현숙은 방을 나왔다. 빈소 바닥에 검정색 상복을 입은 언니가 장례식 건물 신축 당시부터 설치된 부조물처럼 밀착돼 있었다. 얼핏, 음식점 앞에 진열된 메뉴의 모형처럼 장례식장에서 상주 대신 절을 도와주는 모형으로 여겨지기도 했다. 비현실의 현실, 현실의 비현실….

인간의 슬퍼하는 마음에는 아무리 소량이라도 자신의 행복을 다지려는 이기적인 감정이 존재한다고 믿어왔다. 이 참담한 비극 앞에, 어떠한 숫자나 공식을 대입해도 그러한 감정이 산출되지 않는다는 현실에 절망이 일었다.

회심곡 노래가 다 돌자 부스스 몸을 일으킨 언니가 라디오에서 테이프를 꺼내 돌려 넣은 뒤 스위치를 눌렀다. 이어 여전히 타고 있는 향로에 몇 개를 더 꽂았다. 빨갛게 자신의 몸을 태우며 뿌연 연기를 내뿜는 향불이 이 구석 저 구석에 폐품처럼 널브러진 사람들과 동일시되었다. 참담한 현실에 육신과 정신이 오그라드는….

새로 태우는 향에서 나오는 연기가 독했다. 속이 울렁거리고 머리가 지끈거려 현숙은 잠시 밖으로 나갔다.

잔뜩 찌푸린 하늘에 눈발이 휘날렸다. 탁하다 못해 텁텁한 실내 공기를 피해왔지만 오싹하도록 찬 기온에 이내 몸이 움츠러들고 말았다. 장례식장이 읍내에서 조금 떨어진 산기슭에 위치하고 있어 겨울 산의 추위가 여과 없이 파고들었다. 대신 공기는 맑고 신선해 메슥거리던 위장과 두통이 조금 가라앉는 듯했다. 밖에 조금 더 있고 싶어 안으로 들어가 두꺼운 옷을 걸치고 다시 나왔다.

주차장 가장자리를 돌다 현숙은 문득, 장례식장이 1층에 있다는 사실을 인식했다. 지금까지 다녀본 장례식장은 규모에 상관없이 모두 병원을 낀 지하실에 위치해 있었다. 죽으면 땅속으로 들어가는 생명체와 지하 장례식장을 연관 지으며 나름의 철학을 정립해오던 터였다. 기껏 쌓아올린 사상과 철학을 부정당하는 느낌은 고약했다. 신(神)이 지구를 거꾸로 들고 있다는 착각이 드는가 하면 자신이 지구 표면에 중력으로 매달려있는 환각까지 일었다. 갑자기 주변 산들이 그녀 주변을 빙글빙글 돌며 현기증을 일으켰다. 부랴부랴 주차장 가장자리 옹벽으로 몸을 끌어 기댄 채 쪼그려 앉으니… 조금 진정이 되는 듯했다.

회색빛 하늘이 땅과 맞닿아 있는 듯 낮게 내려와 있었다. 땅인지 하늘인지 모를 곳에서 솟아나는 눈송이들이 사이로, 저 멀리 로켓처럼 우뚝 솟은 무엇이 그녀 시야를 당겼다. 고딕 양식으로 지어진 중세 유럽의 성당 같기도 했다.

"누구 별장인가?"

만화 속 그림처럼 비현실적인 풍경이 점점 그녀 가까이로 클로즈업되던 순간, 현숙의 심장이 쿵! 내려앉았다. 신축한 군청 청사였다.

고향을 떠난 지 수십 년, 결혼하여 대한민국 수도 서울에 살고 있는 시민으로서 굳이 고향 군청청사에까지 관심을 기울일 만큼 애향심이 높지도, 할 일이 없지도 않았다. 의지와는 상관없이 촉이 그쪽으로 닿았던 게 그녀 집안과 원수지간이었던 사람이 군수 자리에 오르고 나서였다. 바로 동생의 둘도 없던 죽마고우 홍석표였다.

동생의 죽음에 대한 울분이 저 뾰족한 청사로 향했다. 현숙은 악령을 퇴치하는 주술사의 주문처럼 '군수-석표….' 두 단어를 되뇌며 탑돌이 하듯 주변을 돌았다.

건물을 돌아 주차장으로 막 나오던 참이었다. 낯선 트럭 한 대가 들어오고, 차에서 내리는 운전기사와 눈이 딱 마주쳤다.

"혹시 백일 호 상주라예? 아아 참, 거밖에 없네예."

그는 혼자 묻고 답하며 서둘러 트럭 적재함에 실린 화환을 내려 바람처럼 안으로 사라졌다. 타인! 완벽한 타인의 등장에 두근거리는 심장을 안으며 현숙도 그를 따라 안으로 들어갔다. 101호 앞에서 언니와 무슨 이야기를 주고받고 있었다.

"누가 보냈어?"

현숙의 물음에 언니는 대답 대신 고갯짓으로 아래를 가리켰다. 특별할 것 없는 하얀 국화꽃 화환 아래 '형제 일동!' 글자가 눈에 들어왔다. 실망과 허탈감이 몰려왔다. 조금 전 주차장으로 들어오는 트럭과 기사가 얼마나 반갑던지, 하마터면 뛰어가 반길 뻔했었다.

두 올케가 테이블에 아침 식사를 차리고 있었다. 다 합쳐 8명이었다. 아이들이 없어 다행이다 싶으면서도 삼촌, 외삼촌 가는 길에 예를 갖춰야 할 것 같은… 현숙의 마음이 열두 번도 넘게 오락가락했다. 미움과 원망의 종잡을 수 없는 감정 언저리에 남편도 있었다. 어제 형부와 술잔을 기울이며 히히대더니, 오늘은 식전 댓바람부터 카세트테이프 소리에 짜증을 내는가 하면, 억지로 밥을 넘기는 형제들과 달리 주방에서 커다란 양푼을 찾아 국을 퍼 담고는 밥 두 공기를 한꺼번에 말아 마파람에 게 눈 감추듯 먹어치웠다. '육개장이 시원하다'며 올케에게 한 그릇 더 부탁해 땀을 닦아가며 후루룩 마시는 형부와는 난형난제로, 누가 더하고 덜하지 않았다. 부엌 설거지를 돕고 돌아서니, 남편과 형부가 믹스커피를 타 마시며 고스톱 판을 벌이고 있었다. 형제간 DNA를 누가 부정할 수 있으랴, 언니가 현숙의 마음에 들어갔다 나오기라도 한 듯 시원하게 그들을 응징했다. 펼치고 있는 고스톱 판을 홱 둘러엎었던 것이다.

"이 여자가 와 이라노? 뭐하는 짓이라?"

"당신 집에 가소!"

"죽어가는 거 겨우 살리났더니, 정신이 돌았나?"

"그러게, 안 돌아서 미칠 지경, 당신 동생이 이렇게 죽었어도 여기서 고스톱 판 벌렸겠나?"

"내가 처남 죽어라 켔나?"

"죽인 거나 다름없다. 엄마 아플 적에 우리 집에서 다문 몇 달만이라도 모시자고 사정했을 때 뭐라켔노? 결혼하면서부터 당신 부모 한집에 살며 수발했어. 그런데 엄마는 한 번도 모시지 못하고…."

소싸움 하듯 형부에게 돌진하려던 언니를 현숙과 오빠들이 붙들고, 형부는 남편이 막아섰다. 결국 현숙이 남편을 몰아세웠다.

"형부 모시고 나가! 발인할 때 오든지 말든지 알아서 해!"

두 남자는 오빠들의 만류에도 불구하고 옷을 챙겨 입고 밖으로 나가버렸다. 피가 섞이지 않은 두 이방인은 그렇게 퇴각했다.

빈소를 차린 후 가까이 지내는 친구 몇 명에게 연락을 하려는 현숙을 언니 오빠들이 강하게 말렸다. 부모상(喪)은 지인이나 동창회 등에 알리는 게 온당하지만 형제상은 관례도 아니거니와 예의도 아니라는 것이었다. 동생의 지난날을 기억하고 아픔을 공유할 수 있는 누군가의 방문이 절실했다. 명치를 누르고 있는 응어리를 토해내고 싶었다.

점심을 먹은 기억이 없는데 오후 2시를 넘어서고 있었다. 간간이 곡을 하던 언니도 더는 기운이 없는지 빈소 바닥에 물귀신처럼 풀어져 있었다. 카세트테이프가 한 치 오차 없이 도는 가운데 매캐한 향 냄새와 연기는 점점 심해지자, 두 올케가 독한 향과 음악 소리에 몸이 아프다며 병원에 다녀와야겠다고 했다. 육신 편한 것조차 죄악이라는 생각에 참고 견디는 형제들과 그들은 분명 다른 족속이었다.

오빠들로부터 향과 라디오 볼륨을 줄이자는 이야기를 들은 언니는 보란 듯 향을 한 움큼 더 집어 향로에 꽂고는 라디오도 소리 끝까지 올렸다. 천둥 번개 치듯 쿵쾅거리는 소리와 매캐하고 코를 찌르는 연기가 전쟁 영화 장면 같기도 했다. 현숙은 오소리 작전 지령을 받은 군인들이 군악대를 동원하여 탱크를 밀고 내려온다고 상상했다.

선봉에 선 사령관이 명령했다.

"불편하고 거북한 사람 모두 가라! 내가 저지른 일, 내가 감당한다!"

"그래요, 올케들은 집에 갔다가 발인 때 오세요."

형제들의 허락을 받았다고 생각한 올케들이 방으로 들어가 한 보따리 짐을 챙겨들고는 빛처럼 사라졌다. 피 한 방울 섞이지 않은 두 명의 전사를 더 퇴각시킨 작전은 바둑의 묘수와도 같았다. 공범끼리 나눠 가져야 할 떳떳지 못한 비밀을 그들이 몰래 들여다보며 히죽대는 것 같아, 못내 이물스럽게 느껴지던 중이었다. 끈끈한 핏줄로 연결된 4명이 남았다.

"어이, 모두 여어 와서 저어 좀 봐라!"

창가에 서서 밖을 내다보던 큰오빠가 뒤를 돌며 동생들을 부르자 둘째 오빠와 현숙이 다가갔다. 저 멀리 산 아래서 아이들 몇 명이 썰매를 타고 있었다.

"우와! 벌써 얼음이 얼었나? 무슨 소리예요? 밖이 얼마나 추운데…."

"우리 논에도 얼음 꽝꽝 얼었겠다…."

언제 왔는지 언니가 창가로 다가와 그들의 대화에 끼어들었다.

"그치, 언니이?"

"저런 얼음장을 숙박업소에 비유하면 여인숙, 우리 논은 7성급 호텔이다!"

"키야아아! 우리 언니 표현 죽인다…! 시인들 모두 다 죽었어… 맞다!"

사위어가는 거품처럼 허물어지던 언니가 함께 서 있는 자체로 형제들에게 고무적이어서 모두는 과장스레 수선을 떨며 화답했다.

형제들은 아버지가 살아계시던 때의 시절의 기억들을 회상하며 과거로의 여행을 떠났다. 유년 시절 가장 행복했던 놀이가 썰매 타기였다는 데 이견이 없었다. 변변한 고무통조차 없던 시절, 동네 아이들은 비료 부대나 나무판때기 아래 변변치 않은 철사 등을 박은

허접한 것으로 탔으나, 현숙네는 아버지가 훌륭한 재료를 사다 만들어준 고급 승용차 같은 썰매로 얼음장을 누볐었다.

언니 오빠들이 아버지와 함께했던 얼음장의 추억들을 하나둘 이어가자 현숙도 아련한 추억 하나를 건져 올렸다.

아버지가 어린 현숙에게 처음으로 썰매를 태워주었던 날이었다. 조심스럽게 그녀를 썰매 위에 들어 올린 후 꽉 붙들라며 살살 밀고 당기다 현숙이 조금씩 몸의 균형을 잡아 나가는 듯하자, 어느 순간 힘껏 밀었다. 가슴이 울렁거릴 정도로 두려우면서 짜릿하게 느껴지는 속도감, 아버지 손으로부터 벗어났다는 사실을 알았을 때의 그 설레던 감격….

동심의 나라에서 행복에 겨운 웃음보따리를 풀어내고 있는 형제들이 현실로 돌아온 것은 멀리서 들려오는 구성진 곡소리에 의해서였다.

"누가 들어오나 보다."

"그러게."

"안 그래도 시골 장례식장 운영이 힘들겠다는 생각을 하고 있었어."

"누가 아니래, 이 큰 장례식장에 단 우리만…."

곡소리가 점점 101호 가까이로 다가오는 듯하자 모두 어리둥절한 표정으로 서로를 바라보다, 소리 나는 쪽을 향했다. 아니나 다를까, 70세는 족히 넘어 보이는 늙수그레한 여인이 입구에서 주춤하며, 상주 한 명 한 명을 뚫어지게 바라보는 게 아닌가. 몇 초가 흐르고, 여인이 신발을 벗고 올라오더니 빈소로 직진하며 오체투지 하듯 미끄러졌다.

"고모가 너를 우찌 키웠는데, 천재라꼬, 천재났다꼬, 읍내가 떠들썩했는데, 꽃도 한 번 피워보지 못하고, 우찌 그리 모질고 무정하게 지 목숨 지가 끊고 가노오, 아이고오 어으이야 어이야아…."

언니가 '외사촌 언니' 같다고 했다. 읍내 부근에서 농사를 지으며 살고 있는, 큰 외삼촌 맏딸이었다.

가뭄으로 타들어가던 산야에 소나기 광풍이 휘몰아치는 듯했다. 슬프디슬픈 곡조로 토해내는 구성진 가락에 모두의 눈에서 뜨거운 액체가 물컹물컹 쏟아져 나왔다. 지금까지 서로의 눈치를 살피느라, 제각각의 죄의식에 사로잡혀 속으로 삼켰던, 단단하게 뭉쳐 명치끝을 누르는 응어리가 외사촌 언니의 가락을 마중물 삼아 울컥울컥 올라왔다. 그녀의 곡소리는 오케스트라 단원을 이끄는 지휘봉 같았으며, 장엄한 연주는 오래도록 계속되었다.

"모두 고마 울어라!"

칼로 무 자르듯 자신의 울음을 뚝! 끊고는 코를 '팽' 풀며, 형제들을 향해 나무라듯 꾸짖었다.

"이것들아! 이 지경이 되도록 뭐했노오! 인정머리 없기로, 나한테 연락도 안 하고. 사람이 올 때도 집안에 금줄 걸고 귀히 맞지만, 갈 때도 외롭지 않게 보내야 한다. 장례식장이 와이리 헐렁하노! 자손이 없으니, 친구라도 몇 명 불러 술 몇 잔 따르게 해라! 아이고오….”

 외종언니의 곡은 그렇게 찰지고 구성질 수가 없었다. 어디서 일부러 배웠을까? 저런 곡이야말로 서울 강남구 대치동 학원가에서 충분히 배울 만한 가치가 있다고 현숙은 생각했다.

 한바탕 회오리를 몰고 온 외종언니가 떠나자 빈소는 다시 적막에 휩싸였다. 무슨 생각들을 하는지 형제들은 모두 이 구석 저 구석의 소품처럼 고정돼 있었다.

 '정승 집 개가 죽으면 정승 집 문지방이 닳아 없어지도록 문상객이 문전성시를 이루지만 정승이 죽으면 개미 한 마리 얼씬하지 않는다'는 속담들을 되뇌며, 조문 부담을 안겨도 될 만한 인맥의 고리를 더듬었다. '동생 친구 몇 명이라도 불러 가는 길 배웅하게 하라'는 외종언니의 말이 현숙의 뇌리를 떠나지 않았다.

 "인생은 한바탕 축제인가, 소풍 끝난 후의 쓸쓸함인가?"

 외사촌 언니가 등장하기 전까지 생생하게 살아있던 동생이 어느새 국화꽃 속 영정 사진으로 돌아가고, 형제들은 꼭 필요한 정책을 고언하지 못해 나라가 혼란스러워진 질책을 당하는 상감마마 앞의 대신들처럼, 내장 빠진 호피처럼, 이 구석 저 구석에 찰싹 달라붙어 있었다. 너른 공간에서 네 남매끼리 서로의 숨소리를 의식해야 하는 일이 참으로 고통스러웠다. 현숙은 인간의 일상에서 흔하게 일어나는 소리와 잡음들이 삶을 영위하는데 얼마나 중요한 요소인지를 깨달았다. 지금껏 다녀본 장례식장은 예외 없이 시끌벅적했다. 호실마다 들리는 곡과 조문객들의 술렁이는 소리가 가끔은 축제의

장처럼 여겨질 때도 있었다. 지상의 모든 소리들을 제거한 듯한 이 정적이야말로 시인 단테가 미처 묘사하지 못한 지옥의 풍경일 거라 생각했다.

우주 적막강산에 한줄기 빛처럼, 바깥세상의 소리가 또 한 번 찾아들었다. 스피커를 켠 채 통화하는 언니의 휴대폰 너머, 완벽한 타인이 있었다. 여간 반가운 마음에 현숙이 몸을 일으켜 언니 곁으로 다가가자 스피커를 끄며, 전화기 든 반대편 손으로 '저리 가라!'는 제스처를 했다. 민망한 듯 쫓겨나며 두 오빠들을 보자 모두 언니 쪽으로 신경을 곤두세우고 있다는 것이 느껴졌다. 오랜 통화가 끝나고, 현숙이 다시 언니 곁으로 다가갔다.
"누구랑 통화했어?"
"홍영순. 석표 보내라꼬!"
"머, 뭐어? 언니, 진짜 미친 기가?"
"아니, 내 정신 말짱하다!"
"군수 석표 말이가?"
"맞다!"

어린 시절의 현숙네 고향은 2백여 가구로 여느 시골 마을 중에서도 꽤 규모가 큰 편에 속했다. 마을 한복판을 가로지르는 개천을 경계로 윗마을에는 홍씨, 아랫마을에는 현숙네 종친인 이씨들이 살고 있었다. '윗담', '아랫담'으로 불리기도 했던 동네는 두 성씨 간에 은근한 경쟁의식이 깔려 있어 먼 나라 이웃나라 같기도 했다. 지나친 라이벌 의식이 가끔은 적대적 관계로 발전하기도 했다. 당시 대한민국 농촌은 가난에 허덕이며 궁핍한 생활에 놓여 있었는데, 현숙네 마을도 예외가 아니었다. 세 끼니 중 한두 끼를 고구마나 수제비 등으로 해결하는 이들이 흔했다. 못 살다 보니 일거리가 없고, 일이 없으니 가난을 면치 못하는 악순환이 반복됐다. 겨울이 다가오면 남자들은 동네 사랑방에서 노름이나 윷놀이 등으로 시간을 보내기 일쑤였다. 희한하게 두 성씨 간 장벽 없이 왕래하는 일이 있었는데 바로 노름이었다. 집단으로 원수가 되곤 하는 일도 그 때문이었다.

노름으로 돈을 잃고 끼니조차 없어 현숙네로 곡식이나 돈을 빌리러 오는 사람들도 흔했다. 아버지는 그러한 사람들을 달래기도 나무라기도 했다.

"나무를 해서 팔든가… 아이들과 살 생각을 해야지…."

암울하고 우중충한 동네에 새로운 바람이 불었다. 초가집을 기와나 슬레이트 지붕으로 바꾸고, 사람 몇 명이 겨우 지나다니는 비좁은 흙길을 리어카나 경운기 등이 다닐 수 있도록 넓힘과 동시에 시멘트나 아스팔트로 포장하며, 마을마다 집집마다 전기와 수도를 들이는… 대한민국의 산업혁명이나 다름없는 '새마을운동'이 일어났던 것이다. 잘먹고 잘살자는 취지에서 비롯된 혁명이었지만 당장 내 입에 밥이 들어오는 것이 아니어서, 지금까지의 게으른 관성이나 타성에서 쉽게 벗어나려 하지 않는 사람들의 저항이 만만치 않았다.

동네 부역이 개개인의 이득으로 돌아간다는 메커니즘을 이해하기엔 너무 먼 세계에서 살아온 그들이었다. 사람들의 의식 개혁이 먼저라고 판단했던 정부는 정신계몽 운동을 함께 펼쳐나갔다. 그 일환에 '4H'가 있었다. 명석한 머리(Head), 충성스런 마음(Heart), 부지런한 손(Hand), 건강한 몸(Health)을 일컫는 말로, 새마을운동을 이끌 지도자를 양성하기 위해 만든 조직이었다.

군청지도과에 근무하고 있으면서 4H와 새마을지도자들의 정신계몽 교육을 담당하게 된 현숙의 아버지는 직장에서의 업무와 별개로 동네를 변화시키고자 하는 열망에 사로잡혔다. 퇴근 후와 주말, 공휴일 등에 동네의 젊은 남자들을 집으로 불러 술과 음식을 대접하며 새마을운동의 필요성을 역설했다.

"해마다 볏짚으로 지붕을 이지 않아도… 고구마나 수제비로 끼니를 때우지 않고 쌀밥을 먹을 수 있는… 모두가 잘먹고 잘살 수 있는…."

아버지의 지난한 노력 끝에 따로국밥처럼 지내오던 이씨와 홍씨들이 조금씩 마음의 문을 열기 시작했다. 그 과정에 유별나게 아버지를 따르게 된 사람이 바로 석표 아버지였다.

동네에서 석표 아버지를 모르면 간첩이었다. 윗담에 사는 그는 키와 체격이 보통 사람보다 껑충 큰 데다 시뻘건 흉터가 대각선으로 죽 그어진 것도 모자라 한쪽 눈이 온통 빨간색으로 뒤덮여 있어 보기만 해도 무서웠다. 아랫담 아이들은 그가 눈에 띄기라도 하면 '괴물이 나타났다!'며 달아나거나 숨기에 바빴다.

일찍부터 도시로 나가 공부했던 아버지는 윗담 사람들을 세세히 알지 못하다가 새마을운동의 일선에 나서며 윗마을 사람들과 직접적인 교류를 하게 되었다. 특히 자신을 따르는 석표 아버지를 안타까이 여기며 관심을 가지게 되었다. 군대에서 총알 오발탄 사고로 얼굴이 그렇게 되었으며, 외관상 안타까운 부분은 인정하나 눈, 코, 입의 기능이 모두 정상적이어서 원호대상자 자격에서 탈락했다고 한다.

아버지는 혐오스러운 얼굴 외관 또한 자신감의 상실로 이어지는 정신적인 장애라며 이의 신청을 할 것을 종용하며, 이에 필요한 서류와 준비 절차를 하나하나 도와주었다. 석표 아버지는 원호청에서 배달된 서류는 봉투 개봉조차 않은 채 현숙 아버지에게로 들고 왔다.

아버지의 출퇴근길 오토바이 뒷자리에 석표 아버지를 태우고 다니는 일이 적지 않았다.

석표네를 비롯한 대부분의 농민들에게 5~6월은 고난의 시기였다. 지난가을에 수확했던 양식이 바닥나고 보리는 아직 여물기 전인 일명 '보릿고개'가 도래하기 때문이다. 심어놓은 벼가 가뭄이나 홍수 등으로 절반조차 수확하지 못하는 일을 농민들은 그저 운명으로 받아들이고 있었다. 어쩌면 농가 소득 증대가 가장 우선적인 새마을운동의 시발점이었는지 모른다. 가뭄에도 물을 공급할 수 있는 양수장 설치, 그 물을 끌어올릴 수 있는 양수기 보급 확대, 홍수 방지를 위한 제방 등을 쌓아 자연재해로 일어나는 농작물 폐해를 막고자 했다. 뿐만 아니라 벼, 보리, 밀 위주로 일차적인 배고픔을 해결하기 위한 농작물만 재배하던 범위를 벗어나 돈이 되는 다른 작물로도 눈을 돌리게 했다. 그 시범사업의 영역에 양잠이 있었다.

부잣집 논밭을 소작하고 있던 사람들은 벌레한테 뽕잎만 먹이면 돈이 된다는 소리가 너무나 달콤하게 들렸던지 너도나도 누에를 치겠다고 달려들었다. 뽕나무 심기에 더없이 좋은 조건을 갖추고 있었던 현숙네 선산을 아버지는 석표네를 비롯해 몇 사람에게 무상으로 땅을 빌려주었다. 아이들은 많은데 자신의 땅뙈기라곤 거의 없는 석표네가 가장 많이 차지했다.

석표네에 무조건적인 선심을 쏟아붓는 아버지에게 엄마의 불평과 불만이 잇따랐다.

"나라도 구제해주지 못하는 게 가난인데, 우리 집 곳간 비는 줄은 모르고…."

"원호대상자가 되면 먹고사는 일은 걱정 없을 테니, 그때까지만 참게나."

아버지와 석표 아버지의 기대와 바람은 산 넘어 산이었다. '건강상태 이상무'로 제대를 하고 나온 터라 사고 당시를 재조사하여 재판을 받아야 한다고 했다. 원호청과 수없는 서류를 주고받으며, 읍내는 물론 서울까지도 오르내려야 했다. 어느 시절 어느 자리에서나 책임 회피를 위해 덮은 일을 다시 까발리는 건 결코 쉽지 않은 일이다. 눈 밝고 귀 밝은 요즘 시절에도 어려운 일이거늘, 하물며 70년대였으니.

이러한 제반 등에 석표네가 현숙네를 남다르게 우러르며, 아버지에게는 깊은 존경의 마음을 품고 있다는 것을 현숙의 가족들이 모르지 않았다.

석표는 딸만 일곱인 집안의 막내아들이었다. 아들을 더 얻고자 했으나 석표 아버지보다 몇 살 연상인 그의 엄마 자궁 문이 닫혀 더는 낳을 수 없다는 소문이 공공연한 사실로 떠돌았다. 하늘이 내린 천금보다 귀한 자식이었으니, 불면 날아갈까 만지면 깨질까, 석표 아버지가 아들을 혹처럼 달고 다니는 것에 대해 어느 누구도 이상하게 생각하지 않았다. 훈장처럼 버젓이 앞세우고 다니는 모습은 동네 앞 정자나무의 존재만큼이나 고정된 모습 같기도 했다. 어쩌다 홀몸에 되레 눈을 홉뜨기도 했다.

석표 아버지가 현숙의 집에 드나들 때마다 석표가 따라왔으므로 종현과는 자연스레 친구가 되었다. 자신의 아들을 종현과 친해지게 해주려는 의도가 뻔히 보였지만, 아이들이 어른의 의도 내지 사심을 구별해가며 사귈 리는 만무했다.

아버지는 종현과 석표를 나란히 앉혀놓고 바둑과 장기를 가르치고, 책 읽기와 받아쓰기 공부를 놀이처럼 즐기도록 했다. 석표도 여간 똑똑하지 않아 현숙네 가족들이 귀여워하고 사랑스러워했다. 아버지 또한 그의 재능을 자주 언급했다.

석표 아버지가 두고 간 석표를 언니 친구인 영순 언니가 데리러 오면서, 언니와 영순 언니 사이도 각별해졌다.

맹목적이리만치 박정희 대통령을 추종하며, 의욕적으로 새마을

운동에 앞장서는 아버지의 열정과 공로가 청와대까지 전달되었는지 대통령상까지 받기에 이르자 대놓고 시기 질투하는 세력들이 생겨났다. 엄마는 못내 불안해하며 몸조심을 당부했으나 아버지는 높은 자리에 오를수록 경계하는 사람이 많은 것은 자연스런 이치라며, 그것을 상쇄하기 위해선 더 많은 봉사를 해야 한다고 했다. '선한 끝에 악이 있을 수 없다'는 말도 자주 언급했다.

아버지의 사상과 철학은 옳고도 틀렸으며, 틀리고도 옳았다. 선과 악은 동떨어진 위치에 있지 아니하며 동전의 양면처럼 붙어있다는 사실을 인지하지 못한 책임으로, 어느 겨울 퇴근길 뒤따르던 지프차에 의해 오토바이가 전복당하고 말았다. 선(善)의 길모퉁이, 도사리고 있던 악(惡)에게 목숨을 내어준 꼴이다.

아버지의 타계로 집안은 한순간 나락으로 떨어졌다. 그 충격에서 미처 헤어나기도 전에 가족들은 또 다른 지옥을 경험해야 했다. 현숙네로부터 돈이나 곡식을 빌려간 사람들이 아버지에게 갚았다고 주장하며 엄마와 마찰을 빚게 되었다. 가장 크게 뒤통수를 친 사람이 석표네였다.

억울하고 원통한 일은 그뿐만 아니었다. 아버지의 사망을 타살로 확신한 엄마가 경찰에 수사를 요청했지만, 돌아온 답은 한결같은 '단순교통사고'였다. 그때부터 엄마는 오로지 자식의 성공에 목숨을 걸었다. 시골 전답과 산을 정리하는 대로 배신자와 원수가 득시글거리는 지옥을 떠나기로 결심한 후, 갓 중학교를 졸업한 언니와 두 오빠, 그리고 남동생을 차례로 대구로 보냈다. 언니는 오빠들의 학업 뒷바라지를 위한 직접적인 희생타였으며, 현숙은 시골 전답이 팔릴 때까지 엄마를 도울 간접적인 도우미였다.

당장 생계에 나서야 했던 엄마는 소작 준 전답을 돌려받고 부업에도 눈을 돌렸다. 현숙네 산에 시범으로 뽕나무를 심었다가 별 재미를 못보고 돌아선 사람들 것까지 석표네가 이용하고 있었는데, 그것만은 차마 양심에 걸렸던지 슬며시 내 주었다.

겨우내 꽁꽁 얼었던 얼음장 논에 서서히 물기가 번들거리며 논바닥의 진흙이 드러나기 시작하자 엄마는 누에치기에 슬슬 시동을 걸었다. 매일같이 뽕나무밭으로 나가 잡초를 제거하고 가지치기를 한 뒤 거름을 주며 살뜰히 나무들을 보살피는 한편 집에서도 누에 들일 채비를 했다. 사랑채 내부를 양쪽으로 나뉘어 층층으로 단을 만든 뒤 위에다 두꺼운 마분지를 깔아놓았다. 중간에 사람 다닐 만한 통로만 겨우 남겨둔 채.

봄의 새싹들이 뾰족이 고개를 내밀고 올라오는 4월이 되자 엄마는 일찍이 면에 신청해놓은 누에알을 가져왔다. 꼭 검정깨처럼 생긴 알을 마분지 위에 슬슬 뿌려놓은 뒤 날마다 군불을 지폈다. 누에는 추우면 죽는다고 했다. 며칠째 미동조차 않던 알이 꼬물거리는 벌레로 변하는 모습은 신기하다 못해 경이롭기까지 했다. 어린 뽕잎을 잘게 다지듯이 썰어 그 위를 덮어준 뒤 다음 날 들여다보면 어느새 뽕잎이 없어진 것을 확인할 수 있었다.

현숙은 누에가 뽕잎을 먹고 자라는 과정을 지켜보는 일이 즐거웠다. 새벽 일찍 일어나 뽕잎을 따서 누에섶에 올려준 뒤 학교로 가고, 다녀온 후 채반에 떨어진 누에의 배설물을 치우곤 했다. 누에의 몸이 토실토실하게 어른 손가락 굵기만큼 커지고 빛깔이 유리그릇처럼 투명해지면, 그때부터 자신의 몸에서 실을 뽑아 고치를 만들며 스스로를 가둔다. 짙푸른 뽕잎과 눈부시게 하얀 꼬치의 대비는 성숙한 봄날 초록색 바탕에 솜털같이 하얗고 몽실한 꽃송이가 내려앉은 이팝나무처럼, 아름다운 평화가 느껴지기도 했다.

뽕잎 사이사이에 들어앉은 하얀 고치를 꽃잎 따듯 하나하나 집어 올려 다시 면사무소로 가져가 돈으로 바꿔오기까지…. 누에 치는 일은 단 한 순간도 힘에 부친다는 생각을 할 수 없게 만드는, 현숙의 유일한 즐거움이자 보람찬 노동이었다.

가을 날씨답지 않게 하늘에 먹구름이 잔뜩 낀 날이었다. 중간고사를 마친 현숙이 일찍 집으로 돌아와 사랑채를 들여다보니 누에 선반의 뽕잎이 휑하니 비어있었다. 현숙과 엄마는 무슨 일보다 누에 치는 일을 우선시했다. 잘 먹여야 상품(上品)인 고치가 만들어지고 좋은 값이 매겨지기 때문이다.

가방을 던져두고 서둘러 뽕나무밭으로 달려갔다. 그날따라 한적한 뽕나무밭이 이상했다. 양잠을 많이 했던 석표네는 봄가을이 되면 식구 중 어느 누구라도 눈에 띄기 마련이었다. 엄마가 특별히 괴로워했던 이유 중 하나도 매일같이 원수를 만나야 하는 일이었다.

가끔 고요와 적막이 어떤 대상보다 더 두렵고 공포스러울 때가 있다. 엄마를 불러야 한다는 생각과 그러지 말아야 한다는 생각이 교차했다. 무성한 뽕나무들 사이에서 몹쓸 예감의 촉과 맞닥뜨렸던 것이다. 뽕나무들에 가려 잘 보이진 않지만 설핏한 느낌으로도 남녀가 엉켜 있는 것을 느낄 수 있었다. 엄마의 용쓰는 신음이 싸우는 소리처럼 들리기도 했으나, 쉬 판단이 서지 않아 섣불리 다가가지 못했다.

"아악!"

"사람 살려! 여기 이놈이 사, 사람을…."

하얗게 질린 얼굴로 사시나무 떨듯 하고 있는 현숙의 귀에 사내의 외마디 비명이 꽂힘과 동시에 엄마의 고통에 찬 울부짖음이 들렸다. 급히 엄마를 부르며 현장으로 달려가자 남자가 허겁지겁 바지춤을 올리며 현장에서 사라졌다. 석표 아버지였다.

그 일로 오른쪽 팔이 부러진 엄마는 6개월 동안이나 깁스를 하고 있어야 했다.

현숙은 눈멀고 귀먹은 척 어느 누구에게도 그 일을 발설하지 않았다. 특별히 엄마의 입단속이 있었던 것도 아니었지만 왠지 그래야 할 것 같았다. 읍내에 있는 여상에 재학 중이었던 터라 성(性)에 대해 전혀 모르지도 않았다. 그것은 인류의 역사를 지탱해 온 원천이며 범죄와 부도덕, 타락의 온상이기도 한…. 형이상학적 다면성의 불가사의라는 것을, 그간 읽은 문학 서적을 통해 알고 있었다. 인류를 위한 순기능이든 역기능이든, 반드시 음지에서 행해져야 하는 사실만은 분명했다.

그날 이후 엄마는 석표네가 점유한 땅을 돌려받기 위해 법적인 절차에 들어갔다. 지루한 법적 공방 끝에 조건 없이 돌려주라는 법원의 판결이 떨어졌다. 판사 앞에서 비굴할 정도로 '네네…!' 하며 읊조리던 부부가 돌아와선 딴청이었다. 또다시 뽕나무 값으로 터무니없는 돈을 요구했던 것이다. 법원에선 이미 경작한 햇수로 나무 값을 상쇄하고도 남았다는 판결을 내렸으나 그들은 엉뚱한 핑계와 변명을 늘어놓으며 배짱을 부렸다.

하는 수 없이 그들의 뽕나무를 베어내기 시작하는 엄마를 석표 아버지가 무지막지하게 폭행하는 바람에 갈비뼈 여러 대가 부러졌다. 법도 당장의 주먹 앞에 아무런 구실을 하지 못했던 것이다.

살면서 견뎌온 모든 불행을 통틀어도 근접하지 못할 비극적인 일이 현숙네를 덮쳤다. 대구로 나간 동생이 방으로 새어 들어온 연탄가스에 의해 장애의 몸이 된 것이었다.

감당하지 못할 충격을 받은 엄마는 이성을 잃고 허우적댔다. 용하다는 병원을 찾아다니느라 동생과 함께 며칠씩 집을 비우기도, 무당을 불러 굿을 하기도 했다. 현숙에게 가장 괴로운 시간은 엄마와 동생이 방 안에서 두문불출하는 일이었다. 차라리 눈에 보이지 않으면 혹시 동생이 나아서 오려나 하는 희망이 있었고 잠시나마 두 사람의 절망에서 비켜나 있을 수 있었기 때문이다.

인간의 죽음 앞에 모든 것이 용서되듯, 죽음보다 못한 장애를 가진 불구자에게 동네 사람들의 인심도 좋아진 듯했다. 똑똑한 아들딸을 둔 현숙네를 은근히 시기하고 질투하던 사람들까지 식물인간처럼 누워있는 엄마와 동생을 위로한답시고 죽과 미음을 끓여오기도 했다. 엄마는 사람들의 방문을 극도로 꺼렸으나, 집안 어른들이 찾아오면 마지못해 몸을 일으키곤 했다.

그렇게 몇 주가 흐르고, 다시 자리 보전하고 있던 엄마가 현숙을 불러 호박죽을 끓여달라고 부탁했다. 무엇을 먹고자 하는 엄마가 너무 고마워 눈물이 났다. 부지런히 몸을 움직이며 호박과 팥을 삶고, 찹쌀을 불려 절구통에 찧어 가마솥에다 안치고 나무 주걱으로 천천히 돌려가며 저었다. 그리고 뜨끈한 사발에 양껏 담아 상에 올렸다. 참으로 오랜만에 엄마와 동생, 현숙 세 사람은 포만감을 느끼는 식사를 했다.

큰일을 해냈다는 뿌듯함에 현숙이 콧노래를 부르며 저녁 설거지를 하고 있는데, 누군가의 머리가 부엌으로 쑥 들어왔다.

"허억! 깜짝이야!"

석표 어머니 뒤에 장대같이 서 있는 괴물, 석표 아버지도 있었다. 동생 병문안 겸, 산을 돌려주기 위해 왔노라 했다.

"돌아가이소. 병문안 필요없꼬예, 우리 산은 당장 발 들이지 마이소. 산에 발이 달린 기 아닌께네, 오데 가지는 않을낍니더!"

흥분한 목소리로 속사포처럼 쏟아붓는 현숙의 목소리가 방 안까지 들렸던지 엄마가 문을 열고 나왔다.

"누고?… 이런 개XX… 짐승만도 못한… 빌어먹을 인간들….."

온갖 욕으로 악귀 쫓듯 그들을 물리친 뒤 엄마는 현숙에게 분풀이를 했다. 옆에 있는 빗자루 몽둥이로 콩 타작하듯 딸을 두들겨 패며 숨비소리를 토했다.

"니가 지금 제정신이가? 인두껍 쓴 짐승을 어디 감히 집에 들여. 저거 아들보다 잘났던 내 아들 얼마나 못쓰게 되었는지, 그거 확인할라꼬. 가서나들이 저리됐으면 내가 이렇지는 않았을 낀데…."

그들이 다녀간 다음 날 석표 아버지가 원호대상자가 되었다는 사실을 알았다. 그 소식에 엄마는 다시 두문불출했다. 남의 행복이 나의 불행으로 이어지는 고통이 어쩌면 가장 고약한 질병인지 모른다.

강산이 몇 바퀴 더 돌았다. 망각이라는 선물을 안겨준 시간 덕에 모두는 널브러진 잔해들 속에서 쓸 만한 물건들을 주워 올리고 있었다. 캄캄한 동굴 속에 갇혀 질식할 것만 같은 가족들에게 미약한 빛과 산소가 조금씩 스며들고 있었다. 동생이 자신의 처지를 인정하고 드디어 바깥세상으로 한 발씩 떼어, 장애인 특별 고용하는 회사에 취직을 했던 것이다.

형제들도 하나둘 가정을 꾸리고, 현숙도 결혼을 했다.

결혼하자마자 해외 지사로 발령 난 남편을 따라 십여 년 가까이 한국을 떠나 살다 마흔 살이 되던 해 귀국했다. 너른 이국 땅에서 자신의 가족만 달랑 살던 때와는 너무도 다른 환경에 놀라며, 적응하느라 정신이 없었다. 시댁에 대한 의무와 과열된 자녀교육 분위기 등이 그녀를 낯선 우주로 데려다 놓은 듯했다. 하루하루 빠른 서울의 시계를 살아내느라 세월의 시계는 쳐다볼 엄두조차 내지 못하고 있었다. 가을이 문턱에 와 있다는 사실을, 문자 한 통을 받고서야 알았다.

"안녕하십니까? Y초등학교 35회 회장 홍○○입니다. 천고마비의 계절에… 만산홍엽으로 물들어가는 아름다운 고향에서 초등학교 총동문회를 개최하고자…."

지금껏 초·중·고 동창회에 갈 기회도 없었거니와 가고 싶다고 생각한 적도 없었다. 귀국하여 대구에 사는 큰오빠네 집에서 엄마와 형제들을 만났을 뿐 시골에는 발조차 들이지 않았다. 그런 그녀였기에, 동창회장이라는 친구의 문자에 지금껏 해외에서 거주하다 온 자신의 전화번호를 어떻게 알았는지, 그 사실에만 고개가 갸웃했을 따름이었다.

문자를 받은 다음 날 큰오빠가 친정 가족 단톡방에 초등학교 총동문회 소식을 공유하며, 엄마도 뵐 겸, 겸사겸사 모이자고 했다.

두 오빠와 언니가 다녀오겠다고 하는 가운데, 현숙은 바쁘다는 핑계로 거부 의사를 밝혔다.

그런 대화가 오간 저녁, 동생에게서 전화가 걸려왔다. 이런저런 이야기 끝에 '시골 동문회' 참석 여부를 다시 물어왔다. 가지 않겠다는 뜻을 밝히자 묘한 여운을 남기며 전화를 끊었다.

종현은 여느 형제보다 세 살 터울인 현숙을 가장 많이 의지하고 따랐다. 태어나고 자라는 동안과 사고를 당한 후에도 엄마와 현숙이 있는 시골로 돌아왔으므로, 둘은 직접적인 아픔과 슬픔을 가장 많이 경험한 당사자들이었다. 이런 연유로 다른 형제들에게 터놓지 못하는 내면의 이야기까지 누나인 현숙에게 서슴없이 펼쳐 보이곤 했다. 게다가 해외에서 살다 온 현숙의 아이들인 조카를 특별히 귀여워했다. 깐깐한 매형과 사돈들에 대한 눈치 때문에 저러나 싶어 전화를 되걸었다.

"시간 내서 서울 다녀가렴."

"누나! 석표가 보고 싶어…."

순간, 현숙의 심장이 멎는 듯했다.

지금까지 현숙 자신은 물론 누구도 동생의 친구에 대해 관심을 갖거나 궁금하게 여긴 형제가 없었다. 모두 가정을 가지고 배우자와 자식들과 오순도순 살아가고 있었다. 동생의 최종 학력은 초등학교 졸업이었다. 중학교 3학년 겨울방학을 앞두고 사고가 났으니 중학교 졸업장조차 받지 못했다. 마지막 잎새처럼 아스라이 매달려 있는 초등학교 졸업장! 자신의 몸이 성성했던 아름다운 과거가 오롯이 담겨 있는, 간절히 원하지만 닿지 않는 거리…. 본인들이 취사선택해서 가거나 말거나 했을 동창회와는 하늘과 땅 차이라는 생각이 들었다.

해외에 거주하는 동안 친정 형제들과 전화와 이메일로 연락을 주고받곤 했다. 무심코 형제들로부터 전해들은 소식에 그녀 가슴이 무너져 내린 일이 있었다. 석표가 서울에 있는 명문대학을 졸업하고 행정고시에 패스했다는 소식이었다. 머나먼 이국 땅에서, 엄마와 동생이 느꼈을 박탈감 등이 피부로 전해져 너무나 괴로웠었다. 동네 입구에 버젓이 현수막으로 걸려있는 사진까지를 보내온 언니에게 '다시는 이 따위 소식 전하지 말라'며 매몰찬 화살을 쏘기도 했었다.

읍내 공설운동장에서 열리는 총동문회 행사는 상상을 초월할 정도로 규모가 컸다. 당시 강 건너 초등학교라곤 유일한 데다 역사까지 깊다 보니 동문 수도 어마했다. 오십 대 초반의 현숙이 35회였으니 1회 졸업생은 80~90세 언저리일 것이다. 배움의 문턱이 높았던 당시는 취학 연령에 맞춰 입학하지 못한 사람들이 수두룩했던 까닭이다. 현숙의 동기들조차 나이가 고르지 않았던 걸 보면 그 이전은 더하고도 남았으리. 사망하지 않은 1회 졸업생부터 참석 가능했으니 고향에 살고 있는 사람은 물론 타지에 나가 있는 사람들까지 총 결집시킨 대규모 집회며 잔치였다.

특정한 장소에 그렇게 많은 사람이 밀집한 것을 본 것은 어린 시절 읍내장터에서 본 이후 처음이었다. 물결처럼 휩쓸려 다니는 사람 사이를 비집고 겨우 35기수 팻말이 적힌 자리에 몸을 앉혔다. 행사 준비에 많은 공을 들였음이 느껴졌다. 운동장과 벤치가 면한 자리마다 기수별 천막이 설치돼 있었고, 내부엔 테이블과 의자가 여유 있게 들어차 있었다.

동창·동문회라곤 생전 처음이라 그런지 친구들이 긴가민가하며 그녀를 힐금힐금 바라보았다. 그러는 사이 가족과 친지, 아는 친구들이 찾아오면 요란한 상봉의식을 치르느라 시선들을 거두어갔다.

"이게 누고? 석판 동생 판식이 아이가? 야아아, 일마, 이것도 벌써 어른 다 됐뿐네. 뺄가 벗고 고추 내놓고 댕기더이, 너거 형·누나 온다카더나?"

"예, 온다 카데에, 행님 동생들은 모두 왔십니꺼?"

"온다켔응께 여어 오데 안 있겠나."

"종윤, 임훈, 홍렬… 너거들 니 와이리 늙어뿐노?"

"야아, 이 자슥들 봐라. 지 늙은 건 모르고, 니 뒷모습 보고 은사님인 줄 알았다, 머리가 허여이 다 세서…."

"음마야! 명숙이, 순자, 영순… 이기 몇 년 만이고?"

"너거 신랑 뭐하노? 아아는 몇이고?"

마치 유체이탈이라도 한 듯 현숙은 얼빠진 표정으로 그들을 지켜보며 군중 속의 고독에 시달렸다. 고독의 바탕은 순전히 석표가 종현을 어떻게 대할지에 대한 두려움이었다.

추스를 수 없이 복잡한 감정에 안절부절못하다 결국 자리에서 일어섰다. 매도 먼저 맞는 게 나았다. 좋은 쪽이든 아니든 그녀 눈으로 직접 확인하고 싶었다.

운동장 건너편에 위치한 동생의 기수자리를 찾아, 멀찍이서 동생을 관찰했다.

'!!'

번잡한 도시의 도로 한복판에 폭삭 내려앉은 싱크홀, 그 한가운데 하나의 점처럼 동생이 앉아있었다. 동생 주변이 휑한 공(空)으로, 누구도 근접치 못하게 가림막을 쳐 놓은 듯했다. 웃고 떠들며 술잔을 위로 치켜올리는 동생의 친구들과 동생의 대비는 극과 극으로, 싱크홀과 가림막 위를 칭칭 감아놓은 점멸등처럼 환시되기도 했다.

친구들에 둘러싸인 군계일학, 자기 아버지를 빼닮은 체격과 눈매의 석표를 찾는 일은 어렵지 않았다. 그와 그를 둘러싼 친구들의 풍경이 벌통을 빠져나온 여왕벌 주변으로 무수한 일벌들이 둘러싼 모습과 흡사했다.

서둘러 자신의 자리로 돌아온 현숙은 쿵쾅대는 심장을 잠재우느라 옴짝달싹하지 못했다. 그녀도 처음엔 언니 오빠들부터 만날 생각이었으나, 동생과 석표를 본 충격에 몸이 굳어버렸다. 다들 잘 왔는지 묻는 친정 형제 단톡방 문자에 '집에서 보자'는 짤막한 답신만을 올렸다. 어린 시절부터 롤러코스터 같은 환경에서 자란 터라 현숙은 모든 것으로부터 스스로 담을 쌓았었다. 친하게 지내는 친구 한 명조차 없다 보니 동창들이 모두 데면데면했다. 마땅히 시선 둘 데가 없어 애꿎은 손톱가시를 뜯고 있던 그녀에게 테이블 위 책자가 눈에 띄었다. 민망한 시선을 고정시킬 좋은 구실이어서 덥석 집었다. 행사 안내서였다.

별생각 없이 페이지를 열던 현숙의 심장이 또다시 쿵 내려앉았다.

"축사 1: ○○○국회의원/ 축사 2: ○○○군수/ 축사 3: 국가○○ 기획실 실장 홍석표"

넘을 수 없는 벽 앞에 몽니를 부려봤자 결국 자신만 초라해질 뿐이었다. 석표가 동생을 받아준다면 그의 부모가 저질렀던 악행들이 조금이나마 상쇄될 듯싶었다. 어쩌면 그의 성공 마디마다 박탈감을 느끼며 괴로워했던 현숙의 가족들 또한 응원과 지지 쪽으로 선회할지 모른다. 인간의 마음이란 한낱 떠도는 종잇장보다 가벼울 때가 있으니.

국회의원에 이어 군수가 차례로 축사를 이어가는 동안, 현숙이 앞으로 나아가 연단으로 오르내리는 계단 오른쪽 뒤편에 몸을 바짝 붙였다. 석표를 만날 생각이었다.

식순에 따라 두 귀빈의 축사가 끝나고, 사회자가 마이크를 잡았다.

"아아, 이분! 이 고장의 가장 빛나는 미래! 우리나라 살림 비용은 이분의 도장 없이는 어림도 없습니다. 여러분, 홍석표 국가○○기획실장입니다."

드디어 석표가 연단에 오르고, 긴 시간 이어지는 박수갈채에 사회자가 몇 번이나 제지를 시켰지만 오히려 더 우렁찬 박수와 함성이 이어졌다. 결국 석표가 마이크를 뺏듯 넘겨받았다.

"허허허허, 좋습니다…. 이왕 이렇게 된 거, 고마 내일까지 가입시더! 제가 부족하나마 이 자리까지 오를 수 있었던 것은 순전히 고향 덕분으로…."

군민들의 정서를 자극하는 축사가 끝나자, 박수와 함성은 '홍석표!'란 구호로 이어지고 있었다. 연단 아래서 검정색 양복을 갖춰 입은 무리들이 이름을 유도하고 있었다. 축사가 끝나자마자 바로 내려올 줄 알고 연단 바로 앞으로 나갔던 현숙이 검정색 무리에 의해 제지당해 뒤로 물러났다. 자신의 차례에 차질 없이 들어야 할 카드섹션이 저 앞에서부터 엉킨 탓에 타이밍을 놓친 기분이었다. 1초가 1분, 1분이 1시간 같은 시간이 지나고, 드디어 석표가 연단 아래로 내려왔다. 현숙이 속으로 '하나, 둘, 셋!'을 외치며 그의 앞에 고꾸라지듯 넘어졌다.

"아이쿠우! 조심하세요…. 괜찮으세요?"

"아, 네에 네에, 안녕하세요?"

가쁜 숨을 몰아쉬느라 말을 잇지 못하는 사이, 석표가 거듭 괜찮은지를 묻고 자리로 돌아가려 했다. 현숙이 그의 옷소매를 당기며 붙잡았다.

"홍 실장님, 저어 이종현 누나 이현숙, 잠시 얘기 좀 나누고 싶습니다."

"네에? 아아… 네에."

멈칫 놀라며 현숙을 바라보던 그는 황급히 몸을 돌렸다.

"홍석표 씨! 불편하시다면 잠깐 자리를 옮겨…."

"무슨 얘긴지 모르지만, 여기서 해보세요."

"종현이가 석표 씨 보고 싶다고…."

"아이 또 저는…. 아까 봤습니다."

"물론 봤겠죠. 외톨이처럼 앉아 있는 동생이 안쓰러워서요. 내 말 무슨 뜻인지 이해하리라 여겨집니다. 예전으로 돌아가 달라는 건 아 이고. 그건 불가능하겠지만…."

아무 말 잔치로 횡설수설하는 현숙을 처리(?)하라는 듯 석표가 검정 양복들에게 고갯짓을 했다. 그러자 여러 명이 그녀를 에워싸며 석표로부터 그녀를 떼어 내려 했다. 현숙이 거칠게 발버둥치며 석표를 향해 격분을 토했다.

"야! 홍석표! 너 그러는 거 아니다. 사람이 어쩜 그렇게 매정하노?"

"제가 뭘 어쨌게요? 종현이를 업어주기라도 하란 말입니까?"

"내 말을 이해하지 못했을 리 없을 텐데?"

"우리가 유치원생입니까? 친구랑 잘 지내라 마라 하게요!"

"너! 부모들 일을 네가 속속들이 알란가 모르겠다만, 우리 가족들은 모두 묻고 지내왔다. 동생이 저렇게 된 마당에 옛날 일을 끄집어 내 뭐하겠노?"

"듣자 하니, 저희 부모님이 뭘 잘못했습니까?"

"지금에 와서 과거를 따져 뭐하겠노."

"한 번 따져보시죠. 저도 알 건 다 알아요."

"뭘 아는데?"

"그렇게 남자가 필요했으면 재혼을 하든가!"

"뭐어, 뭐라구? 너 말 다했어?"

"할 말 많지만 여기까지만 할게요."

"이런 개 같은!"

"말조심하세요! 여기가 어디라고 그런 욕을 하세요?"

"너 같은 건 개도 아깝다. 그래, 그 핏줄이 어디 가겠니?"

"뭐 이따위 여자가 다 있어?"

"오호라, 이제야 본성이 나오는구나, 그러면 그렇지….”

결국 현숙은 검정 양복 여러 명에 의해 먼지처럼 가볍게 들려 행사장 밖으로 내쫓겼다. 분을 이기지 못해 다시 안으로 들어갈까 하다 마음을 돌려 주차장으로 향했다. 차에 오르자마자 핸들에 고개를 박은 채 흐느껴 울었다.

석표가 현재의 위치에 오르는 동안 국가유공자 혜택을 입었으며 자신의 부모에 대해서도 어느 정도 객관성을 지니고 있으리라 생각했다. 인간의 현재 위치는 과거를 바탕으로, 가족을 뿌리로 두고 있다. 가족은 선(善)이든 악(惡)이든 모든 것을 공유하는, 사회성과 국가관의 싹을 틔우는 요람이기도 하다. 살아오는 동안 현숙은 부모와 형제들로부터 들었던 온갖 이야기들이 콩나물시루에 물 새듯 귓등으로 흘러나갔지만, 알게 모르게 흡수된 수분과 미네랄로 내적 성장이 이루어져 왔다고 믿어왔다. 설마 마흔 살이 넘도록 가족 구성원 누구라도 현숙네를 언급하지 않았을까? 아니면 떳떳하지 못한 과거를 칼이나 가위로 싹둑 잘라냈을까? 과거를 부정하는 것은 현재를 부정하는 것이나 다름없다. 그가 큰 꿈을 꾸고 있다면 더더욱 자신의 뿌리를 돌아보고 미래를 설계하는 게 옳다고 여겼다.

권력 실세인지 모를 석표에게 대든 대가는 종현에게 더 비참한 결과로 이어졌다. 그날의 동문회 이후 명절이나 휴가철 고향에 올 때도 아예 대문 밖을 나가려 하지 않는다며, 엄마와 형제들이 걱정을 해왔다. 장애를 받아들인 후 산과 들로 바람 쐬러 다니던 자유마저 박탈당하고 말아, 예전보다 더 외로운 꼴이 되어버렸다. 그런 동생을 의아해하는 엄마와 형제들에게 현숙은 시침 뚝 뗀 채 동문회 비화(悲話)를 털어놓지 않았다. 가족들이 받을 상처는 물론, 특히 둘째 오빠의 불같은 성격에 무슨 일을 벌일지 몰라서였다.

인간에게 망각이라는 장치가 있어, 어떠한 고통이나 괴로움도 시간이 지나면서 희석되기 마련이다. 시가와 집안일, 아이들 교육에 전념하느라 친정 관련 일들이 그녀에게서 점점 멀어지고 있었다.

평탄하다 못해 평온하기까지 한 그녀의 일상이 흔들린 것은 동문회에서의 그 일 이후, 7~8년이 지난 어느 봄날이었다.
카톡이 울려 전화기를 열어보니 초등학교 동창회장으로부터 밴드 초대장이 들어와 있었다. 그렇잖아도 3백 명 가까운 동창들 단톡방에 매일같이 올라와 떠다니는 글과 영상들에 피로감이 느껴지던 중이었다. 방을 나오고 싶은 순간이 많았지만, 가끔 한 동네 살았거나 고향지킴이로 살고 있는 친구들의 고향 관련 소식에 엄마의 안부와 동선까지를 점칠 수 있어 쉽게 발을 빼지 못했다. 밴드라니, 단톡방보다 거리감이 있고 즉흥적이지 않아서 좋았다. 기꺼이 수락 버튼을 누른 뒤 방으로 들어섰다.

훅 치고 들어오는 뜨거운 열기, 왁자한 소음, 눈부신 밝음에 현숙은 잠시 뒷걸음질 쳤다.

"이판식, 홍영돌, 김임만, 이삼순, 홍말자, 류영순…."

윗담, 아랫담은 물론, 언니 오빠들의 친구거나 현숙 자신의 동기, 그리고 동생 친구들의 이름이었다. 더 놀라운 일은 친정 형제들까지 빠짐없이 들어와 있다는 사실이었다. 도대체 무슨 목적으로 만들어진 방인지를 알기 위해 차근차근 올려보니 '홍석표 군수 만들기' 위한 프로젝트를 실행하기 위한 조직 같았다. 그리고 보니 맨 위 「공지」란에 석표 얼굴이 변화한 도심의 사거리 광고 전광판처럼 번들거리고 있었다. 올려진 글과 사진, 영상 등은 모두 석표의 근황들이었다. 회원 수가 무려 1만여 명에 이르렀으며 실시간으로 계속 들어오고 있었다.

현숙은 그때서야 오래전 동문회에서의 석표 축사가 정치 선언이었음을 깨달았다. 말도 안 되는 단체에 홀린 듯이 걸려든 친정 형제들이 이해되지 않았다. 단톡방에서 성난 손가락으로 포를 발사했다.

"홍석표 군수 만들기에 왜 우리 가족까지 동원돼야 하죠?"

잠시 후 이유들이 하나둘 올라왔다.

"한 동네 사람인데다 후보경선에서 이기면 승률 백 프로 당이기에, 어차피 투표권이 없는 대구 사람, 동기동창의 동생이 출마하는데 모른 척할 수 없어…."

현숙을 제외한 언니 오빠들 모두 석표의 누나와 같은 동기가 있었다. 그중 언니만 영순 언니와 친했을 뿐이었다. 현숙이 더는 분노를 드러내지 않았던 건 동생이 의식되어서였고, 노파심인지 모르지만 석표가 군수로 당선되었을 때 혹시 불이익 받지나 않을까 하는 형제들의 참으로 불편한 눈치가 포착되었던 까닭이다. 언니 오빠들 하나같이 이름만 올렸을 뿐으로, 밴드를 열지조차 않는다는 말에 일말의 위안을 얻기도 했다.

원수 같은 인간이 일취월장하는 과정을 지켜보아야 하는 일은 끔찍한 고문이나 다름없었다. 하지만 그녀 역시 쉬이 밴드를 빠져나가지 못했다. 한구석 고장 난 물건처럼 동생이 삐뚜름하게 서 있었던 까닭이다.

지방선거까지 아직 일 년여가 남았는데, 이런 고문이라니….

긴 장마가 이어지던 7월 초순이었다. 몇 주째 쉬지 않고 내리는 비였지만 기온이 내려가지 않아 습하고 우중충한 날씨가 계속되었다. 맏며느리로 집안 행사 중에 가장 크다고 할 수 있는 시조부모 제사가 한여름에 있어, 방학을 맞은 시댁의 조카들까지 남편의 직계 존비속이 며칠씩 묵어가는 바람에 현숙의 불쾌지수는 하늘을 찌르고 있었다.

정신없던 일주일여를 보내고, 손님들이 모두 떠난 아침이었다.

남편과 아이들을 직장과 학교로 보낸 뒤 설거지도 미룬 채 소파에 풀썩 누워 기운 빠진 손으로 TV 리모컨을 이리저리 돌리다 슬며시 잠이 들었다.

꿈속처럼 아련한 소리에 눈을 뜨니 저만치 식탁 위에서 휴대폰이 울었다. 갈까 말까 망설이다 노곤하게 녹아드는 몸뚱이를 억지로 일으켜 엉금엉금 기다시피 식탁으로 가는 동안 전화기가 꺼졌다. 전화기를 들고 소파로 오는 동안 발신인을 확인하니 다소 엉뚱한 사람이었다.

초·중·고를 같이 다닌, 윗담에 살던 여자 동창으로 현숙과는 어린 시절부터 같이 지내긴 했지만 사적인 연락을 주고받는 사이는 아니었기 때문이다. 현숙이 공부를 특출나게 잘해 친구들이 조금 어려워한 데다, 아버지 돌아가시자마자 폭삭 내려앉은 가정에 우울한 일들이 연쇄적으로 겹치는 바람에 스스로도 담을 쌓아 친구들과 교류가 없었다. 잘못 건 전화로 여기고 다시 소파에 눕는 동안 다시 벨이 울렸다. 의아해하며 초록색 버튼을 눌렀다.

"여보세요?"

"현숙이지? 너의 어머니도 많이 늙었고… 그렇게 똑똑하던 동생이 어쩌다…."

"무슨 말이고?"

"아직 안 봤구나. 석표 군수 만들기 밴드에 올라온 영상…."

전화를 끊자마자 급히 밴드로 들어갔다.

긴 장마로 잡초들이 우거진 마당엔 무너진 장작더미와 잔 나뭇가지들이 어지럽게 널려있고, 남새밭 웃자란 독초들은 장독간의 항아리들을 대부분 점령했으며, 회색빛 콘크리트 바닥이 짙푸른 이끼로 뒤덮여 얼핏 잔디처럼 보이기도 했다. 부엌의 그릇들이 죄다 마루를 잠식한 가운데 음식물이 담긴 그릇마다 파리들이 달라붙어 있었고, 마루 밑에는 짝을 잃어버린 신발들이 제멋대로 돌아다니는….

오랜 날 빨래를 말리지 못했는지 빈 공간마다 넝마조각 같은 옷들이 걸려있고, 그 사이에 사람인지 짐승인지 구분이 어려운 흑백 봉두난발의 두 생명체가 있었다. 누렇게 변색된 러닝과 파자마 차림으로 적선(?)을 베푼 자에게 어설픈 웃음으로 보답하고 있는….

카메라는 살뜰히 쌀 20kg 포대와 라면박스, 그리고 고단한 두 육신과 홍석표를 비추며, 한 편의 극적인 드라마를 연출하고 있었다.

친절하게 자막까지 띄운 영상을 소개하는 목소리 주인공은 고향 사람은 아닌 듯, 세련된 서울 표준어를 구사하고 있었다.

"오늘은 홍석표 전 국가〇〇기획실장이며 〇〇당 군수 후보께서 한 동네에서 나고 자란 죽마고우 이종현 님을 찾아왔습니다. 불편한 몸에도 불구하고 지극한 효성으로 노모를 모시고 살아가는 친구를 위해 쌀과 라면을 전달하며…."

우연히 길 가다 보지 말아야 할 무엇을 본 대가로, 푹 파인 지옥 구덩이 속으로 빠지고 말았다. 엄마와 동생의 웃음이 도저히 참아낼 수 없는 분노를 동반한 채 뇌수(腦髓)로 파고들었다.

현숙은 당장 밴드 운영자에게 전화를 걸어 영상을 내리도록 요구했다. 열흘 전에 업로드된 것이어서 이미 볼 사람은 다 봤다는 얘기였다. 언니 오빠들 누구도 그 일을 모르고 있었다는 사실에 더 기가 찼다. 친구나 지인 누구도 말을 해주지 않았다던 게 분명했다. 그녀도 전혀 뜻밖의 친구가 알려주었으니.

며칠 동안 화끈하게 방을 달구었을 걸 생각하니 미친 듯한 발작이 일었다.

군수가 된 후 석표는 단 한 번도 동생을 찾지 않았다.

"안 그래도 그 생각 하고 있었는데….”

"사실 같은 생각을, 석표 본인은 못 오더라도 친구 몇 명에게 알리기라도, 전화라도 한 번 해볼까?"

영순 언니에게 석표를 보내달라는 억지(!)를 한 부린 언니와 현숙이 큰 소리로 옥신각신하자 두 오빠가 끼어들었다.

"오빠! 하지 마!”

현숙이 휴대폰을 꺼내는 둘째 오빠를 급하게 제지하며 소리쳤다.

"가마이 있어봐라. 나도 그 정도 권리는 있어! 석표 군수 후보경선에서 뛸 때 내가 얼마나 표 몰이 많이 해줬는지 알아?"

둘째 오빠와 현숙의 입씨름이 가열되자 언니가 손을 휘휘 저으며 말렸다.

"기다려봐라. 내가 영순이한테 전화했으니 좀 있으면 전화 올 끼다. 석표한테 물어보고 전화준다켔다."

사실 언니와 오빠들은 석표네와의 악연에 대해 기껏 뽕나무 밭 돌려받는 과정에서 있었던 법적인 분쟁 정도만 알고 있었다. 소송에서 이긴 뒤 어느 날 가족모임에서 누군가 농담처럼 '엄마의 억지'가 승리를 가져왔다고 했다. 엄마의 집념과 끈기를 치켜세우는 우회적 표현과 처음부터 산밭을 일궈 뽕나무를 심었던 석표네의 입장을 무시할 수 없다는 논리가 뒤섞인 발언이기도 했다. 하지만 몹시 기분이 언짢았다. 아버지의 사망으로 백팔십도 다른 환경에서 악전고투하는 자식과 형제들에게 더한 충격을 안기지 않으려는, 엄마와 현숙의 철통 보안이 가져온 폐해였기에, 현숙도 더는 입을 열지 않았다.

친정 가족 모임이 있을 때마다 입이 근질거렸지만 엄마의 입장과 화기애애한 분위기를 망치고 싶지 않아 고개 쳐들고 올라오는 독초를 내리누르곤 했다.

아무리 피를 나눈 형제라 하더라도 제각기 다른 환경에서 살다 보면 같은 사안을 두고도 생각이 갈리고 일치하지 않을 수 있다고 현숙은 생각해왔다. 환경에 적응해야 하는 인간의 생존방식이기도 하니까.

그러한 가운데서도 가족 간 의견이 전혀 흐트러지지 않았던 부분은 석표네에 대한 아버지의 남다른 애정과 관심이었다. 출근길 석표 아버지를 오토바이 뒷좌석에 태운… 서울 원호청을 수시로 오르내리며… 재조사를 위해 사고 당시 함께 복무했던 전우들을 찾아 다니느라 전국팔도를 헤매고 다녔던…. 석표 아버지가 원호대상자가 되게 길을 열어준 아버지의 공헌에 대해서는 절대적 선(善)으로, 쇠기둥처럼 단단하고 확실하게 그들 뇌리에 박혀있었다.

"우리 아부지가 저거한테 우찌했노! 군수 신분이 아니라 개인 자격으로라도 백 번 천 번 조문할 의무가 있다 생각한다."

"하모. 맞다, 당연하고말고⋯."

석표의 조문 의무에 대한 형제들의 의견이 대법원 상고심 선고공판만큼이나 확실하고 명쾌하게 통과되던 순간, 언니의 전화가 울렸다. 언니가 오른손 검지를 입술에 갖다 대며 '영순!'이라고 했다.

"어, 어, 어, 청사에 있다 말이제? 지가 바쁘면, 친구들 몇 명이라도 불러줬으면 카더라 켔나, 머라꼬? 너네 진짜 이렇게 할 거야? 내가 지금 너한테 조의금 받자고 이러나? 우리 형제들이 경고한다 전해라. 인생 그렇게 살지 말라꼬!"

언니의 통화 소리만으로도 충분히 내용을 짐작할 수 있었다. 모두 맥이 빠져버린 듯, 닭 쫓던 개 지붕 쳐다보듯 제각각 다른 방향으로 고개를 돌렸다. 그 어색하고 민망한 공기를 참지 못해 현숙이 응집된 분노의 문을 열었다.

"사실⋯ 예전에 엄마가 팔에 깁스했던 거, 석표 아버지가 엄마 덮치다 생긴 사고야."

"뭐라구!"

엄마를 겁탈하려 했던 일, 뽕나무 땅 관련 판결이 났음에도 순순히 물러나지 않아 엄마를 죽일 듯이 폭행한 일, 석표가 초등학교 동문회 날 종현을 의도적으로 무시하고 친구들조차 접근하지 못하게 왕따시킨 일, 자기 아버지를 유혹했다며 모함한 일, 그리고⋯ 시골집에서의 엄마와 종현의 영상 테러 등을 현숙은 낱낱이 까발렸다.

마치 댐 방벽의 작은 구멍이 점점 커지며 산을 무너뜨리고 마을을 덮치듯, 수십여 년을 묻고 지내온 '임금님 귀는 당나귀 귀'의 절 규에 형제들이 초토화되었다.

벌겋게 충혈된 눈으로 구들장을 뚫을 기세로 바닥 한곳만을 보고 있는 큰오빠, 눈 한 번 깜빡이지 않은 채 현숙을 뚫어져라 쳐다보는 언니, 저승사자 분장한 배우마냥 얼굴에 핏기라곤 없는 둘째 오빠….

엄마와의 암묵적 약속을 저버린 행위에 아차 싶었지만 이내 엎질러진 물이었다. 자신이 투하한 폭탄의 후폭풍을 스스로 감당하기 힘들어 현숙은 부들부들 떨리는 손으로 멈춰 있던 회심곡을 다시 켰다.

무명 속에 뛰어들어 나고 죽는 물결 따라
빛과 소리 물이 들고 심술궂고 욕심내어

"니는! 와 그런 사실을 은자 말하노!"
"흐흡!"
까무러칠 듯이 놀란 현숙의 등 뒤에 둘째 오빠가 두 주먹을 불끈 쥔 채 부들부들 떨고 있었다. 오빠의 눈은 사시(斜視)처럼 홱 돌아가 있었다.
"동생! 진정해라. 현숙이도 다 우리 생각해서 안 그랬겠나."
큰오빠가 다가와 둘째 오빠를 달래는 사이, 빈소에서 죽은 듯 엎드려있던 언니가 바닥을 치며 울었다.

"직이야 돼! 직이야 돼, 직이야 된다! 우리 엄마 내 동생 불쌍해서 저런 인간들이 멀쩡히 활개치는 꼴을, 어떻게 견디며 살라꼬…."

언니의 통곡은 찰지게 곡을 하고 떠났던 외사촌언니로부터 학습된 듯 가사와 리듬이 절묘했으며, 한 차원 더 진화된 성격을 띠고 있었다. 같은 뿌리를 공유하고 있는 줄기들로 생살이 찢어지는 고통이 피부적인 촉감으로 느껴졌기 때문이다. "아아-악!"

터질 듯한 분위기를 더 이상 참기 힘들었던지 둘째 오빠가 소리를 지르며 밖으로 뛰쳐나갔다. 둘째 오빠의 저런 흥분을 이해 못 할 사람은 없었다. 동생이 이렇게 되기까지 직접적인 책임에서 피해갈 수 없는 장본인이 둘째 오빠라 해도 과언이 아니었다. 당시 자취방에 둘째 오빠와 동생이 둘이 살고 있었으며, 오빠가 친구들과 어울려 다니며 외박하던 중에 일어난 사고였기 때문이다.

기어이 남은 세 사람의 가슴이 철렁 내려앉았던 것은, 차 시동 켜는 소리에 이어 둔중한 5톤 화물트럭이 미친 듯한 속력으로 장례식장을 빠져나가는 모습을 지켜보면서였다.

"오빠! 따라가 봐야 하는 거 아니에요?"

언니와 현숙의 다그침에 큰오빠가 황급히 옷을 걸치고 나가고, 이어 언니도 허겁지겁 뒤따랐다. 장례식장엔 현숙 혼자 남았다.

불안과 공포가 엄습했다. 몸서리쳐지도록 무서운 상상이 일었던 건 귀신에 씐 사람마냥 뛰쳐나가던 둘째 오빠의 살기 띤 눈 때문이었다. 눈이 저렇게 돌아갈 때는 자신의 광기를 스스로 제어하지 못할 때라는 걸 형제들은 모르지 않았다. 자랄 때도 크고 자잘한 사고를 많이 쳤지만 결혼하여 자식을 낳고 살며 많이 완화된 것으로 알고 있었다. 그러나 작년 이맘때 엄마가 입원한 병실에서 사소한 다툼으로 큰오빠를 공격하는 모습에 성질이 죽지 않았구나, 느꼈었다. 게다가 바로 어제도 그러한 일이 있었다.

동생의 사고 소식을 접하고 시골집으로 달려갔을 때 반려견 '몽돌이'가 목줄이 풀린 채 성성하게 돌아다니고 있었다. 엄마 돌아가신 뒤 마음을 잡지 못하고 방황하는 동생에게 현숙이 입양해서 안겨준 진돗개 종자였다. 헛간에는 몇 개월을 먹고도 남을 사료와 큰 고무통 안에 가득 담긴 물까지 넉넉하게 준비돼 있었다. 사료 부대 입구가 가위나 칼 등으로 깔끔하게 절단된 흔적에서 동생의 손길을 느낄 수 있었다.

경찰과 의사를 통해 동생의 사망이 공식적으로 확인된 후, 형제들이 읍내 장례식장으로 가기 위해 집을 나설 때였다. 몽돌이가 낑낑대며 그들을 좇았다.

"누가 데려갈래?"

큰오빠의 물음에 모두의 눈들이 '몽돌이'에게서 허공으로 무질서하게 흩어졌다. 바로 그때, 둘째 오빠가 앞으로 나섰다.

"여보! 안 돼! 우리 집 아이들 개털 알레르기 있잖아!"

둘째 올케의 다급한 소리를 뿌리치며 헛간으로 간 오빠는 천장에 걸린 철삿줄 뭉치를 내려 공구함에서 꺼낸 펜치로 툭툭 잘랐다. 그리고는 몽돌이를 불러 자신의 무릎에 앉혔다. 앞에 있는 사료를 입에 넣어주며, 태연히 몽돌의 앞발, 뒷발을 묶었다. 이어 벌어진 둘째 오빠의 행동에 모두는 비명을 지르며 숨거나 자신의 눈을 가렸다. 현숙만은 비명 대신 숨을 삼켰다. 몽돌의 얼굴에 겹겹의 비닐을 씌운 채 철사로 목을 칭칭 감기 시작했던 것이다.

차마 눈 뜨고 볼 수 없는 처참하고 잔인한 살육에 큰오빠가 말리려 다가갔지만, 공중 곡예 하듯 높이 솟구치는 몽돌이의 거센 저항과 흰자위만 번득이는 둘째 오빠에게 지레 겁먹고 돌아오고 말았다.

"주인 따라가는 게…."

갱년기 불면증을 앓으며, 현숙은 집을 떠나 잘 일이 있으면 정신과에서 처방받은 약들을 챙겨야 했다. 불안과 우울을 진정시키는 신경안정제와 곧바로 수면에 이르게 하는 수면제 졸피뎀이었다. 보통은 신경안정제만으로 잠이 들지만 큰 사건사고가 있거나 해외로 나갈 경우 두 종류 다 복용해야 할 때가 많았다. 어제도 글피도 정해진 양보다 서너 배나 많은 신경안정제를 복용했으나 잠다운 잠을 자지 못했다.

서슬 푸르고 괴기스러운 둘째 오빠의 눈빛이 뇌리에서 사라지지 않아, 현숙은 가방을 뒤적거려 약을 꺼냈다. 오른손에 든 약병을 왼손바닥에 톡톡 내려치니 하얀 정제가 우르르 쏟아졌다. 한 번에 입안으로 털어 넣은 뒤 물과 함께 목구멍으로 삼켰다. 이어 회심곡을 켠 뒤 빈소 바닥에 누웠다.

한반도에 핵전쟁이 일어났다며 사람들이 피난을 간다. 우왕좌왕하던 현숙도 간신히 행렬에 끼었다. 물결 같은 사람의 행렬이 어느 산으로 향하는 가운데, 이리저리 떠밀리며 그녀도 얼추 산 앞에 이르렀다. 놀랄 일은 산이 바로 그녀 친정 선산이었다. 그 속에 동굴이 있다는 사실을 아는 이는 가족과 가까운 동네 사람들뿐이었다. '우리 소유'라고 외치고 싶었으나 한 인간의 말 따위가 먹혀들 분위기가 아니어서 곧바로 체념했다. 우선 살고 봐야겠기에 죽기살기로 산속의 동굴까지 뛰었다. 겨우 입구에 도착하여 몸을 막 안으로 구겨 넣으려는 순간, 번쩍! 하는 플래시가 터졌다. 눈이 부시게 밝은 빛이 점점 현숙을 향해 다가오며, 플래시 정중앙의 까만 점이 그녀를 포획했다.

"일어나 보세요!"

꿈이 아니라는 사실을 인지하고 몸을 일으키려 했으나 좀처럼 움직여지지 않았다. 아비규환의 아수라장이던 동굴 속과 환하게 불이 켜진 방 안의 시공간의 대비가 꿈인 듯 생시인 듯 혼란스럽고, 그 사이를 경찰들과 큰오빠와 언니가 어른거렸다. 수면제에 의해 몸체를 빠져나간 영혼이 지구궤도 밖으로 튕겨져 나간, 좀체 육신의 결합이 이루어지지 않는 유체이탈 현상에 놓여 있었다. 지구를 관찰하고 관장하며 조정하는 트러스(truss)구조물의 우주정거장이 거듭 도킹(docking)을 시도하지만 도무지 요철(凹凸)이 맞지 않는….

"야아가 며칠 동안 잠을 못 자…수면제를 많이 복용한 듯…좀 더 자게 놔둬야…."

침략자들이 몰려가고, 그녀는 다시 동굴 속으로 들어가 죽음 같은 잠을 잤다.

부산한 소리에 깨어났다. 핵전쟁으로 우왕좌왕하던 인간의 무리는 온데간데없고 익숙한 얼굴들이 눈에 띄었다. 남편을 비롯, 피붙이의 배우자와 조카들로 잔뜩 채워져 있었다.

화장실에서 나오니 두 명의 경찰관이 그녀를 기다리고 있었다. 그들의 차를 타고 내린 곳은 읍내 경찰서였다.

철창살로 된 유치장 안에 큰오빠와 언니가 새우처럼 구부린 채 자고 있었다.

"이현숙 씨, 먼저 휴대폰 제출해 주시구요, 여기 앉아보세요. 그리고 신분증 이리 주세요."

현숙은 가방에서 휴대폰을 꺼내 옆에 서 있는 경찰에게, 신분증은 앞에서 컴퓨터를 두드리는 경찰에게 내주었다.

"이○○와 어떤 관계세요?"

"둘째 오빱니더."

"어제 형제들과 무슨 모의를 했어요?"

"모의라뇨, 설마 적국 스파이와 내통했는지를 묻는 건 아니죠?"

"지금 장난하는 겁니까?"

"설마 저희가 동생을 죽였을 거라고 의심하나요? 차라리 누가 죽였으면 덜 슬플 것 같네요!"

"그렇게 시치미 떼도 조사하면 다 나옵니다."

"이미 경찰과 의사가 사인을 확인하고 장례 절차를 밟은걸요."

"이봐요! 이현숙 씨! 지금 우리가 말장난이나 하자고 이렇게 부른 줄 아세요?"

"저 역시 말장난할 기운도 의욕도 없습니다."

"어제 형제들과 홍석표를 죽이자고, 모의했어요 안 했어요?"

"네에? 그 사람이 죽기라도 했나요?"

"예, 아니오로 답해주세요."

"그러한 마음까지 부정하지 않겠지만, 사람의 죽고 사는 문제는 오로지 신의 영역인지라."

"모의했다고 기록해도 되죠?"

"나라님 없을 때 나라님 욕하는 것까지 법의 잣대로 심판하는 세상은 아닐 테니 알아서 하세요."

경찰과 언성을 높여가며 싸우고 있는 동안, 철문 삐걱거리는 소리가 나더니 유치장 안에서 자고 있던 큰오빠와 언니가 눈두덩이 부은 푸석한 얼굴로 현숙의 옆으로 다가왔다.

"좀 잤나?"

"둘째 오빠는?"

언니와 현숙이 서로 엇박자 질문을 주고받는 사이, 경찰이 현숙에게 고함을 질렀다.

"이현숙 씨! 저의 질문에 답하시구요, 두 분은 저쪽으로 가세요!"

"무슨 질문이었죠?"

"지금 뭐하자는 겁니까?"

"경사님, 동생이 어젯밤 수면제를 과다 복용했는지 저희가 아무리 깨워도 제정신이 아니었어요."

저쪽으로 가던 언니가 되돌아와 현숙을 대신해 답해 주자 현숙이 둘째 오빠에 대해 재차 물었다. '가마이 있으라'며 언니가 현숙의 귀에 대고 소곤거렸다.

경찰관들의 교대가 이루어지는 시간, 형제들을 어느 조사실로 몰아넣고 아침 식사를 넣어주었다. 깍두기 하나 있는 갈비탕이었다. 세 사람이 있는 자리에서 언니가 충격적인 소식을 털어놓았다. 둘째 오빠가 차를 몰고 가다 교통사고를 냈는데, 사람이 죽었다는 것이다.

"죽은 사람이 설마 군수야?"

"누가 들을지 모르니, 고마 밥 무라!"

이틀 동안 밥알이 목구멍에 걸려 도저히 넘어가지 않았다. 냄비에 물을 넉넉하게 부은 뒤 밥을 풀어 걸쭉한 죽으로 만들어 억지로 위장까지 흘려 보냈었다. 죽지 않기 위한 투쟁이나 다름없었다.

김이 서리는 갈비탕과 하얀 쌀밥, 빨간 깍두기에 짐승 같은 식욕이 일었다. 밥공기를 들어 수저로 반 바퀴를 돌림과 동시에 국그릇에 얌전히 들어 앉혀 깍두기 국물을 몇 숟가락 떠 넣었다. 그리곤 미친 듯 입속으로 퍼 올렸다. 고기의 육즙과 쌀알의 달짝지근한 감미, 깍두기의 아삭거리는 식감까지 골고루 느끼는 혀의 섬세한 기능이 감탄스러웠다. 뱃속에서 음식을 끌어당기기는 참으로 오랜만이었다.

가뭄으로 쩍쩍 갈라진 논에 물 들어가듯 갈비탕 국물이 순식간에 위장으로 흡수되었던 것이다.

두어 시간 조사를 더 받은 뒤 현숙은 풀려나고, 오빠와 언니는 아직 경찰서에 붙들려 있었다.

장례식장으로 돌아오니, 그녀가 나갔던 장소가 맞나 싶을 정도로 극과 극의 다른 세상이 펼쳐져 있었다. 주차장을 가득 채운 차들로도 모자라 앞길까지 쭉 늘어서고 있는 데다, 계속 들어오고 있었다. 주차 관리를 하는 사람도 몇 명 있었다. 미지의 세계에 툭 떨어진 듯했다.

출입구 앞에 '대한민국 대통령 ○○○'이라는 글귀가 새겨진 커다란 화환이 자리하고 있었다. 울긋불긋한 원색과 하얀 국화꽃만으로 장식된 화환들이 복도를 빈틈없이, 겹겹이 세우고도 자리가 없어 2층 오르는 계단까지 점령했다. 여전히 새로 들어오는 것들은 이름만 적고 밖으로 도로 내보내는 것 같았다.

"!"

동생의 빈소가 감쪽같이 사라졌다. 한줄기 빛조차 소리조차 들지 않던 101호였는데, 우주에서 사람을 쏟아놓은 것처럼 득시글거렸으며, 통곡과 울부짖음이 난무하는 지옥의 풍경으로 탈바꿈돼 있었던 것이다.

현숙은 그때서야 군수 석표의 죽음을 실감했다. 군수 자택이 대구 시내였던 것으로 알고 있었는데, 굳이 빈소를 읍내 장례식장에 차린 이유가 뭘까? 아마 관할 지자체 수장으로서 마지막까지 군민들을 사랑했다는 메시지를 남기고 싶어서였을까? 어쩌면 벌써부터 후임 자리에 군침을 삼키는 자들의 정치적 술수인지도.

읍내에 있는 단 하나의 장례식장, 그중에서도 가장 크고 호화로운 특실에 동생의 빈소를 마련했었다. 동생이 떠난 자리, 석표가 운명처럼 들어왔다.

현숙은 경찰에 제출한 휴대폰을 돌려받지 못한 채 나온 탓에 가족과의 연락이 두절돼, 어리둥절한 정신으로 장례식장 사무실을 찾았다. 고(故) 이종현의 빈소는 오늘이 발인이어서 정리했으며, 경찰에서 장례식을 보이콧했기에 시신은 냉동고에 있다고 했다.

현숙은 사무실 전화를 빌려 가족들 위치를 확인하고는, 천천히 장례식장을 빠져나왔다.

남편과 형부 올케, 비속(卑屬)들이 모여 있는 커피숍에서 구체적인 사건의 전모를 들을 수 있었다. 둘째 오빠가 군수 관용차를 타고 퇴근하던 석표 차를 추격하며, 신호등에서 대기하던 그 차를 들이받았단다. 군수 차 앞에 또 다른 차가 있었지만, 차량 뒤 범퍼만 파손되고 큰 부상은 없었다고.

그날 오후 큰오빠와 언니도 풀려났다. 모두는 대구 큰오빠 집에 모여 '동생의 시신을 화장해도 좋다'는 경찰의 연락을 기다리며, 둘째 오빠에 대한 대책을 이어 나갔다.

면회하고 돌아온 둘째 오빠네 가족들에 의하면 퇴근하는 석표에게 잠시 이야기 좀 하자고 했으나 차를 타고 쌩 가버리기에, 그를 쫓

다가 우발적으로 발생한 사고라 했다.

　기왕 이렇게 된 거, 형제들은 똘똘 뭉치기로 했다. 대형 로펌 변호사를 선임하자는 데 의견을 모았고, 그 일은 전적으로 큰오빠가 맡겠다고 나섰다.

　동생의 죽음 앞에 완벽하게 붕괴되었던 그들이었다. 한 사람의 죽음 앞에 방전되었던 배터리가 다른 한 사람의 죽음으로 다시 살아 움직였다. '누군가의 불행이 또 다른 누군가의 행복으로 연결된다'는 내용의 말이나 글귀들을 접할 때마다 인간의 한계가 고작 그 수준이라는 사실에 실망을 금치 못했지만, 인간 저변의 심리를 이보다 잘 드러낸 표현이 없을 듯했다.

　잔치 음식같이 풍성한 밥상에 둘러앉은 이들의, 미처 섞일 새도 없이 목젖으로 넘겨버리는 현란한 혀들의 움직임은 찬란한 행위예술이었다.

　이틀 후 경찰에서 화장해도 좋다는 연락이 왔다.

　장의차를 불러 모두 동생의 시신이 안치된 읍내 장례식장으로 갔다. 냉동고에서 꺼낸 동생은 처음 시골집에서 발견했을 때의 험악했던 모습과는 다르게 오히려 편안해 보였다. 여기저기 꿰맨 자국들이 있었지만, 그의 눈은 잠자듯 평화롭게 감겨있었다. 형제들의 억장이 수백 번 수천 번 무너져 내렸던, 입가로 흘러내린 피 또한 깨끗하게 닦여 원래의 잘생긴 얼굴로 돌아와 있었다.

　장례지도사에 의해 곱게 화장이 되는 동안 간간이 울음들이 새어 나왔지만, 현숙은 비교적 담담하게 동생의 마지막을 뇌리에 새겼다.

장의차에 동생의 시신을 싣고 대구의 화장장으로 향했다. 커다란 굴뚝이 서 있는 제조공장 같은 건물로 들어서자 완장을 찬 안내원이 형광봉을 들고 위치를 안내해주었다. 가리키는 곳에 수십 대의 장의차가 줄을 서서 기다리고 있었다.

긴 기다림 끝에 큰오빠가 내려 접수를 하고 번호표를 받았다. 순번이 무려 수십 번 뒤였다. 죽음 역시 살았을 때의 병원 진료처럼 대기표를 뽑고 기다려야 하는, 삶과 죽음이 쌍둥이처럼 닮았다고 모두들 입을 모았다.

차에서 내린 가족들 모두 대기실로 향했다.

넓은 대기실은 상복 차림과 일반 복장을 한 사람들로 인산인해를 이루었다. 그 북적거림은 마치 70~80년대의 명절 연휴 귀향·귀성하는 고속버스 대합실이나 고속도로 휴게소 같기도 했다.

언니가 매점에서 신문을 몇 부 사와 한갓진 구석자리에 장장이 펼쳐 깔고 형제들을 불렀다. 모두는 소풍 나온 듯 그 위에 올라앉았다. 조카들과 현숙의 아이들은 연신 매점을 들락거리며, 역시 소풍을 즐기는 모습들이었다.

유족들이 득실대는 대기실의 분위기가 어둡지 않은 것을 의아해하던 현숙은 언니와 이야기를 주고받으며 고개가 끄덕여졌다. 대한민국 평균 장례 절차인 2박 3일 동안 눈물이 다 빠졌다는 것이다.

처음 죽음과 맞닥뜨린 후 모두는 진정으로 슬퍼서, 조문객의 발길이 이어지는 동안 그들이 가져온 마중물에 울고, 정작 마지막 작별 시엔 모든 에너지를 소진하여 허탈과 허무밖에 남지 않은….

소소한 잡음들로 일정한 질서가 유지되던 대기실이 갑자기 술렁거렸다. 구슬픈 통곡 소리가 들이닥쳤기 때문이다. 며칠간의 장례 의식을 치르고도 저렇게 울 힘이 남아있는 건 참척을 당하지 않고서야 불가능한 일이기에, 대기실 사람들의 눈길이 일제히 그리로 쏠렸다.

"석표다!"

헝클어져 쩍쩍 달라붙은 머리카락, 영혼이 빠져나간 듯 희미하게 풀린 눈…. 누가 누군지 구분조차 힘든 석표네 혈육들을 현숙은 카메라 줌 당기듯 클로즈업했다. 한줄기 빛조차 스미지 않는 그 절망의 늪을.

오랜 기다림 끝에 동생의 차례가 왔다. 화장장 앞에서 간단한 제를 지낸 뒤 동생의 육신을 소멸하도록 들여보냈다. 다시 대기표를 받고 기다려야 했다.

간만에 빈자리가 몇 개 나와 형제들이 나란히 앉아 꾸벅꾸벅 졸았다.

"저봐라!"

언니가 졸고 있는 가족들을 툭툭 치며 가리키는 전광판엔 '홍석표'란 이름이 선명하게 올라와 있었다. 몇 시간이나 기다린 그들보다 더 빨리 나왔다.

뒤이어 종현도 도자기에 담긴 한 줌 재로 나왔다. 두 유골함의 부피와 무게는 같아 보였다.

신(神)이 처음부터 두 사람을 세상에 함께 내놓았다 함께 데려갔는지 모를 일이다.

가족들은 이 모든 일 또한 '신의 선택'이라 믿었다.

붉은 선인장의 꿈

단편소설

생존증후군

절망의 가장 긴 끝자락에 아스라이 매달린 별.
어느 한계치를 넘어서면 가보지 못해 두려우면서도
설레는 미지의 세계. 누구든 그 세계를 받아들일
수밖에 없다. 환자보다 보호자가 더 앞선 걸음이므로.

2020년 새해도 한 달이 지나고 어느새 2월 중순으로 접어들고 있었다. 겨울 막바지 추위가 골목길 모서리로 꼬리를 감추는 듯하더니, 다시 유턴을 하여 온 듯 쌀쌀했다.

　출근길을 나서던 금옥은 예년 때 같잖은 차가운 날씨에 다시 집으로 들어가 모피코트를 걸치고 나갔다. 서울 외곽 도시 남편이 대표로 있는 회사에 정기 출근하는 날이었다. 남편은 출퇴근 시간대의 혼잡한 교통체증으로 길이 막혀 주중에는 회사 근처 아파트에서 지내고 주말이면 서울 집으로 온다. 이른바 주말 부부인 셈이다. 처음엔 금옥도 허전하더니 갈수록 점점 익숙해져 편하다는 생각이 들고, 부부 사이는 오히려 더 애틋해졌다. '오십 줄의 주말부부는 덕을 쌓은 자에게 하늘이 내리는 공덕'이라며 들먹이며 부러워하는 친구들을 보며 속으로 은근히 즐기기도 했다.

굳이 아내의 손길을 필요로 할 정도로 작은 회사가 아니건만 기어이 출근하는 이유는 고지식한 남편 때문이었다. 초창기 부부 두 사람으로 회사를 일구었던 것이 규모가 커지며 금옥이 일선에서 물러나게 되었는데, 월급을 꼬박꼬박 받고 있었던 것이다.

남편은 가족을 유령직원으로 위장등록한 채 급여를 책정하는 중소기업체 등에 국세청이 망원경을 들이대고 있다며 회사에 나와 무슨 일이라도 하라고 채근했다. 주머닛돈이 쌈짓돈, 경제적으로 아쉬운 건 아니었지만 회사가 자신을 필요로 한다는 것을 모르지 않았다. 외국에서 손님이 오더라도 미국대학에서 학위 취득하고 온 자신보다 금옥이 영어를 더 잘해 통역관으로는 물론 분위기 메이커로도 제격이었던 까닭이다. 따라서 이래저래 쓰임새 있는 존재로 금옥은 주 1회 출근하기로 회사와 약정을 맺었다.

차 시동을 켜자마자 터지는 뉴스는 여느 때와 별반 다르지 않았다. 작년 연말부터 중국 어느 도시 이름을 딴 바이러스 전염병이 돌고 있다는 사실과 확진자가 매일 몇 명씩 증가한다는 내용이었다. 그런 일을 두려워하거나 겁낸 적은 없었다. 사이비 종교의 특정 신도들이 신봉하는 지구멸망설만큼이나 비현실적으로 느껴졌기 때문이다. 교통방송과 음악 위주의 FM만을 고정으로 듣고 있어 곧바로 채널을 돌려버렸다.

"○○○○번님께서 신청해주셨네요. 요즘 동창회마다 이 노래가 애국가처럼 불러지고 있다죠. 푸른 물이 뚝뚝 떨어지던 학창 시절, 그 뜨거웠던 청춘이 고스란히 소환되는 담아낸 명곡이죠. 꿈과 희망, 진정한 사랑과 우정이 있었던 그 시간 속으로 여러분을 초대합니다. 정성진의 〈늦은 동창회!〉"

- 아아! 이 노래!

지난해 봄, 두 올케 포함한 친정형제 8명이 다달이 붓는 곗돈으로 동남아 5박 6일 관광을 다녀왔다. 금옥 친정 형제들의 첫 해외 나들이였다. 관광지 투어를 하고 야간에 호텔지하에 있는 노래방에 들렀었다. 노래를 시작하기 전, 큰오빠가 잠깐 소회를 밝히겠다며 마이크를 잡았다.

- 동생들과 제수씨와 이렇게 해외여행을 오게 되다니 꿈만 같고... 흩어지지 않고 똘똘 뭉쳐 우리 형제가 여기까지 온 데 대해... 아아, 에에, 으음... 앞으로도 지금처럼.....

오빠는 더 이상 말을 잇지 못하고 눈시울을 붉힌 채, 스스로 민망하고 머쓱한지 곧장 노래방 기기의 버튼을 눌렀다. 그때 만난 노래가 이 노래였다.

~~~~

집 떠난 지 수십 년 우리들의 어린 시절 그때가 생각난다.

세월을 돌아 그립던 형제들아 주름 속에 묻힌 지난 얘기 들어보자

부상을 바라보며 우뚝 세웠던 꿈을 찾아 떠났던 형제들아 그리
웠다 보고팠다
세상에서 가장 빛나는 행복한 우리 가족모습에 지나간 시절 되
새기며
뜨거운 축배를 들자

~~~~

크고 작은 가족 행사를 치르며 형제들이 종종 노래방을 이용했었
다. '안개 낀 장충단 공원'이나 '배신자' 등 배호의 노래를 좋아하던
오빠가 생전 처음 들어보는 노래를 불러 모두를 의아하게 만들었다.
큰 산 같던 오빠가 마이크를 든 채 노래 반 느낌 반으로 이어가는
분위기에 금옥을 비롯 나머지 형제들은 어느새 저마다 눈물 훔치기
에 바빴다. 감정이 복받쳐 오르는지 오빠는 노래를 더 이상 잇지 못
하고 큰올케에게 마이크를 넘겼다. 금옥은 그날, 큰올케 노래를 처
음 들었다. 자신의 차례가 돌아오면 늘 공기처럼 어디론가 새고 없
어, 본인의 목소리를 낸 적 없었기에, 가족을 위해 산소와 그늘만 제
공해주는 나무로만 인식해왔다. 허스키한 음색이 가미된 풍부한
성량으로 오빠의 뒤를 이어가는 모습에 노래방은 일순간 통곡의 장
으로 변했다.

각자의 마음속에 공통분모처럼 도사려왔을 가난과 한숨, 지난 설
움들이 〈늦은 가족회〉로 개사해 부르는 내용에, 엄마 아버지 영혼을
소환한 무당의 대나무처럼 서럽게 통곡했다.

남의 전답 소작을 더 많이 했지만 그래도 행복했던, 부모님과 6남매가 오순도순 살던 집안의 평화가 깨진 건 금옥이 중학교 일학년 때였다. 모내기가 한창이던 무렵, 모판을 실어 나르던 아버지의 경운기가 언덕길에 전복하면서 함께 타고 있던 엄마와 아버지가 그 자리에서 즉사하고 말았다.

기계공고를 졸업하고 군대에 간 큰오빠가 의가사 제대를 하고 돌아왔다. 친척과 동네 사람들의 도움을 받아 부모의 장례를 치르고, 큰오빠는 어느 중소제조업체에 취직하여 집안의 가장이 되었다.

운명의 여신이 도왔던 것인지 큰오빠 곁에 천사 같은 여인이 자리하며 다시 집안에 훈풍이 돌고 따뜻한 가정의 울타리가 쳐지기 시작했다. 큰오빠는 결혼식도 올리지 못한 채 두 조카를 낳았고, 다섯 동생들을 모두 결혼시킨 뒤 가장 뒤늦게 결혼식을 올렸다. 큰오빠의 결혼식장은 축제가 아닌 울음바다였었다.

여행지 곳곳을 누비며 웃고 울던 기억을 떠올리며, 금옥은 당시 녹음한 형제들의 노래를 반복해 들으며 어느새 회사에 도착했다.

평소 농담 좋아하는 금옥은 주말 집에서 살 부비고 간 남편을 불과 삼사일 만에 보면서도 늘 반가운 몸짓과 제스처로 반색한다. 그런데…

그런데 이날따라 회사가 수런거리고 남편 또한 자리에 없었다. CCTV로 남편을 찾으니 여기저기 바쁘게 움직이는 그의 모습이 포착되었다. 금옥은 남편 동선을 따라 현장으로 내려갔다.

- 회장님! 사흘 동안 옥체만강하셨사옵니까? 하온데 어째 안색이?
- 당신과 처갓집 아니면 나를 상하게 할 일 없지.
- 무슨 당치도 않은 말씀을? 주말 동안 잘 먹여 보낸 일밖에 없는데... 그리고 가만있는 처갓집은 왜 들먹이시나이까?
- 지금 농담할 기분 아냐!
- 무슨 일 있어?
- 오늘 새벽 대구염색공단에 전격 출하했는데 화물차가 공단으로 진입하지 못해....
- ...사업하다 보면 손해도 나고 그러는 거지 뭐.
- 그 손해가 문제 아니라니까. 대구로 출장 간 직원들이 복귀를 못한대. 2주간이나 격리... 그나저나 처갓집은 별일 없는고?
- 무슨 별일? 우리 형제들 염색공단에 근무하는 사람 없는데?
- 당신, 뉴스 안 봤어?
- 왜? 대구에서 무슨 일이 있어?
- 31번 확진자가 대구시를 인질로 시한폭탄을 안고 있는 상황, 친정이 대구면서 어떻게 그렇게 무심해?

금옥은 급히 휴게실로 들어가 TV를 켰다.

- 대구시 코로나 비상 "31번 확진자와 예배를 본 일천 명 전수조사.... 대구시 31번 슈퍼 전파일 듯...." "31번 확진자 거짓말 vs 대구시가 거짓말?"....

지상파 종편 할 것 없이 온통 31번 확진자 이야기로 도배되다시피 했다. 이동 경로와 동선 등이 컴퓨터그래픽 화면으로 클로즈업되고, 빨간색 자막이 점멸신호등처럼 깜빡거리며, 마치 성수대교나 삼풍백화점 붕괴사고 같은 대형재난 발생 때를 연상케 했다. 남편 말로는 31번 확진자가 대구시를 인질로 잡았다고 했지만 그녀가 느끼기엔 대구시가 대한민국을 인질로 곧 핵무기를 발사할 것처럼 보였다.

처음으로 21세기를 강타한 신종 질병에 두려움이 일기 시작했다. 회사에 닥친 듯한 위기와 대구시를 기반으로 살고 있는 형제들 안위에 덜컥 겁이 났던 것이다.

그리고 보니 하루에 수차례씩 일상적인 대화나 사진 등을 올리며 안부를 주고받는 형제들 단톡방이 며칠째 조용했다는 생각이 들었다. 서둘러 올케 둘을 포함 8명이 모인 단톡방을 열었다.

-이게 무슨 일입니까!

톡 올리기 무섭게 큰언니가 전화를 걸어왔다.

-니 알았더나?

- 이제사.

- 누가 카드노? 서울 동생한테는 알리지 말라 했는데... 친정 일이라면 물불 가리지 않고 뛰어들어, 울고불고할까 봐....

- 예에? 무슨, 말이야?

어떻게 이렇게 캄캄한 세상을 살고 있었을까! 큰오빠가 사고를 당했다고 했다.

큰오빠는 용접공이었다. 그 직업으로 오남매 동생들 먹여 살리고 공부시켰으며, 자신의 가정을 일구고 두 자녀를 대학까지 공부시켰다.

그날 오빠는 어느 아파트상가의 2층에 간단한 땜질 작업이 있어 크레인을 부르는 대신 사다리 위에서 작업을 하고 있었다고 한다. 아래서 안전을 담당하던 요원이 잠시 한눈을 판 사이 지나가던 차가 사다리를 들이받아 오빠가 땅으로 곤두박질쳐졌다는 것이었다. 가해 차량이 곧바로 오빠를 싣고 대구 시내 대학병원을 돌아다녔으나 코로나 환자가 아니라는 이유로 거절. 결국 개인 병원 정형외과에 입원 중이며 가족조차 면회가 안 돼 오리무중, 그저 발만 동동 구르고 있는 상황이었다. 31번 환자 출현으로 대구시가 도시 기능을 잃고 마비 상태. 특히 병원은 아비규환 내지 아수라장 상태라는 것이다.

여기까지가 금옥이 형제들로부터 알아낸 전부였다.

큰오빠를 구심점으로 오순도순 살아왔다. 그는 부모였고 맏형이었으며 어른이었다. 각자가 자신의 둥지를 틀고 떠나간 뒤에도 그는 여전히 그 자리서 동생들에게 온기를 불어넣어주는 천륜의 든든한 어른이었다.

동생들을 끔찍이도 사랑한 오빠는 일 년에 두 번 가족모임 일을 정하고 특별한 일 없으면 그날만은 함께 모이기를 원했다. 조부모

기일을 한날로 모으고, 한날한시에 돌아가신 부모의 기일까지, 두 날이었다.

조카들이 하나둘 결혼하고 손자들이 태어나며 직계존비속이 한자리에 모이는 통에 큰오빠 내외의 그날에 대한 부담이 커질 법도 하지만, 마음 넉넉한 큰올케 덕에 오히려 더 풍성한 날로 자리매김하고 있었다. 제사 후 조카들은 물러가고, 형제들은 일박하며 밤새 고스톱과 수다 삼매경에 빠지며, 다음 날 근처 유원지 등을 돌며 못다 한 이야기(?)와 회포를 풀다 헤어지는 걸 관례처럼 이어오고 있었다.

제삿날 친정 행차는 아무리 힘들어도 금옥은 직접 차를 몰고 갔다. 올케와 언니들의 정성 가득한 반찬과 식재료 등을 바리바리 싸오는 재미 때문이다. 돈만 있으면 먹을 것들이 넘쳐나는 세상이지만 친정의 그것들은 돈으로 환산할 수 없을 만큼 소중했다. 특히 큰올케는 막내 시누이인 금옥에게 장 종류와 김치를 제공해주었다. 큰오빠를 제외한 다른 형제들이 올케를 말리기도 하지만, 부모 일찍 잃은 아기씨(?) 불쌍하다며 개의치 않는 눈치였다. 금옥도 그러한 큰오빠 내외의 정을 모르지 않았다.

사업차든 아니든 해외여행 등지를 많이 다니기도 하지만, 금옥이 가장 좋아하는 여행은 단연 큰오빠와 형제들이 많이 살고 있는 대구로의 친정 행이었다. 그 기억을 떠올리기만 해도 흐뭇한 웃음이 번졌다.

ㅡ 금옥아, 니 오데까지 왔노? /근데 이번에 뭐 사오노? 우리 니 온

다고 몇 달 전부터 화장품은 일체 안 샀다이. / 언니, 금옥이한테 혹시 까묵고 안 샀거든 근처 백화점 들렀다 오라케라. 천천히 와도 된다꼬. / 맞아, 금옥아! 들리나? 엄마 아부지한테 옥이 좀 늦는다꼬 기다리라고 할게. / 하모. 다 듣는다. 자아는 세련돼서 블루투슨가 지루박인가 연결해 바로 듣더라 아이가. / 탱고 아니고 지루박… 핥핥핥핥, 하하하하 호호호호….

드디어 오빠네 아파트에 주차하고, 엘리베이터를 타고 7층으로 올라 초인종을 누르면… 좁은 공간에 꽉 채운 물건이 와르르 무너지는 것처럼, 직계 존비속들이 현관으로 쏟아져 반겼다.

무슨 정신으로 집까지 왔는지, 금옥은 집 거실 TV 앞에 붙박였다. 31번, 31번…. 매체마다 그놈의 숫자가 점령군처럼 그녀의 뇌리에 총을 겨누고 있는 듯했다. 요 며칠 뉴스를 접하지 않은 사이 그녀는 다른 행성으로 떠밀려 온 느낌이었다.

금옥은 통화하지 못한 아니 할 수 없었던, 큰올케에게 전화를 걸었다.

 - 오빠는 현재 어떤 상황인가요?
 - 병원 면회가 안 돼…. 딸을 통해서만…. 으흐흑, 아가씨이, 오빠 좀 살려주세요. 저 사람 저대로 보내면 안 돼, 으으어억억….

통곡 반 울음 반, 말을 잇지 못하는 올케를 뒤로하고 조카들에게 차례로 전화를 걸었다. 오빠의 두 자녀 중 첫째인 아들은 대기업 구미공장에 근무하며 작년에 결혼해 갓 태어난 아기가 있고, 둘째인 딸은 부모와 같이 살고 있으면서 결혼 날짜를 받아놓고 있던 터였다.

- 고모, 죄송해요, 회사에서 대구시로의 입성을 말려서…. 굳이 가려거든 일 개월 이상 연차나 휴가를 내놔라…. 가봤자 어차피 병원 면회도 안 돼….

조카 또한 자식을 가진 한 가정의 가장이다. 사표를 쓰라는 것과 맞먹는 회사의 강압적 분위기에 쉽사리 문을 쉽게 박차고 나오기 힘들었을 것이다. 정부에서조차 대구시를 중국 우한시처럼 완전 고립시킬 카드를 만지작거리고 있었으니, 그 누구를 원망하고 탓할 수 있으랴.

이어 둘째 조카딸에게 전화를 걸었다.

- 우주 복장을 한 의료진에게 병원 밖에서, 뜻 모를 서류에 서명만 잔뜩 해주어…. 저도 아빠 상태가 어떤지 정확하게 잘 몰라…. 고모 대학병원 좀 알아봐 주세요, 어떡해, 어떡해요….

사지(死地)를 넘나들고 있는데 수술은커녕, 보호자 한 명도 들여보내주지 않는다니 60년대 중반에 출생한 금옥이 단 한 번도 경험하지 못한 세상이었다. 우주여행을 다녀오는 시대, 금세기 선진국 문턱을 벌써 넘은 대한민국에서…. 이게 실화냐 싶었다.

아내와 아들딸조차, 오빠의 상태에 대해 자세히 알지 못했다. 답답하다 못해 금옥이 직접 병원으로 전화를 걸었다. 여직원이 전화를 받아 개인정보 보호 차원이라며 환자 신상 공개를 꺼렸다. 대학병원으로 옮길 방안을 강구 중인 친동생이라고 하자 잠깐 기다리게 해놓곤, 수건돌리기 하듯 전화기를 이리저리 돌리는 분위기가 느껴지는가 싶더니, 한참 만에 건장한 성인 남자 목소리가 들렸다.

- 아아 대학병원 모시고 간다꼬예?
- 그러려고 애쓰고 있습니다만, 현재 환자 상태는요?

그들로서도 뜨거운 감자였던지, 반색을 하는 듯한 음성으로 대답했다.

- 지금요 한쪽 팔 부러진 건 저희 병원에서 수술했는데요, 나머지 어깨와 얼굴은 저희 병원에선 손을 못 대고 있어예.
- 상처가 어느 정도인지요?
- 상처 정도가 아니고예, 한마디로 어깨와 얼굴이 다 뿌사졌다 아입니꺼. 웬만했으면 저희 병원에서 벌써 수술했지예.... 사실 이런 큰 사고 환자들은 병원과 병원끼리 연계, 저희 같은 개인병원에 먼저 실려왔다케도 응급처치만 하고 대학병원으로 보내거든예. 근데 지금 대구는 상식이고 뭐고 없습니더. 모든 질서와 체계가 다 무너졌다 아입니꺼.
- 환자 의식은 명료한가요?
- 그기 문제라예. 고마 잠시 기절이라도 해뿌마 좋은데 저리 고통스러워 해싸서.... 들리지예?

~~~살려줘, 살려줘, 으으으으어, 으으으으음, 아아아악, 엄마, 엄마아~~~

전화기 너머로 진즉부터 짐승의 울부짖음 같은 소리가 들렸지만, 교통사고 환자들이 드나드는 정형외과이니 그러려니 했었다.

　- 저 사람이... 저희 오빠라예?

　- 맞심더. 저희 병원엔 모두 경증 환자뿐인데, 중환자는 한 사람밖에 없다 아입니꺼.

　- 흐어... 흐어....

금옥은 자신도 모르게 울부짖었다.

　- 보이소, 보이소, 여보세요? 보호자님! 울지만 말고예, 우짜든지 백방으로 대학병원 알아봐갖고 퍼뜩 모시고 가이소. 한 시가 급합니더.

듣기만 해도 정이 뚝뚝 흘러내리던 대구 사투리가 어찌 저리 차갑고 비정하고 무서운지, 꺼진 휴대폰을 든 채 금옥은 사시나무 떨듯 온몸을 부들부들 떨었다.

무너져 내리려는 정신을 가까스로 추스른 금옥은 자신과 남편의 인맥을 총동원, 대학병원과 줄을 댈 수 있을 만한 사람을 찾아 염치 불고하고 안면몰수한 채 전화를 걸어댔다.

의사, 대학병원 수간호사, 중형 병원장 부인, 시의원, 구의원 등, 다양한 직업군들이 골고루 있었으나 어느 누구도 대구시로의 접근을 꺼렸다. 사방팔방, 동서남북, 외국에 있는 지인에게까지 전화를 걸어 오빠를 살려 달라 절규했으나 하나같이 '대구시'를 저주했다.

오빠의 다 뿌사져뿄다(부스러지다)는 어깨를 입원해있는 개인병원에서라도 수술하는 게 어떤지 찬반을 묻는 의견이 단톡방에 올라왔다. 올케는 이조시대 여인처럼 오빠와 시가인 금옥 형제들에게 순종만 하고 살아 세상 이치에 밝지 아니하고, 두 조카들 또한 사회 경험이 미숙한 편이라 시형제와 삼촌 고모에게 물어온 것이다. 그 병원에서도 정밀 검사 후 여러 의사들의 협진으로 수술해야만 하는 중환자여서 몇 차례나 대학병원으로 중복 의뢰서를 발송했으나 일반 환자는 받을 수 없다는 답만 돌아왔다는 것이었다. 저대로 두었다간 사망밖에 답이 없다며 '모 아니면 도'라는 최후통첩의 선고였다.

　처음 금옥 혼자 반대의견을 내세웠다. 매일같이 전화로 대학병원 문을 두드리고 있는 데다 불확실한 기술로 수술해버리면 영원히 큰 병원으로 옮길 기회를 박탈당하지는 않을까 해서였다.

　눈뜨고 죽어가는 사람을 지켜보느니 뭐라도 하며 운에라도 승부를 걸어보는 편이 낫지 않겠느냐는 형제들의 의견에 금옥도 결국 무릎을 꿇을 수밖에 없었다.

　어깨 수술이 끝났다는 소식을 전해들은 금옥은 자리에 털썩 주저앉았다. 보호자와의 따뜻한 눈길 손길 한 번 교환하지 못한 채 살지 죽을지 알 수 없는 수술실로 들어갔다 나온, 마취가 풀리면서 찢고 꿰매고 한 상처들에서 새어나올 통증, 아직 손조차 대지 못한 함몰된 얼굴….

뭉크의 절규 같은 형상으로 일그러진 오빠가 캄캄한 고속도로에서 불귀의 객이 될 뻔한 그녀를 소환했다.

금옥은 남편의 유학길에 동행하여 미국에서 몇 년간 산 적이 있었다. 애초 양가의 도움을 받을 형편이 못되어 금옥이 현지에서 남편 뒷바라지를 할 각오로 건너간 터였다. 그런데 예상치 못한 장벽에 부딪쳤다. 남편의 학교 주변 도시는 백인 밀집 지역으로 아무리 값싼 노동력이라 할지라도 노동허가서 없는 사람은 불법 채용하지 않는다는 사실이었다.

천신만고 끝에 불법 이민자들이 많은 시카고의 어느 식당 허드렛일자리를 구했다.

남편 학교가 있는 도시와 시카고는 자동차로 약 4시간 걸리는 거리였다. 주말부부는 선택이 아닌 필수였다. 남편은 학교 셔틀버스로 학교와 집만 오가기로 하고, 자동차는 금옥이가 소유했다. 차 없는 미국 생활은 상상할 수도 없었다. 생필품은 물론 흔한 우유 하나도 살 수 없기 때문이었다. 금옥이 단 한 주라도 집에 오지 않으면 안 되는 이유였다.

매주 금요일 오후 9시, 일 마친 후 남편이 있는 집으로 가서 일주일치 음식을 마련해놓고, 일요일 저녁 시카고로 다시 돌아가는 생활을 반복하고 있었다.

금옥의 일터인 식당은 금요일 저녁시간대가 가장 바쁜, 유일하게 브레이크 타임이 없는 날이기도 했다.

한밤중 파김치가 된 몸으로, 4시간여의 장거리 운행을 하는 일이 삼십대 초반의 금옥이지만, 결코 만만한 일이 아니었다. 긴 고속도로 주행 구간 중 휴게소라곤 딱 한 군데뿐인 데다 갓길에 차를 세울 수도 없어, 졸음이 밀려오면 운전이 아슬아슬한 곡예처럼 느껴지기도 했다. 텅 빈 듯한 고속도로지만 호수가 많은 지리적 특성으로 늦은 밤과 새벽 시간대는 안개가 도로를 점령하기 때문이다. 물류 운반 목적의 대형 화물차들이 전속력으로 달리기도 해 까딱하면 큰 사고로 이어질 위험성이 높았다.

거리의 가로수들이 초겨울 바람에 이리저리 나부끼는 을씨년스런 늦가을, 어느 금요일이었다. 전날 잠을 설친 데다 유난히 더 바쁜 날이기도 해 퇴근 무렵에 이르자 입에서 단내가 났다. 4시간을 운전해 가려니 태산이 앞을 가로막은 만큼이나 아득하게 느껴졌다.

커피를 연거푸 몇 잔 마시고 출발을 했지만 채 한 시간도 달리지 않아 벌써 눈꺼풀이 내려왔다. 휴게소까지 아직 시간여를 더 달려야 했다. 고속도로는 상·하행선이 완전히 분리된, 중앙분리대가 구릉과 언덕으로 이어져 있었다. 겉보기엔 완만한 구릉처럼 보이지만 구간별 얕고 깊음의 차이가 커서 큰, 아득한 절벽 높이에 해당하는 곳도 있었다.

이미 눈꺼풀이 다 감겨내려 왔지만, 안개가 너무 심해 어디라도 차를 세울 곳이 없었다. 사력을 다해 눈꺼풀을 밀어올리며 관성에 의한 동작으로 핸들을 붙들고 있었다.

 엄마 아버지를 따라 5일장이 선 읍내로 가고 있었다. 머리에 무거운 곡식을 인 엄마가 내 손을 놓으며 저만치 앞서가는 아버지를 따라가라고 했다. 깡충거리며 아버지를 좇았지만 아무리 뛰어도 닿지 않았다. 문득 두려움에 뒤돌아 엄마를 찾았다. 주변이 어둠인지 안개인지로 어둑시근하고 을씨년스러워 사물의 형체가 뚜렷하지 않아 엄마를 분별할 수가 없었다. 애타게 엄마 아버지를 찾으며 울부짖는 사이, 천둥소리 같은 굉음이 고막을 찢었다.
 – 뿌아아아아앙…! 퍼헉!
 정신이 화들짝 깨어남과 동시에 정신을 잃었다. 그 찰나 사이를 '아아 죽는구나!' 여섯 글자가 섬광처럼 지나갔다.

 – Kumook Lyoo! Open your eyes, Hello, Can you open your eye?
 예리한 통증에 숨이 끊어질 듯했다. 군데군데에서 새어나오는 신음 사이로 알아듣지 못할 외계 언어들이 혼재했다. 캄캄한 우주 속 한 점 먼지처럼 사라져버릴 것 같은 공포!

 궤도를 이탈한 우주선이 지구와의 교신이 두절된 채, 거대한 블랙홀의 회오리 속으로 빙글빙글 빨려들어. 원자 같은 입자가 거의 홍채를 벗어날 무렵 '뚜우뚜우' 잡히는 신호음. 지구와 우주선을 잇는 원초적 언어. 비로소 우주선에 피돌기가 시작되고, 비틀거리며 자신의 궤도를 찾는다.

　－여보, 여보, 금옥아, 정신 차려. 미안, 내가 미안.... 으흑, 허억, 어허허헉....

익숙한 교신음에 갈팡질팡하던 영혼이 좌석에 이끌리듯 몸체로 귀환했다. 남편의 음성은 이승과 저승 사이를 잇는 명줄이었다.

당시 금옥은 남편의 음성이 청력을 뚫고 들어오는 순간, '아아 이제 죽어도 되겠구나' 하는 역설적 안도감까지 들었다.

수술 전이나 후 불안해할 환자에게 손잡고 위로해주는, 지극히 형식적이고 겉치레 같은 요식행위가 환자에게 얼마나 크고 중요한 의식인지 사지를 넘나들며 깨달은 바 있기에, 오빠의 고투가 처절하게 다가왔던 것이다.

도무지 형체를 드러내지 않던 대학병원의 문이 자동으로 스르르 열린 것은 우습게도 오빠가 코로나 확진자로 판명되고 나서였다. 오빠 수술에 관여한 의료진 ○명이 확진자로 밝혀지면서 오빠의 감염 여부가 확인되었다. 참으로 대학병원 입원까지 신속하고 빨랐다.

하지만 이미 얼굴의 광대뼈와 눈 주위가 괴사되기 시작한데다 눈은 거의 실명 상태, 수술한 어깨쪽 부위도 재검 여부가 필요하지만 음압병실에 갇혀 손조차 쓸 수 없게 되어버렸다.

죽음 앞에는 성역도 빈부차도 없었다. 인간사 가장 공평무사한 죽음이거늘, 누구도 비켜갈 수 없기에 때로는 그 단어가 희망이 되기도 한다. 인간 절망의 가장 긴 끝자락에 아스라이 매달린 별, 어느 한계치를 넘어서면 가보지 못해 공구(恐懼)하면서도, 그 미지의 세계를 받아들이는 수순으로 접어들기 마련이다. 환자보다 보호자가 성큼 앞선 걸음으로.

친정 단톡방 분위기도 연일 상향선에서 폭풍 오열로 감정선이 출렁이다 어느 순간 울음이 잦아들며 서서히 하향으로 내려갔다. 평형에서 큰 폭 없이 잔잔하게 움직이다 다시 완만한 상향그래프를 그려나갔다. 올케와 두 조카를 위로하는 파란색 오름차선의 그래프가 그려지고 있었다. 간헐적으로 나오는 눈물과 한숨, 탄식에서 오빠의 죽음이 편안하기만을 바라는, 무언의 숨소리만 들렸던 것이다.

금옥은 대구로 출장을 갔다 격리돼 있는 직원들의 빈자리에, 가을농번기에 덤벙이는 부지깽이처럼 금옥도 두 팔 걷어붙여야 했다. 며칠 동안 정신없이 뛰어다니며 동분서주한 끝에 직원들이 복귀하자, 금옥은 한시가 급하게 다시 서울로 돌아와야 했다. 입시 준비하는 아들이 혼자 서울 집을 지키고 있었기 때문이다.

핸들을 잡다 말고 문득 친정 단톡방이 며칠 동안 계속 조용했다는 생각이 들었다.

- 지난번처럼, 혹시 오빠가?

부랴부랴 갓길에 차를 세우고 방을 열었다. 아니나 다를까, 오빠 대학병원 입원일을 기점으로 뚝 끊겨있었다. 회사 내려오기 전 금옥이 올린 어느 시인의 짧은 시구가 마지막 잎새처럼 대롱거리고 있었던 것이다.

그녀 몰래 장례를 치른 게 아닌지, 덜컥 내려앉는 심장을 부여안은 채 덜덜 떨리는 손으로 기도하는 캐릭터 이모티콘 하나를 띄웠다.

운전하는 내내 방을 의식했지만 아무런 응답이 없다. 신호를 기다리며 다시 방을 들여다보니 읽기는 모두 다 읽었다. 이상하다. 다시 이모티콘 하나를 더 쏘고 액셀러레이터를 밟았다. 다시 신호등 앞에서 확인했지만 꿀 먹은 벙어리처럼 묵묵부답이었다. 대화창 아래 아무 숫자도 없었으면서.

금옥은 전신에 오싹한 기운을 느꼈다. 2주 동안 격리되었던 직원들로 인해 피해가 이만저만 아닌 회사 사정을 알고 있는 형제들이 자신에게 연락하지 않은 채….

이래저래 남편에게 눈치가 보이던 중이었다. 회사 손실이 꼭 자신 때문에 발생한 것 같고, 이래저래 정신없을 남편을 어지간히 볶아댔다. 오빠 대학병원 입원 도움 줄 인맥 연결해 달라며.

형제들의 배려를 생각하자 뜨거운 눈물이 물컹물컹 솟아올랐다. 목을 타고 가슴을 지나 배 밑까지 축축하게 젖어들었다.

흐르는 눈물을 도저히 주체할 수 없어 잠시 차를 세우고, 서럽게,

서럽게, 목 놓아 통곡했다.

어떤 울음이든 자기연민의 감미로움이 들어있기 마련이다. 바싹 다붙어있던 오빠의 죽음이 점점 체념으로 바뀌고 원경(遠景)으로 물러나며 객관화가 이루어지고 있던 터라 처음 같지 않게 달착지근한 맛까지 섞인 쾌감(!)을 시원하게 쏟아냈다.

몸속 물기가 다 없어져갈 무렵 전화가 울렸다. 연년생인 바로 위 언니다. 금옥은 설움에 받쳐 다시 울었다. 틀림없이 오빠의 장례를 마쳤다는 전화이리라. 더 이상 무슨 말이 필요하리. 형제지간 통곡을 교환하는 일도 민망스러워 두 번이나 더 울린 언니 전화를 스쳤다.

집에 도착하니 저녁때가 훌쩍 지나있었다. 늦은 저녁을 라면으로 때우고, 양치질을 하고 목을 가다듬은 뒤, 언니 번호를 눌렀다.

- 와그리 전화를 안 받노!
- 회사 일이 바빠....
- 오빠 폐렴까지 왔다니... 문제는 장례식이다.... 전염병은 죽을 때 가장 많이 전파된다더라. 니만 알고 있어라. 언니들과 둘째 오빠 내외, 대구 사람들만 방을 만들어 의논하고 있는데, 모두 손자들 딸려 있고, 본인들도 지병 한 가지씩, 나도 갑상선이 안 좋아....
- ....
- 내 말 듣고 있어?
- ...내, 내가 잘못 들은 것 맞지? 무, 무슨 작당을 했다고?

금옥은 발끈하며 언니에게 대들었다.

- 니가 대구 사정 몰라서 그런다. 일반 사망자는 시신을 냉동고에 보관하고 장례식을 미루는 게 허용되지만 코로나로 사망한 경우는 곧바로 화장해서 장지나 납골당으로….
- 언니! 그만, 그만해! 그만하라고요! 나 모르게 그 모의들 하느라, 큰올케와 나만 빼돌리고 단톡방까지 따로 만들었다고? 허얼!
- 내 말 들어봐라!
- 아니! 나 대구 사람 아니거덩! 방 따로 만들었다매. 거서 정책들 잘 만들어 보시지!

금옥은 전화를 탁 끊은 뒤 아예 전원 스위치까지 꺼 버렸다.

치가 떨렸다. 온몸이 부들부들 떨리고 진정이 되지 않아 싱크대 문을 열고 양주병을 꺼내 병째 나발을 분 뒤, 물귀신에 홀리듯 한강으로 뛰쳐나갔다.

-생각을 하고-또 생각을 하고-아아! 그랬구나-수억 년 쌓인 지층모양-세상에 믿을 놈 없다더니-생각은 쌓이고 쌓여-저것들이 누구 덕에-내 머리통은 터질 것만 같다-오빠 아니었으면 모두 고아 신세-내 머리통이 깨질 것 같다-오빠아-엄마아….

금옥은 가끔 정신력의 한계를 이기지 못할 때 틱(tic)이 발현한다. 감정 컨트롤러가 제멋대로 움직여 끊임없이 씨부렁대는 것이다. 박경리의 시 〈생각〉과 그녀 〈생각〉이 머릿속에 마구 뒤엉키며 신 내린 사람처럼 횡설수설했다. 신경회로에 과부하가 일어 어느 선(線)을 넘으면 머리통이 깨져버릴 것만 같은, 그 임계점에서의 숨비소리나 다름없었다.

   – 아직 목숨이 붙어있는... 그 시커먼 속내를 눈치채지 못하고, 검은 머리 짐승 거두는 거 아니라더니....

  신기가 다할 무렵 그녀는 한강 둔치 어느 콘크리트 제방 위에 철 퍼덕 주저앉았다.

  캄캄한 밤, 수면 아래쪽으로 쭉 이어진 불빛들에 반사된 물빛이 흑색인 듯 회색인 듯, 물결이 일렁일 때마다 번들거렸다. 알게 모르게 스며든 오염수나 폐수, 온갖 쓰레기들을 야비한 은박지로 포장한 듯, 그 번듯번듯한 움직임이 속물스럽고 천박했다.

  우주는 자신을 축으로 돈다는 걸 잠시 착각했다. 언니에게 멱살 잡이하듯 발악한 이유도 자신에 대한 혐오와 환멸 때문이었다. 속으론 장례를 치르길 은근히 바랐다니, 세상 모든 악(惡)의 끝판왕이라 해도 과언이 아니다. 일찍 부모를 여읜 탓에 언니 오빠들로부터 사랑과 관심과 보호만 받고 자랐다. 특히 큰오빠는 부모 잃은 젖먹이 아이 대하듯 그녀를 애틋하고 갸륵해했으며 어려운 형편에 고등학교까지 보내주고, 남편과의 유학길에는 적금까지 깨서 보태주었었다.

  대구가 아무리 죽음의 도시였어도, 어차피 면회가 안 돼 오빠는 볼 수 없다 하더라도, 올케와 조카를 안아주고 오는 게 도리였다. 머리로는 올케와 조카들을 껴안으며 우는 척하면서 정작 자신 주변의 행복 단속하느라 모두들 꽁무니를 있는 대로 뺐던 것이다.

은혜도 모르는 이기적인 동생들의 배신에 환멸을 느꼈을까, 다음 날 오빠의 사망 소식이 전해졌다. 옆에서 울어주는 단 한 사람 없이 대학병원보다 드높은 저 구름 속으로 오빠는 떠났다. 살기 위해 넘은 문턱에서 죽음을 선사받은 것이다.

장례식장 관계자에게 따르면, 부인과 아들딸 세 명이 유리벽 너머로 남편과 아빠의 입관식을 지켜보았단다. 세 명이라고 하는 걸 보니 조카며느리도 자리에 없었던 듯하다. 시어머니인 올케가 어린 손자 지키라며 접근치 못하게 했으리라. 아무리 그러기로서니 친정에 아이를 맡기고라도 참석하는 게 옳지 않은가! 금옥은 시아버지 장례식에 참석하지 않은 조카며느리를 빌미로 기어이 자신의 불참 당위성을 확립했다. 동생이 가까운지 며느리가 가까운지 굳이 촌수까지 따져가며.

"어쩌면 조카 부부의 계략일지도…. 내 가정의 행복이 최우선이라며 굳이 대구행을 만류하던 남편에 못 이긴 체…멈춘…나를 보더라도."

<u>2020년 3월 ○일</u>

- 코로나 현황입니다. 국내 확진: 6,593 퇴원: 108 사망: 44….

차 시동을 켜자마자 나오는 뉴스는 여느 때와 달랐다. 사망자 통계치에 금옥의 오빠가 숫자 1로 들어있기 때문이다. 오빠 사고 이후 뉴스에 촉각을 곤두세워왔지만 더는 듣고 싶지 않았다. 비현실이 현실이 되는 세상이 너무 두렵고 무서웠다. 금옥은 곧바로 채널을 돌렸다.

오르간 반주에 선 굵은 첼로 음이 가슴을 때린다. 세상에서 가장 슬픈 음악인 알비노니 아다지오처럼 느껴진다. 긴지 아닌지 모르겠다. 하지만 선율에 실리는 가사가 또렷하다. 조카와의 통화 중 저 멀리서 들리던 올케의 통곡 소리!

　- 이봐요! 우째 그리도 허망하게... 가까이 오지도 못하게.... 유리벽 너머로... 비닐로 수없이 감고, 또 감고... 그것도 모자라 짐짝처럼 박스 테이프로 말고 또 말고... 아이고오오오... 공기 한 점 들어갈 수 없게... 영혼도 못 빠져나오게... 멀쩡한 몸으로 나갔다 한 줌 가루로... 우째 그리 불쌍하게... 으으어어이이....

14세기 중엽, 전 유럽을 강타한 흑사병은 당시 전 세계 인구 약 10억 명이던 숫자를 8억 명으로 감소시켰다고 한다. 중고등학교 시절 그러한 역사를 교과서에서 배울 때만 해도 단지 시험에 나올만한 이야긴지 아닌지를 빨간 줄로 쳐놓았을 뿐 특별한 감정이 개입되지 않았었다. 뿐만 아니다. 그리 머지않은 과거에 우리 조상이 겪은 6·25 전쟁에서 희생된 목숨 역시 먼 역사적 이야기로만 전달되었을 뿐 피부 가까이 느끼지 못했었다.

역사 속의 인구 감소에 대해 특별한 애도나 슬픔을 가지지 못한 죄의 대가였을까, 1, 2차 세계대전, 페스트, 콜레라, 스페인 독감 등으로 희생된 수많은 사람들이 몇 세기 혹은 수십 번의 강산을 돌고 돌아 현세의 금옥에게 거대한 쓰나미로 몰아닥쳤다. 코로나19로 사망한 인구 숫자를 지식으로 외우고 있을 미래의 지구인을 생각하자, 더더욱 살아있음이 덧없게 느껴졌다.

금옥은 차 안에서… 자신이 누구이며 어디서 와서 어디로 가는지…. 생존증후군(生存症候群)이라는 질병의 덫에 끝내 갇혀버렸다.

神의 선택

書の用筆法

단편소설

인간 등급

인간은 서로를 끊임없이 건드리는 존재. 서로 맞춰가며 살아야 한다. 마음에 들지 않는다고 이 사람 저 사람 내치면 결국 혼자 남는다.

　지수네는 연매출 200억을 상회하는 중소기업 M사를 운영하고 있다. 회사는 자체 원천특허기술을 보유한 국내에서 비교적 규모가 큰 환경사업체다. 벽돌 하나에서부터 열까지 모든 생산설비를 그들 부부가 직접 개발하고 제작하여 오늘날에 이른, 명실상부한 성공 신화의 주역들이라 해도 과언이 아니다. 주변에서 코스닥에 상장하라고 부추기는 이들이 많지만 굳이 그럴 필요를 느끼지 않는다. 회사 재무구조가 튼튼한 데다 주주들에게 휘둘리기 싫어하는 남편의 근성과 자식들에게 물려주어 가족기업으로 발전시키고 싶은 지수의 마음이 일치했기 때문이다.

　이만한 기업으로 발전하기까지 M사만의 특별한 기술력을 무시할 수 없지만, 지수는 남편의 인간에 대한 이해의 폭이 넓고 깊은 점을 또 다른 성공 요인으로 꼽는다. '사업도 결국 사람장사'라며 직원 관리를 최우선하는 경영방식이다. 회사는 영리를 바탕으로 존재하고 영리는 인간이 바탕하기에, 직원 이직률이 낮다는 자체로 큰 소득이 아닐 수 없다.

회사 규모가 커짐에 따라 직원 수가 늘어나며 지수의 역할이 점점 줄게 되었다.

- 당신 이제 쉬면서 취미활동이나 할래? 인생에서 가장 재미있는 게 골프와 딸 키우는 거라는데, 딸이 없으니 골프라도....

그동안 회사일 집안일, 육아 등, 전천후 삶을 살아온 아내에 대한 속 깊은 배려에서였지만, 자칫 경영에서 손 떼라는 말로 들리지 않을까, 남편의 말은 어느 때보다 조심스러웠다.

뼛속까지 서민의식으로 가득 찬 사람이 서민 대통령이 되겠다는 공약(公約)을 내걸고 자리에 올랐지만 공약(空約)으로 증발해 버리는 이유는, 수장을 축으로 자연발생적 권한이 형성되기 때문이다. 회사 대표가 제아무리 직원을 가족처럼 생각한다 해도 직원들이 느끼는 위화감을 없앨 수 없는 이유와 마찬가지다.

직원들이 두 시어머니를 모시는 것 같은 분위기에 지수 역시 생각이 많았다. 나라님 없을 때 나라님 욕도 하고, 대표가 없는 자리에서 그를 욕할 수 있는 분위기라야 건강한 사회며 회사라는 데 부부의 이견이 없었기 때문이다.

자의 반 타의 반으로 회사를 물러나게 된 지수는 처음 무한정 주어지는 자유 시간을 어떻게 활용할지 몰라 우두커니 하루해를 넘기기 일쑤였다. 공장을 놀이터 삼아 자란 아이들도 성인이 되어 엄마의 잔 손길을 필요로 하지 않는데다, 낮이면 줄곧 혼자 있는 집에 가사(家事)가 많을 리도 없었다.

남편과 주변의 권유로 골프를 시작했다. 연습장을 찾고, 운동에 적합한 패션을 갖추기 위해 백화점 명품관을 들락거리고, 필드에 나가는 날은 멤버들과 저녁까지 먹고 오기 예사여서 집을 비우는 시간이 점점 늘어났다. 늦게 배운 도둑질에 날 새는 줄 모른다는 표현이 딱 맞아떨어지는 나날이었다. 무슨 일이든 한 번 꽂히면 미친 듯이 빠져드는 그녀 성격도 한몫했다.

종일 바깥을 쏘다니다 오는 날엔 현관 구석의 배달 음식 빈 플라스틱 용기들이 그녀를 노려보곤 했다.

쌓여가는 백화점 쇼핑백, 골프용품 등, 스스로 도가 지나침을 인식할 무렵 남편이 먼저 입을 열었다.

- 회사에 정기적으로 출근하지 않고도 당신이 좋아하고 할 수 있는 일이 뭐 없을까? 초·중학교 시절 백일장 나갔다 하면 상(常)을 받았던 것 같은데, 그 달란트로 우리 회사의 설립 배경부터 성장 과정을 기록하는 거 어때? M사는 물론 가문의 역사서가 되리라 믿어.

그들 부부는 초·중학교 동기동창이었다. 초등학교 시절부터 지수를 짝사랑했던 남편은 그녀 주변을 그림자처럼 어른거린 끝에 결국 결혼까지 하게 되었다. 아내의 학교 생활에 대해 가끔 지수 본인보다 더 자세하고 세밀하게 기억하고 있었다.

지수는 기꺼이 남편 의견을 받아들였다.

호기롭고 의욕적으로 시작한 프로젝트에 제동이 걸린 것은 2019년 말미에 일어난 전염병 때문이었다. 남편은 회사와 직접적 연관이 없는 외부 인사를 통제하며, 지수에게도 자신의 연구 노트와 업무일지를 전해주며 집에서 하도록 했다.

뒤숭숭한 지구촌의 위기가 M사라고 피해가지 않았다. 코로나에 감염된 고령의 직원 몇 명이 회사를 떠난다는 소식을 알려왔다. 회사 설립 초기, 핵심 인력이었던 용접, 전기, 배관 기술자들을 구하기 힘들어 타기업체나 기관 등에서 퇴직한 고령자들을 채용했었다. 현장 일을 기피하는 추세로 그러한 기술자의 수효가 적은 데다, 그마저 이름 없는 중소기업에 관심을 두는 이가 적었던 까닭이다. 원년 직원들은 본인들이 원하는 한 종신고용 하겠다고 공언해온 터였지만, 시대의 불운에 감염된 그들을 보내지 않을 수 없었다.

예전 같지 않게 비어진 자리는 금세 채워지고, 총무부장 자리만 공석으로 남아 있었다.

어느 날, 퇴근한 남편이 혼잣말처럼 중얼거렸다.

- 총무부장이 좀....
- 어머, 채용했어?

- 응.
- 그래에? 어떤 사람이야?
- 경력직 채용하려고 M고 밴드에 올렸더니 수 명이 지원했더라. 그 중 한 명이 회사로 찾아왔기에....
- 당신 고등학교 동창이라고?
- 맞아. '은행 등지'를 두루 전전한.... S대 출신이야.
- S대에? 보나마나 재원일 것 같은데? 그리고 '은행 등지'에서는 무슨 말이야?
- 여기저기 많이 옮겨다녔더라구.
- M고등학교 동창, S대.... 이름이 뭐지?
- 당신이 내 동창 중 S대 들어간 사람을 다 알아?
- 두어 명 정도 알고 있어.
- 그중 썸 탄 친구가 있었나?
- 썸이라... 미모 보고 다가서더니 학벌 보고 돌아섰다고 할까, 일방적으로 차인 셈이지.
- 어떤 놈인지 큰 실수를 했군. 당신과 결혼했으면 M사가 그의 것이 될 수도 있었을 텐데.
- 누가 아니래. 나는 남자가 나보다 똑똑하지 않다고 생각되면 마음이 열리지 않았어. 아마 사람보다 명문대 타이틀에 더 집착했던 듯....
- 나는 돈은 내가 벌면 된다고 생각했지, 맹세코 여성의 조건에 관심을 둔 적 없어. 그래서 당신과 결혼했지만. 흐흐.

- 야! 류재성! 초·중학교 시절 나보다 공부 잘한 적 있어? 으어? 말해봐! 내 눈 한 번 똑바로 바라본 적 없잖아?
- You're right. 당신 눈이 그렇게 사나운 줄 결혼하고 처음 알았지.
- 히히히히, 다들 내 눈이 독사 내지 지옥이라고 해. 열등감이 높은 사람일수록 타인을 통해 대리만족 느끼려는 심리가 강하잖아. Yes, I was!
- 세상사 절대 선(善)도 악(惡)도 없을뿐더러, 높은 곳을 오르려고 하는 인간 심리는 본능이니 그런 마음을 꼭 나쁘다고만 할 수 없겠지. 수학 과학 쪽과 문화 예술 방면으로 발달한 두뇌를 획일적 잣대로 재단한 우리 시대의 교육에 오류가 있었던 점은 분명하지만.
- 인정! 1, 2, 3 등으로 줄 세운 틀 안에 들어가려고 안간힘을….
- 그렇다고 당시의 교육 관행을 모두 부정할 수는 없지. 무슨 지식이든 사회와 만나며 뇌의 확장성이 이루어지기 마련이므로. 단지 그 틀 안에 스스로 갇히는 걸 경계해야…. 총무부장처럼….
- S대 출신이라고 어지간히 잘난 척하나 보군, 이름이 뭐냐니까?
- 이○○, 혹시 아는 사람인가?
- 생소한 이름이네.
- 나도 동창회에서 두어 번 마주친 게 다야. 고등학교에서도 문·이과로 나눠져서 같은 반인 적이 없었거든.
- 그래서 어떻게 하려고?
- 어쨌든 우리 회사와 인연 맺은 사람이니, 두고 봐야지.

- 뭐가 문제지? 일을 못 하나?
- 다른 직원들과 융화가 안 되는 눈치야.
- 당신 혹시 S대 출신에게 열등감 느끼는 건 아니지?
- 허허허허... 지방대도 겨우 들어갔던 실력에 S대는 언감생심 꿈도 꾸지 못했던 건 사실, 그러나 부모님 생선 가게에서 일손 보태며 학업 이어간 일이 우리 사업의 모태가 되었으니.... 인생의 어느 마디에서나 최선을 다하고 살아왔다는 데 스스로 점수를 주고 있어.
- 키이야아아! 누구 신랑 참 멋지다!

2022년도 중순으로 접어들었다. 코로나가 여전히 지구인을 위협했지만 사람과 사람 사이를 차단하는 일이 순기능보다 역기능이 우세하다는 여론으로 바뀌며 정부가 거리두기를 폐지했다. 경기 침체와 자영업자들의 한숨이 깊어지며 노약자를 제외한 일반인들은 조심스레 일상을 회복해가고 있었다. M사도 슬슬 기지개를 켜기 시작했다.

- 내일 ○호기 ○단계 공사... 100톤 크레인을 불러 캐스타블 내화물(castable refractories) 설치작업... 당신 와서 보면 좋을 거야.

저녁 식사를 끝낸 후, 후식으로 과일을 먹으며 남편이 말했다.

듣던 중 반가운 소리였다. 코로나 발발 이후 2년여 동안 회사에 발을 들이지 못해 회사의 제반사항이 궁금하던 터였다. 특히 총무부장 자리에 앉은 'S대'란 단어가 그녀 뇌리에서 사라지지 않았다.

그동안 회사는 많이 달라져 있었다. 공장 부지를 매입하며 심어 놓은 나무들이 지구인들의 몸살과는 무관하게 훌쩍 자라있었고 직원들도 낯선 사람이 태반이었다. 현장 근로자들 모두 우주복처럼 보이는 방진복과 마스크, 안전모로 중무장하고 있어 회사가 마치 SF영화 세트장처럼 느껴졌다. 지수는 비현실 세계를 걷는 기분으로 2층 사무실로 올라갔다.

캐비닛에서 유니폼으로 꺼내 입은 뒤 작업장이 한눈에 내려다보이는 난간으로 나갔다. 거푸집으로 둘러싸인 ○호기 주변이 외계인(?)들로 북적거렸다. 오늘 작업의 핵심은 크레인이 캐스타블을 상층부로 끌어올리는 일이며, 100톤급 크레인의 임대료가 하루 수백만 원에 달해 사무실 남자 직원들까지 동원해야 한다는 사실 등, 작업 전반을 남편으로부터 미리 들은 터라 멀리서도 진행 과정을 알 수 있었다.

지수는 남편 책상에 있는 망원경을 들고 나와 작업자 한 사람 한 사람에게 초점을 맞췄다. 모두 비슷비슷한 차림새여서 구별이 힘들었지만… 숨이 탁 막혀오는 한 남자가 있었다.

12시가 넘어가는 점심시간이었지만 목표했던 크레인의 임무가 끝나지 않았는지 누구도 현장을 떠나지 않았다. 지수 혼자 일찌감치 식당으로 향했다.

- 안녕하세요?

- 어머나! 사모님 오셨네요?

- 네네, 반갑습니다. 힘든 시기, 다들 어떻게 지내셨는지요?

- 여기 있는 사람들 다 한 번씩 앓았답니다. 이제 코로나도 기운이 많이 약해져 감염돼도 감기처럼 지나간다는군요.

- 그래도 조심하셔야지요.

- 예에, 예에… 오늘 큰 공사 한다고 오셨군요?

- 노파심에서 드리는 말씀인데요, 직원들 앞에서 저 모른 척해주셨으면….

- 왜요? 직원들이 사모님을 얼마나 좋아하는데요, 말수 적은 사장님은 어려워해도.

- 직원들이 많이 바뀌어 일일이 인사하려면 서로 불편할 듯….

- 설마 사장님도 모르게 오신 건 아니죠?

- 그럴 리가요. 사장이 회장인 저를 불러… 흐흐흐흐….

- '우리 사모님이시다!'라고 태극기 들고 외쳐야겠어요.

- 태극기 부대라, 그럼 문구만 하나 바꿔주세요. '암행어사 출도야!'로.

- 핥핥핥핥 하하하하… 이 나이 살도록 우리 사모님같이 웃기는 사람 못 봐… 언제나 유쾌하고 유머러스하셔서….

지수는 식당 관계자들과 흥겹게 회포를 푼 뒤 식판에 음식을 담아 구석자리로 가 앉았다.

하나둘 사람들이 들어오기 시작했다. 무리들 속에서 마스크를 벗어 주머니에 넣으며 들어오는 그를 찾기란 어렵지 않았다. 이우진!

분명 그였다.

지수는 밥을 먹는 중 마는 둥, 식판을 정리하고 식당을 빠져나와 남편 사무실로 몸을 숨겼다. 커피를 내려 마시며, 요동치는 가슴을 진정시켰다.

오후 4시 무렵이 되자 드디어 작업이 끝났는지 사람들이 하나둘 흩어져갔다.

안전모와 마스크, 보호안경으로 철저히 몸을 가린 채, 쿵쾅대는 심장을 안고 총무과로 갔다. 작업복으로 중무장한 중년 여성의 등장에 모두는 칸막이 너머로 고개를 뺐다가 별일 아니라는 듯 다시 숙였다. 지수는 맨 안쪽 의자에 앉아 있는 남자에게로 가 메모지를 건넸다.

　- 이우진 씨를 아세요?

　- 누, 누구세요?

　- 맞죠? 잠시, 휴게실에서 뵐 수 있을까요?

휴게실 창가에 위치한 테이블에서, 뒤따라온 그에게 모자와 마스크, 안경을 벗었다. 무거운 안전모로 인해 착 가라앉은 머리카락, 화장기 없는 얼굴…. 30여 년의 세월이 가져온 변화 탓인지 그는 지수를 알아채지 못했다.

　- 누구신데 제 옛날 이름을?

　- 아아, 개명하셨군요.

　- 네에. 지금은 이○○입니다. 근데 누구?

지수가 목에 걸린 사원증을 내밀자 안경을 이마 위로 걸어 올리며, 게슴츠레한 눈으로 이름을 확인해가던 그의 동공이 점점 확대되었다.

- M여고 김지수, 지수씨이?
- 흐흐흐흐, 맞습니다!
- 여, 여긴 어쩐 일이세요?
- M사 직원입니다.
- 직원이라구요? 여태 회사에서 뵌 적이 없는데요?
- 프리랜서로 일하고 있는 데다, 코로나로 재택근무…. 오늘 퇴근 후 시간 좀 내 주시겠어요?
- 아아 예에, 예에, 그러죠.
- 제가 퇴근하며 장소 물색해 문자로 보내겠습니다.

그와 전화번호를 교환한 뒤 자리를 나오며, 지수는 자신의 프로필 사진에 있는 남편의 흔적을 모두 지웠다.

그녀는 경남 어느 군 소재지에서 극장을 운영하는 유복한 집안의 1녀 3남 중 맏딸로 태어났다. 사업 수완이 좋았던 아버지는 극장 옆 넓은 공터를 사들여 대도시에서 유행 바람을 타고 있는 롤러스케이트장까지 만들었다. 극장 사장이 돈을 갈퀴로 긁어모은다는 소문이 읍내에 자자했다. 읍내 풍경은 흑백처럼, 극장과 롤러스케이트장까지만 반듯한 양옥 건물이었고 뒤편은 읍내 5일장이 열리는 장터로, 낡고 허름한 가건물과 천막들이 끝도 없이 이어져 있었다.

장날마다 면 단위 곳곳에서 쏟아져 들어오는 사람들로 극장 주변은 북새통이었다. 그런 날마다 소매치기나 건달들이 기승을 부렸는데, 지수네 극장과 롤러스케이트장이 그들의 아지트였다. 걸핏하면 돈을 뜯어가는 건달패거리들 때문에 지수 아버지는 골머리를 앓고 있었다. 하는 수 없이 극장 검표원과 롤러스케이트장 관리인을 건달들로 고용하여 그들을 견제했다.

읍내를 둘러싸고 흐르는 강변의 수양버드나무 가지들에 연초록 새순이 돋아나고, 지수네 담장 개나리 울타리에도 노란 꽃망울들이 맺히기 시작했다. 어느덧 중3이 된 그녀는 어머니의 미모를 빼닮은 데다 공부도 잘해, 어릴 적부터 주변의 부러움과 시선을 한몸에 받았다. 그녀가 다니는 중학교는 남녀공학이었지만 여학생과 남학생 반을 엄격히 분리했다. 유일한 남녀혼합반이 3학년의 특별반, 명문고 진학을 위해 성적우수자들을 모아놓은 집단이었다. 읍내의 사로라 하는 집들에선 너도나도 자녀가 특별반에 들어가기를 소원했던 터라 그 열기만큼 과열돼 학생 수가 무려 80여 명에 이르렀다. 대부분 마산의 M고와 M여고를 목표로 하는 이들이었다. 전교 1, 2, 3등을 오르내렸던 지수의 특별반 입성은 숨 쉬는 것만큼이나 자연스러웠다.

어느 체육 시간이었다. 선생님이 2인 삼각 경주를 한다며 끈 다발을 들고 나왔다.

- 자! 남학생 여학생으로 조를 편성한다!

못하겠다며 자리서 방방 뛰는… 땅바닥에 털썩 주저앉으며 세상 말세를 외치는… 제 부끄러움에 구석으로 가 얼굴을 붉히는… 내숭이 겉으로 훤히 드러나는…. 학생, 학생들로 운동장은 삽시간에 읍내 장터처럼 변했다.

　- 조용, 조용! 남녀가 함께하는 것은 신의 섭리며 우주의 질서다! 유구한 인류의 역사가 이렇게 이루어져 왔으며….

별명이 코미디언으로 학생들에게 인기 만점이었던 체육 선생님은 '너희 속을 훤히 꿰뚫고 있다'는 듯 야릇한 미소까지 지으며, 일본 순사 같은 훈시를 이어나갔다.

　- 정 못하겠다는 학생은 앞으로 나오기 바란다, 즉시 일반 반으로 보내주겠다!

중3인 학생들이 선생님의 말을 곧이곧대로 믿었을 리 없다. 멋쩍게 서로의 눈치만 살피던 아이들이 하나둘 파트너와 발을 묶기 시작했다.

경기는 한 편의 코미디였다. 무사히 골인 지점을 통과하는 조는 불과 두세 커플, 엎어지고 자빠지고, 두 몸이 위아래로 포개지며 야한 교합 장면을 연상시키는 장면들에 배꼽을 쥐고 웃느라 운동장을 떼굴떼굴 구르기도 했다. 유쾌한 웃음소리가 봄 하늘을 가르는 가운데, 지수는 아까부터 속이 울렁거려 안절부절못했다. 자신과 발을 묶은 남학생에게서 코를 찌르는 냄새가 진동했다. 결국 자신들의 차례가 되기도 전에 앞으로 고꾸라지며 뱃속의 내용물을 토해내고 말았다.

선생님의 지시로 친구 부축을 받으며 양호실로 갔다.

체육 시간의 컨디션 난조에 핏기 없는 핼쑥한 얼굴로 들길을 걸어 터벅터벅 집으로 오고 있었다. 누군가 뒤따른다는 느낌에 고개를 돌려보니 2인 삼각 파트너였던 냄새나던 그 친구였다. 그에게 길을 비켜주자, 앞으로 가는 척하다 다시 돌아 그녀에게 무엇인가를 쑥 내밀었다.

- 깜짝이야! 뭐야?
- 저어....

미처 거절할 새도 없이 그는 이미 저만치 달아나고 있었다. 그녀 손에 들려진 것은 종이로 접힌 딱지였다. 가끔 극장이나 집으로 그녀에게 편지를 보내는 남학생들이 있었다. 그때마다 아버지는 편지를 들고 선생님을 찾아 해당 학생을 엄단하라고 했다. 읍내 유지이면서 육성회장이기도 한 아버지의 위세는 대단했다. 교무실로 불려가 혼이 난 남학생들을 들먹이는 친구들 앞에 지수는 늘 죄인처럼 좌불안석이었다. 이러한 집안 분위기 탓에, 얼른 가방 속에 숨겼다.

To. 지수!
몸이 걱정되어…. 미안해.
우리 열심히 공부하여 너는 M여고, 나는 M고등학교로 진학하자!

From 류재성

방에 들어와 문을 잠근 뒤 조심스레 딱지를 펼친 지수의 얼굴이 화끈 달아올랐다. 사실 미안한 쪽은 지수 자신이었는데…. 내용으로 보아 본인 몸에서 풍기는 생선비린내 같은 악취를 안다는 눈치였다.

재성은 극장 바로 뒤편 생선가게 아들이었다. 극장에 심부름을 갈 때면 엄마는 생선 심부름을 시키곤 했다. 그때마다 가게에서 부모 일을 돕는 그를 볼 수 있었다.

- 재성이가 아주 예의바르고 착해, 혼자 밥해먹고 학교 다니는 것 보면….
- 어디 살아?
- 거적때기 막아놓은 생선가게 안에서…. 너랑 같은 우수반이라면서?

부모님의 대화 속에 자주 등장하는 착한 주인공이어선지, 표현할 수 없는 연민에 사로잡혔다. 접힌 그대로 다시 접어 책상 깊숙한 곳에 숨겼다.

지수와 재성은 각각 마산시에 있는 M고와 M여고로 진학했다.

삶은 원하던 방향으로만 흐르는 게 아니었다. 평생 걱정 없이 살 것만 같았던 그녀 집안에 화마가 끼어든 것은 지수가 M여고 3학년 새 학기로 막 접어들 때였다. 읍내 장날 극장에 불이 나면서 아버지를 비롯, 수 명이 죽고 수십 명의 중경상자가 발생했다. 건달들의 패싸움의 결과였다.

인생의 목표를 세운 적은 없었으나, 잃었다는 사실만은 콘크리트 벽처럼 확실하고 단단하게 인식됐다.

텅 비어버린 머리를 담임선생님이 가까스로 추슬러주며 졸업이라도 마치도록, 엄마와 지수를 위로하며 설득했다. 선생님은 지수를 자신의 형이 운영하고 있는 한의원에 머물며 잔일을 돕도록 했다.

한의원에서는 밤새 장작불이나 연탄불로 약을 달였다. 건물 뒷마당에 큰 가마솥과 별채 부엌에 연탄 아궁이 여러 개가 있어, 불 피우고 꺼지지 않게 하는 일이 지수의 역할이었다. 어려움 없이 자랐던 그녀의 가장 고된 일 중 하나는 한밤중에 일어나 연탄구멍을 맞추는 일이었다. 늘 수면 부족에 시달리며, 학교에서 책상에 엎드려 자는 일이 다반사였다.

'거꾸로 매달아도 국방부 시계는 간다!'는 말을 등불로 삼으며, 오로지 시간 죽이기에 매달린 끝에 드디어 '졸업'이라는 구원의 빛을 느낄 수 있었다. 아버지 돌아가신 날부터 피기를 멈춘 봉오리는 박제된 채 캄캄한 터널 속에 갇혀버려 대학 진학은 언감생심 꿈도 꾸지 못했다. 하루빨리 졸업하여 엄마와 동생들을 도와야 한다는 생각뿐이었다.

예비고사를 치른 고3 학생들은 학교에 가도 그만 안 가도 그만으로, '졸업'이라는 의식만 남겨둔 채 겨울이 깊어가고 있었다.

지수는 졸업식 날까지 마산에 남기로 했다. 주인 부부의 요구도 있었지만 엄마와 동생들이 뿔뿔이 흩어진 마당에 딱히 찾아갈 고향도 집도 없었던 까닭이었다.

며칠간의 경옥고 만드는 작업을 도운 뒤 뒷마당에서 설거지를 하고 있었다. 친구가 찾아왔다는 주인아줌마의 부름에 앞마당으로 나가보니 고향 친구 문숙이 와 있었다. 그녀와는 초·중학교를 같이 다녔고 M여고까지 함께 진학했으니 초·중·고 동기동창인 셈이었다.
- 어쩐 일이야?
- 모레 오후 4시쯤 우리 집에 올래? 졸업 앞두고 친구들과 하루라도 추억을 쌓을 예정이야.
- ....
- 그래, 지금껏 고생했는데... 하루라도 즐겁게 놀다 오렴.

주인아줌마를 거역하기 힘든 분위기에 얼떨결에 승낙하고 말았다.

문숙의 집은 2층 양옥건물 중 1층을 통째로 세 얻어 동생들과 살고 있는, 자취방이라기보다 여느 가정집이나 다름없었다. 두 남동생 모두 마산 시내의 중고등학교를 다닌다는 사실도 그때 알았다. 동생들은 아직 개학 전이라 고향에 있고 혼자 일이 있어 먼저 왔다고 했다.

거실에는 널찍한 포마이카 상이 펼쳐져 있고, 그 위로 맥주와 음료, 과자 등이 수북이 올려져 있었다.

- 웬 술이야? 어른들 오시니?

- 히히… 누가 오는지 기다려 봐.

부지런히 뛰어다니는 그녀 꽁무니를 뻘쭘하게 뒤좇는 동안… 문 밖에서 노크 소리가 들렸다. 문숙이 하던 일을 멈추고 발그레하게 상기된 표정으로 현관으로 뛰어가 문을 열었다. 와르르 쏟아지는 M고 교복과 교련복 차림의 남학생들, 뒤이어 여학생 대여섯 명까지… 어림잡아 스무 명 가까이 되는 학생들이 삽시간에 거실을 채웠다.

당황하다 못해 충격적이기까지 한 지수는 구석에서 화끈화끈 달아오르는 얼굴을 어찌할 바 모르고 있었다. 비단 남학생들의 존재 때문만이 아니었다. 자신과 같은 반인 박은영이 가장 두렵고 부끄러웠다. 극장 사고 이후 스르르 무너져 내린 벽 대신 그녀 내면에 새로운 벽이 세워지며, 친구들과 거리를 두었다. 대부분은 무관심했지만, 유달리 자신을 투명인간 취급하며 무시한다는 느낌을 지울 수 없었던 친구가 바로 그녀였다.

그녀를 의식하자 스스로의 행동거지가 불편하기 이를 데 없었다. 손을 앞으로 모으다 뒤로 가져가고, 낡은 액자 속 사진처럼 차렷 자세를 취하다, 이도 저도 어색해 다시 앞으로 가져와 공손히 모은…. 자신의 신체 일부가 그렇게 거추장스럽게 느껴지기는 처음이었다. 스스로가 너무 궁색하고 초라하게 느껴져, 한마디라도 트는 게 좋을 것 같아 용기를 냈다.

- 안녕?

지수를 힐긋 보는가 싶던 은영이 단 1초의 망설임도 없이 고개를 돌렸다. 마음이 정리되어 오히려 편했다.

누가 교통정리를 했는지, 여학생들은 상 주변으로 둘러앉고 남학생들은 소파와 책상 의자, 거실 구석 자리 놓인 쌀자루 등에 기대앉거나 맨바닥에 양반다리를 하고 앉기도 했다. 여학생들이 뒤에 앉은 남학생들에게 맥주잔과 안주를 건네주기도, 여학생 사이사이로 손을 슬쩍 넣으며 집어가는 남학생들도 있었다.

- 돌아가며 자기 소개하기로 해요... 좋습니다... 가위바위보로... 진 사람이 먼저....

돌아가는 수레바퀴에서 혼자 튕겨 나올 수 없어 지수도 대진표 따라 가위바위보를 했지만, 앉은 자리가 가시방석이어서 나갈 타이밍만 찾고 있었다. 하지만 아까부터 한 남학생이 쏘는 레이저에 전신이 마비되는 듯, 옴짝달싹하기조차 힘들었다.

- 한양공대 합격한 ○○○입니다... 부산대 재료공학과 ○○○... 고려대 기계공학과 ○○○... 경상대학교 사범대... 숙명여대 교육학과...... M교육대학 김문숙....

지수는 문숙이 교육대학에 합격했다는 사실을 그때서야 알았다.

- 네에, 저는 재수를 생각하고 있어....

지수에게 고주파를 쏘고 있던 남학생이 드디어 입을 열었다.

- 에이 이우진! 니가 그카마 우리는 뭐가 되노? '공부가 가장 쉬웠어요' 하는 밥맛들 있잖아요. 이 친구가 그런 괴물종이에요. 버젓

이 S대 합격해놓고... 그건 교만이야!

친구들의 야유와 함성에 멋쩍게 웃는 우진의 모습에 지수는 자신도 모르게 가슴이 두근거렸다. 중학교 시절 하루도 빠짐없이 챙겨보았던 〈들장미〉라는 드라마에서 김자옥과 열연을 펼쳤던 남자 배역, 한인수와 빼닮은 모습이었다. 안경 너머로 예리하게 반짝이는 눈빛, 우뚝한 콧대, 굵은 바리톤 음색의 음성이 그녀의 귓가를 스치는 순간, 지수의 여성성에 쩌릿한 파문이 일었다.

- 이우진 씨는 무슨 과로 가려고 재수를 하겠다는 거예요?

문숙이 지수의 궁금증을 콕 집으며 우진에게 관심을 표했다.

- 부모님이 실망하셔서요.

- 그러게요. 부모님은 어느 과를 원하는지, S법대를 원하시겠죠?

- 제 얘기는 그만하시죠. 허허....

우진은 깔끔하고 하얀 손가락으로 습관처럼 까만 안경테를 만지작거리며, 문숙의 질문을 의도적으로 피한다는 것을 느낄 수 있었다.

- 저쪽 분 얘기를 듣고 싶습니다.

우진이 지수를 지칭하며, 얼굴을 붉혔다.

- ....

풍요 속의 빈곤, 이래저래 불편한 분위기였다. 지수는 과감하게 자리에서 일어나 소신을 밝혔다.

- 죄송합니다. 분위기에 제가 어울리지 않아... 먼저 가겠습니다.

누군가의 만류가 있었던 듯했지만, 이미 터진 물꼬를 막기는 어려웠다. 사람을 타고 넘어 기어이 집을 나오고 말았다.
 - 저기, 잠깐만요!

좁은 골목길을 나와 대로변으로 막 접어들 때였다. 희미한 가로등 불빛 사이로 검은 안경테가 달려왔다.
 - 제가, 제가, 집까지 바래다드리고 싶습니다.
 - 이렇게 나오시면 모두들 이상하게 생각할 텐데요.
 - 상관없습니다. 그 자리가 더는 의미 없어....

지수는 우진에게 자신이 사는 곳을 들키고 싶지 않아 집과는 반대 방향으로 걸음을 옮겼다. 무작정 걷다 보니 산길이 나왔다. 마산에서 3년여를 살았지만 학교 뒤쪽으로는 가본 적이 없어 그 길이 어디로 연결되는지 알지 못했다.
 - 집이 이쪽인가요? 제가 따라오지 않았으면 큰일 날 뻔....

1월 하순의 날씨는 아리도록 차가웠다. 초저녁시간대였지만 산길인 데다 추운 기온 탓인지 사람의 흔적조차 보이지 않았다. 적막한 산속의 공기를 가르는 것은 두 사람의 입에서 뿜어져 나오는 하얀 김과 점점 거칠어지는 숨소리뿐이었다.

얼마나 걸었을까, 칠흑같이 검은 풍경 속에서 계곡물 흐르는 소리가 들렸다. 오른쪽으론 도시의 불빛이, 왼쪽의 깊고 검은 산에선 부엉이 울음소리가 들렸다.
 - 길이 끊겼어요. 집이 이쪽이 아니죠?

우진이 호흡을 가다듬으며 지수를 빤히 바라보았다. 순간, 정체를 알 수 없는 공포와 비애가 그녀를 사로잡았다. 극장 잿더미 속에서 발견된 아버지를 비롯, 수많은 사람들의 시신, 충격에 쓰러지며 와사증까지 겹친 엄마의 일그러진 얼굴, 뿔뿔이 흩어진 채 일과 학업을 이어가고 있는 동생들…. 쓰나미에 쓸려버린 가족의 행복이 미치도록 서럽고 슬펐다.

손수건을 꺼내 지수의 눈물을 닦아주던 우진이 뜨거운 입김을 내뿜으며 그녀를 껴안았다. 본능적 몸짓으로 그를 밀어내자 반작용의 법칙으로 그는 점점 더 세게… 갈비뼈가 으스러지도록 포위망을 좁혀왔다. 도저히 저항할 수 없는 위력 앞에, 지수의 동물적 쾌락이 꿈틀거리기 시작했다. 결코 두렵지만은 않은, 용암으로 분출할 태세의 뜨거운 피가 지수의 심장을 달궈왔던 것이다. 우진이 그녀에게 입술을 포개왔다. 불쑥, 물컹한 무엇을 지수 입안으로 들이밀고는 세차게 그녀를 빨아들였다.

정신이 혼미해지며 뭘 어떻게 할지 몰라 허둥대는 사이, 그가 귀에 소곤거렸다.

- 지수 씨! 혀를, 나처럼….

그의 노예가 되어… 명령에 따르며… 서로의 영혼을 갈구하는 사이… 우진의 손이 곧 터질 듯 부풀어 오른 지수의 가슴으로 옮겨갔다. 두 사람에게서 짐승의 교합 장면에서 나는 신음이 새어나왔다. 좌르르 좌르르 흐르는 계곡물 소리는 두 사람의 행위예술을 더욱 빛내주는 웅장한 오케스트라 연주였다. 지수의 몸 세포 하나하나를 일깨우던 우진의 손이 어느덧 아래로 뻗어 내려가는 순간, 지수가 반사적으로 몸을 뺐다.

- 안 돼요!

밤 열두 시 통금시간이 가까워서야 두 사람은 허겁지겁 산을 내려오기 시작했다. 지수 집 앞 어두컴컴한 전봇대 아래서 우진이 다시 껴안으며 키스를 시도했으나 그녀의 거부에 더는 진도를 내지 않았다.

- 지수 씨! 이번 주 일요일 오전 9시 시외버스 터미널로 나올 수 있어요? 약속하기 전엔 못 들여보냅니다... 대답해요! 네? 네?

집에 들어와 잠자리에 누운 지수는 쉬이 잠들지 못했다. 여전히 쿵쾅대는 심장을 부여안은 채 주체할 수 없는 감정의 소용돌이로 빠졌다. 인간이란 씨앗으로 뿌려진 이후, 아버지 죽음과 결이 다른, 그렇게 두렵고 떨리는 일은 처음이었기 때문이다.

우진이 정한 약속일에 지수는 나가지 않았다. 그날 밤의 사건(?)이 생각할수록 부끄러운 데다, 우진과의 간극이 도저히 좁혀질 수 없는 거리였음을, 설사 기적처럼 인연이 만들어진다 해도 둘 사이엔 히말라야 설원 속의 크레바스만큼이나 위장된 공포가 숨어있다는 것을, 지수의 본능이자 상식이 일깨워주었던 까닭이다.

그들의 두 번째 만남은 첫 만남 이후 두 달여 지난 어느 토요일이었다. 지수는 망한 집안에 단 하나의 불씨처럼 남아 있던 희미한 배경으로 친척들이 살고 있는 대구 시내 모 은행에 취직했다. 여상도 아닌 여고 졸업자로 부기(簿記: 자산, 자본, 부채의 수지·증감 따위를 장부에 적는 방법)가 뭔지도 모르는 상황이었던지라 야간엔 부기 학원을 다녀야 했다. 3년 동안 배워도 모자랄 지식을 단 몇 개월 안에 숙지해야 했으니, 초인적인 힘이 아니고선 불가능했다. 상사와 동료들의 눈치에 쩔쩔매고 있는 상황 속에 불쑥 찾아온 남자 친구(?)의 존재는 차라리 형벌이었다.

오전 근무를 어떻게 마쳤는지 모르게 헐레벌떡 옷을 갈아입고, 그를 앞장서 무작정 걸었다.

- 어쩌자고 여기까지 찾아왔어요?
- 지수 씨를 보지 않고는 대학이고 뭐고....
- 재수는 안 하는 모양이죠?
- 허허, 일단 들어가서 편입할 생각을 갖고 있어요.

그들이 당도한 곳은 지수의 근무지에서 멀지 않은 수성못 유원지였다. 2월의 막바지였지만 아직 겨울 추위가 완전히 물러나지 않아 체감 온도가 한겨울을 방불케 했다. 검정색에 가까운 짙푸른 물빛이 지수의 마음을 한층 어둡게 만들었다. 찾아온 손님을 어떻게 대접해야 할지 몰라 못 주변을 계속 돌았다.

- 지수 씨! 오늘은 제가 하자는 대로 따라 하겠다고, 약속해주세요!
- '하자는 대로 해라!'는 독재정권에서나 있는 말, 지옥이라도 같이 가자는 말처럼 들리는군요.
- 맞아요! 우리 같이 지옥에 갑시다!
- 갈 필요도 없어요. 제가 현재 처한 상황이 지옥이거든요.
- 그러면 저기 보이는 천국에서... 잠시 쉬어갑시다.

우진이 가리키는 곳은 언덕 위에 우뚝 솟아 있는 「○○호텔」이었다. 그때까지 호텔을 세계 정상들의 국빈 방문이나 국제회의 등에 참석한 사람들이 묵는 숙소로만 알고 있었던 게 그녀 지식의 한계였다.

우진은 지수의 손을 최소한의 공기조차 스며들지 못할 만큼 압착되게 꽉 잡은 뒤 건물 안으로 들어가 데스크 앞에 섰다.

- 저어 좀 쉬려고….

우진의 음성은 가을바람의 가랑잎처럼 떨렸다. 한 손엔 받아 든 열쇠를, 한 손은 아프도록 지수 손을 꽉 잡은 채 엘리베이터에 올랐다. 몇 층인지 모를 곳에서 내려 카펫이 깔린 어두컴컴한 복도를 걸었다. 어느 방문 앞에서 이르러 열쇠를 돌려 문을 열고는 지수를 있는 힘껏 밀어 넣었다. 그때서야 지수의 심장이 덜컥 내려앉았다. '쉬어가자'란 말에 건물 내 다방이라도 있는 줄 알고 의심 없이 따라온 자신의 무지를 탓하기엔 이미 늦어버렸다.

맹렬한 기세로 그를 밀쳐냈지만 어느새 그녀 몸은 침대 위로 옮겨져 있었다. 완전무장한 적군에게 가녀린 여자가 당해낼 재간이 없었다. 최후의 마지노선을 두고는 사생결단하듯 버둥거렸으나, 이미 그녀 몸은 바람 빠지는 풍선처럼 서서히 기운이 새어나가고 있었다. 쇠막대기같이 빳빳한 괴력이 그녀 몸을 뚫고 들어오며, 핵폭탄 같은 위력으로 그녀를 산산이 조각내고 말았다.

우진은 그녀 위에서 몸을 부르르 떨더니, 한참을 거친 숨을 몰아쉬고서…. 침대로 벌러덩 나자빠졌다. 침대 가운데 피가 흥건히 고여 있었다.

 - 지수 씨 정말 처녀였군요....

 하늘의 구름이 산 정상에 걸친 듯 낮게 내려앉고, 나무들이 짙푸른 녹색 옷을 걸치고 있었다. 8월이 문턱을 넘어설 즈음, 지수는 더는 상사의 눈치를 보지 않아도 되었다. 업무에 능숙해졌기 때문이다.

 첫 여름 휴가를 받아 서울로 올라갔다. 처녀성을 상실한 후유증으로 만신창이 된 몸을 직장에 혹사해야 했던 시간을 어떻게 견뎠는지 모른다. 그러나 진정 괴로운 일은 따로 있었다. 바로 우진의 연락 두절이었다. 밤마다 우진과의 첫날밤이 애정인지 애증인지 모를 강인한 쇠사슬로 그녀를 옭아매고 있어, 하루에도 열두 번 서울로 올라가고 싶은 마음이 굴뚝같았으나 생존의 말뚝에 매인 몸을 풀기란 쉽지 않았다. 당시의 전반적인 사회 분위기도 그랬지만 그녀 집안 역시 엄격하고 보수적이어서 여성의 몸가짐이 어떠해야 하는지, 귀가 닳도록 들어왔었다. 여성의 정조 상실은 곧 행복 상실이라고 믿고 있었던 것이다.

 어렵사리 그의 거처인 하숙집을 찾았다. 한여름의 해는 길기도 해서 오후 여섯 시가 넘어가는데도 대낮같이 환했다. 여차하면 외삼촌 댁으로 가야 하는데 아무리 가까운 친척도 너무 늦은 시간이어서는 곤란했다. 특히 엄마 귀에라도 들어가는 날엔 절단이었다.

 떨리는 마음을 다잡으며 초인종을 눌렀다. 고등어조림 냄새를 풍기며 중년 아줌마가 문을 열었다.

　- 누구세요?

　- 혹시 이우진 씨가 이 집에?

　- 아아, 우진 학생! 네에. 잠깐만요, 밥 먹으러 내려온 것 같은데에?

　아줌마는 지수의 위아래를 훑어보고는 안으로 들어서며 '이우진!'하고 불렀다. 몇 분 지나지 않아 얇은 티셔츠 차림의 그가 모습을 드러냈다. 지수를 보자 허깨비라도 본 듯 허둥대던 그는 '잠시 기다리라'는 말을 남기고 안으로 들어가 회색 줄무늬 와이셔츠를 걸치고 다시 나타났다.

　대문 밖으로 몸을 빼낸 우진은 지수의 존재는 아랑곳없이 꽁지 빠지게 하숙집을 벗어났다. 대한민국 수도 서울, S대, 이우진의 격에 맞추느라 새로 산 뾰족구두가 아까부터 고역이었다. 발뒤꿈치가 벗겨져 피가 고인 데다 퉁퉁 부어오르기까지 했다.

　얼마나 걸었을까, 저 멀리 다방 간판이 보이는 곳에 그가 멈춰 섰다. 절뚝거리는 다리로 겨우 다가선 지수를 향해 그는 잔뜩 찌푸린 얼굴로 짧은 말을 한숨처럼 말을 뱉었다.

　- 먼저 들어가세요! 담배 한 대 피우고....

　지수는 종종 그의 얼굴이 떠오르지 않아 애를 먹었다. 탤런트 한인수와 김자옥의 얼굴이 클로즈업되다 다시 아지랑이처럼 아롱거렸다. 두 번의 만남 모두 몸끼리 먼저 붙었을 따름으로, 그를 정면에서 제대로 바라본 적이 없는 것 같았다. 어느 정도의 거리를 두어야 사물이 제대로 인식되는 법이거늘.

다방으로 내려온 그는 마치 그녀를 잡아먹기라도 할 듯, 험악한 표정을 짓고 있었다. 지수는 처음으로 그의 얼굴을 자세히 보았다. 여전히 피부톤은 밝았지만 이목구비는 그녀의 기억과 많이 달랐다. 외꺼풀로 길게 찢어진 눈과 굳게 다문 입술이 조금은 야비하고 심술 궂게 느껴졌다.

커피가 배달되었지만 손도 대지 않은 채 그는 다시 담배에 불을 붙였다.

- 이렇게 갑자기 찾아오면, 어쩌자는 겁니까?
- 왜 저를 피하시죠?
- 피하다뇨? 제자리에 있었을 뿐이에요.
- 가만있는 게 피하는 것과 마찬가지죠.
- 지수 씨 원래 이렇게 당돌한 여자였어요?
- 네에. 원래 제 모습입니다!
- 우리가 결혼이라도 했나요?
- ....

지수의 눈에서 갑자기 눈물이 왈칵 솟아 핸드백에서 손수건을 꺼내 눈과 코를 찍어댔다.

- 옛날 공순이들이 대학생과 하룻밤 풋사랑을 나누고 임신했다며 매달린다더니, 설마하니 그 수준은 아니죠?
- 제가 알던, 그 우진 씨 맞아요? 사람이 너무 변한 것 같아요.
- 지수 씨! 정신 똑바로 차리세요. 저는 지금 S대생이고 지수 씨는 일개 은행원, 누가 봐도 기울어진 운동장이에요. 설마하니 저와

결혼을 꿈꾸었던 건 아닐 테죠?
- 꿈꾸었다면요?
- 눈치가 그렇게 없어요?
- 안 그래도 우진 씨와 격을 맞추기 위해, 방송통신대학까지 지원했어요.
- 흐흐, 방통대라... 야박한 놈으로 보일지 모르지만 지수 씨로부터 마음 떠난 지 오래예요. 대학생활하며 세상에 눈을 좀 뜬 것 같습니다.
- 몹쓸 S대로군요. 사람 눈을 삐뚤게 하는....
- 이야아, 지수 씨! 센데요?
- 하룻밤 가지고 놀다 버려도 가만있었을 여자라고 생각했다면 큰 오산이에요!
- 설마 임신했다고 사기 치진 않겠죠? 몇 번 했다면 아마 학교로 애 들쳐 업고 올 모양새로군요.
- 저는 이미 정조를 상실... 이 몸으로 누구한테 시집을 갈 수 있겠어요? 흐흑....

어깨까지 들썩이며 흐느끼는 지수에게, 그가 심장에 총구를 겨누고 방아쇠를 당겼다.

- 그날, 지수 씨 처녀 아니었어요! 그리고 현재 처녀인 박은영과 교제하고 있어요.

무슨 정신으로 대구까지 내려왔는지는 도통 기억에 없다. 자고 나니 자신의 자취방이었다. 게다가 신고 갔던 구두를 어디다 벗어버렸는지…. 다방을 나온 이후의 시간이 캄캄한 암흑이었다.

우진을 기다리는 동안 파노라마처럼 스치는 과거를 회상하니 벼랑 끝에서 살아 돌아온 듯 아찔하기만 했다. 넝마 조각처럼 너덜너덜해진 육신을 추스를 수 있었던 것은 지수 주변을 해바라기처럼 돌던 류재성 덕이었다. 그와의 결혼은 신이 그녀에게 부여한 최고의 선물이 아닐 수 없었다. 남편은 세월이 갈수록 빛을 발하는, 인간이라는 원형 위에 가정과 학교, 사회에서 받아들인 교육의 장점이 온전히 소화되고 흡수된, 이 시대 진정한 우등생이라 해도 과언이 아니었다.

언제 들어왔는지 우진이 지수 앞자리 의자를 빼고 있었다. 이른 저녁 시간이라 그런지 식당은 한산했다. 두 사람은 간단한 식사를 마치고 옆 건물 호프집으로 이동했다.

- 소맥 어때요?

- 좋으실 대로, 저는 아무거나 괜찮아요.

일 순배 이 순배, 삼 순배… 술잔이 계속 돌았다. 우진의 얼굴은 불콰해지고, 귓불은 빨간색에서 푸르죽죽한 색깔로 변해가고 있었다. 지수는 자신의 주량인 소주 서너 잔 외, 더 이상 마시지 않았다.

- 우진 씨, 혹시 부인이 박은영 씨인가요?

- 허허…. 왜 은영 씨와 결혼했을 거라 생각하세요?

- 당시 교제한다고 들어….
- 흐음, 사람일이라는 게 참 알다가도 모를… 은영이 집안이 망하지 않았더라면 아마 인연이 되었을지도….

우진은 안주에 손도 대지 않은 채 연거푸 술잔을 들이켰다. 이미 많이 취한 듯했다.

- …내가요, 내가 말입니다. 명색이 S대 나온 놈이, 저 촌구석 M고 출신이라면 신발 벗고도 들어갔다던 대학인지 학원인지 나온 놈한테 머릴 조아리고 있어요.
- 각자 역할이 다를 뿐이죠. 요즘 갑질하는 대표도 흔치 않거니와 더구나 재성 씨는 그런 종류와는 거리가 먼….
- 이봐요 지수 씨, 남자의 세계는 말이죠, 여자가 죽었다 깨어나도 이해할 수 없는 구석이 있어요. '인생은 한방!'이라는 말이 딱 어울리는 친구죠. 소문에 의하면 능력 있는 마누라 덕에 저렇게 되었다고.
- 제가 아는 사실과 다르군요.
- 왜 사람 말을 못 믿어요?
- 마누라가 어떤 사람이라던가요?
- 재력이나 권력 가진 인간들의 딸…. 뭐어 그런 종류 아니겠어요?
- 자신이 일구지 않으면 온전한 자기 것이 아니라는 사실을 말씀을 드리고 싶습니다.
- 히야아, 지수 씨! 언제 이렇게 유식해졌어요?
- 감히 S대와 어찌 유식을 겨루겠습니까!

- 허허, S대가 뭐 별거라고.

- 못 가본 사람에겐 아득한 별 같은 상징이죠.

- 무시하세요 허상 같은 거, 상징은 무형이니까요.

- 지적 재산도 무형이긴 하지만 유형의 가치로 환산되죠.

- 지수 씨 말솜씨에 못 당하겠는데요,

- 우진 씨는 저의 사생활이 궁금하지 않으세요?

- 뭐를 물어봐 주면 좋겠어요?

- 모름지기 대화는 주고받는 게 상식이라고 생각하기에....

- 나는 남의 사생활 따위 관심 없어요. 오로지 내 생활에 충실할 따름이죠.

우진의 잔은 지수가 채우기 바쁘게 비워졌다.

- 너무 과음하시는 거 아니에요?

- 이래 봬도 주량 셉니다. 맥주 한 박스도 거뜬해요. 아직 건강하다는 방증 아니겠습니까!

- 나이에 장사 없다는 말도 있잖아요.

- 나이는 숫자에 불과하다는 말도 있죠.

- 흐흐.... 그나저나 일은 할 만하세요?

- 아이 참, 술맛 떨어지게! 내가 하루하루를 어떻게 버티는지 아세요? 제발 그 XX가 내 사무실에 들어오지 않았으면 하는 바람으로 하루를 시작한답니다. 고등학교 때 구석의 먼지보다 더 존재감 없던 인간한테 이! 이우진이! 허릴 굽신거린다구요. 아무리 무식해도 사장은 사장이니.

- 재성 씨가 돈에는 좀 깐깐하고 좀생이 기질이 있지만, 그런 면이 긍정적으로 해석될 때도 있어요. 융통성 부족한 사람이 순진한 경우를 많이 봐 왔거든요.
- 지수 씨, 아까부터 재성일 편드는 것이... 혹시 재성이와 그렇고 그런 사이?
- 부인하지 않겠습니다. 정이 들었어요.
- 거봐요, 척하면 삼척, 그나저나 지수 씨 남편은 마누라가 고향 동기동창의 회사에 다닌다는 사실을 알고 있나요?
- 노코멘트 하겠습니다.
- 그렇군요. 하기사 모든 남자가 같을 거예요. 요즘 동창들끼리 그렇고 그런 일들이 비일비재하다는....

우진은 몸을 가누지 못할 지경이 되었는데도 계속 술을 찾았다. 술이 술을 부르는 격이었다. 지수가 대리 기사를 부르겠다며 휴대폰을 들자 폰을 낚아채며 그녀를 주저앉히기도 했다.

- 지수! 나를 불러낸 건 다른 생각 있어서 그런 거 아냐? 우리 '해브 어 굿타임' 어때?
- 해브 어 굿타임? 그게 뭐예요?
- 에이, 선수끼리 왜 이래?
- 저는 아무 선수도 아닙니다만.
- 내가 이래 봬도 눈치 백단, S대가 괜히 S대가 아니거든. 눈치 같은 것도 주입시키는 학문의 전당! 재성이와 그렇고 그런 관계면서 나와 안 된다고 하는 건 도덕에도 안 맞고 상식에도 어긋나....

아예 반말 모드로 돌아서 횡설수설하는 우진을 더는 두고 볼 수 없어 지수는 자리에서 일어섰다.

집에 오니 남편이 반가이 맞으며, 농을 걸었다.
- 골프 못하게 했더니 이제 곤드레만드레, 누굴 만났기에 이렇게 향긋한 술 냄새를 풍기셔?
- 총무부장 말이야, 본인 스스로 그만두게 하고 싶다면… 당신 손 안 대고 코 풀게 해줄게.
- 총무부장 만났어?
- 응.
- 묘수가 뭔지 궁금한데?
- 쫓아내겠다고 약속하면!
- 이 사람이? 마음에 안 든다고 이 사람 저 사람 다 잘라내면 결국 혼자 남지. 인간은 서로를 끊임없이 건드리는 존재, 서로 맞춰가며 살아야…. 당신하고 나하고 둘이 회사 운영할래? 세상천지 내 마음에 100% 드는 이가 어디 있어?
- 나와 악연이 있는 인간이야.
- 회사는 사회적 공공적 기관이야. 오너의 사사로운 감정을 개입시켜선 안 되지. 오만하고 교만한 구석이 있었기에 여기저기 옮겨 다녔을…. 서울에서 접근성이 좋지 않은 우리 회사까지 찾아온 걸 보면 얼마나 절박했겠어!
- 허얼! 계속 둘 거란 말이지?

- 당신한테 얘기 안 했는데, 얼마 전 그의 마누라가 전화를 걸어왔었어. 부평초처럼 떠다닌 남편의 모자람을 지적하며 제발 넓은 마음으로 받아달라고 흐느껴 울더라. 그가 분명 무슨 잘못을 했기에 당신이 일부러 만났으리라 생각해. 그러나 실패 없고 실수 없이 살아온 인생이 과연 있을까? 당신이 나하고 잘살고 있는 것으로…. 모든 것을 상쇄시킬 수 있다고 봐. S대까지 나왔으니 분명 우등생 기질이 있을 거야. 그 재능을 회사에 이롭게 쓰이도록 발굴하는 게 내 역할이기도 하고.
- 그래도 앙갚음하고 싶다면?
- 과거에 갇혀 복수를 하겠다는 저의(底意)야말로 당신답지 않은… 최고의 복수는 상대를 응징하는 것이 아닌, 내가 잘 사는 것!

지수는 잠자리에 누워, 난생처음 '인간 등급'에 대해 생각해봤다.

물속의 피아노

단편소설

주홍글씨

행복은 지나온 인생길의 궤적을 바탕삼아 피어나는 꽃이지만, 불행은 한순간에 툭 떨어지는 꽃이라 예측 불가하여 알 수 없는 미지수 같은 것.

큰오빠가 전화를 걸어왔다.

- 영순 누나 알지? 어머니 장례식에 왔던, 너와 통화하고 싶다기에 전화번호를 줬는데 받지 않는다며 다시 전화가 왔다. 전화번호 줄 테니 네가 해보렴.
- 그 언니가 왜요?
- 너의 책에 관심 있는 것 같더라. 여러 사람에게 소개했다고도 하더라.

혜수는 가슴이 철렁 내려앉았다. 몇 년 전 어머니 장례식장에 나타난 그녀를 보았을 때는 흡사 귀신을 보기라도 한 듯 정신이 하얘졌었다. 같은 동네 태생이긴 하지만 일가친척도 아닌데다 혜수네 7

남매와 그녀 형제 8남매 중 어느 한 명도 동기가 없어, 그녀의 조문을 전혀 예상치 못했던 것이다. 빈소에서 조문 인사를 나누자마자 허둥지둥 몸을 숨긴 채 그녀가 가기만을 기다렸다.

한때 어머니는 보따리 장사를 했다. 철마다 상품을 바꿔가며 머리에 이고 다니며 팔았다. 교통오지에서 거의 자급자족하고 살았던 산골 사람들에게 어머니의 방문은 세상을 엿보는 통로 그 자체였다고 한다. 동네마다 집집마다 다니는 동안 집안 사정을 알게 되며 우연히 처녀총각 소개한 것이 결혼으로 성사되기도 했다. 첫 연결이 결실을 거두자 너도나도 어머니에게 중매를 부탁하고, 어머니도 자연히 그쪽으로 관심을 갖게 되어 수많은 짝을 탄생시켰다.

영순 언니도 그중 하나였다. 초등학교 졸업 후 대구 근교 방직공장에 다니고 있던 언니를 전기조차 들어가지 않는 심심두메산골 어느 장남에게 소개하여 결혼을 하게 했다.

그 언니가 결혼한 이듬해 합천댐 건설이 발표되었다. 얼마 되지 않은 천수답과 밭뙈기 모두 수몰 예정이어서 터전을 떠나지 않을 수 없었다. 보상금으로 자신이 다녔던 공장 근처에 다 스러져가는 집 한 채와 천막 쳐진 시장 한 칸을 사서 이사를 하였단다.

한 치 앞을 내다볼 수 없는 게 인간의 운명이다. 이사한 지 몇 년 지나지 않아 그녀가 살고 있는 지역이 대구시로 전격 수용되는 행운이 겹쳤다. 광역시에 걸맞은 인프라가 구축되며 인구 유입이 급속도로 늘었다. 시장이 황금알 낳은 거위로 변했던 것이다.

영순이가 돈을 갈퀴로 긁어모은다는 소문은 이미 소문이 아니었다. 그녀 친정집도 스위스 부자 동네나 어울릴 법한 아름다운 전원주택으로 변모했고, 초·중학교 졸업장이 전부였던 그녀 형제들 하나같이 늦깎이 고등학생 대학생으로 탈바꿈했다.

친정 방문 때마다 자신을 중매한 혜수 어머니를 찾아 선물과 돈봉투를 잊지 않는다는 사실에, 혜수네 형제들도 그녀에 대한 고마움을 간직하던 터였다.

이런저런 연으로 어머니 장례식에 왔다는 것은 알 수 있었다. 하지만 굳이 혜수 개인에게 연락할 일이 '그 일' 말고는 없다는 데 불편함이 있었다. 책이야 서점에서, 아니면 아이들을 시켜 인터넷으로 구매하면 그만이었다.

오빠에게 연락받은 이상 모른 체할 수 없어, 심호흡으로 마음을 가다듬은 채 전화를 걸었다.

- 언니, 김혜수예요.

- 아이고오, 이게 누꼬?

어머니 장례식에 다녀가셨는데 미처 인사를 드리지 못한 점과 언니의 성공이 자기 일처럼 기쁘다는 혜수의 의례적인 인사 끝에 영순 언니의 상투적 대답이 따랐다. 오늘날 잘살게 된 것이 모두 혜수 어머니 공이며 돌아가신 일이 아직 믿기지 않는다는 등이었다. 대화의 맥이 끊어져 갈 무렵 아니나 다를까 혜수가 조바심 내던 이름을 입에 올렸다.

- 우리 시(媤)아제(阿弟) 박종훈이라는 사람 알제? 니 전화번호 달라 해쌌는데 줘도 되겠나? 우리 아아들이 요새는 남의 전화 함부

로 주면 큰일난다 싸서, 너거 오빠한테 물어보고도 안 줬다.

- 그분이 저에게 무슨 볼일이 있을까요?
- 집안 모임에서 니 이야기했더니 그 자리서 휴대폰 들고 책 산다 해쌌더마, 다 읽었는지 다시 전화가 왔더라.
- 네에.
- 그 아제가 대구시 ○○구 지자체 선거에 출마한다고, 대구 사는 니 친구들 한 명이라도 도움받으려고 하는 거 아이겠나?

전화번호에 대한 얘기는 더 이상 언급하지 않고 다른 대화로 빙빙 돌다 어물쩍하게 끝났다. 똑 부러지게 거절하지 못한 이유는 영순 언니 체면도 있는 데다 같은 군(郡) 출신으로 혜수 전화번호를 알려면 얼마든지 알 수 있었기 때문이다. 어쩌면 영순 언니가 벌써 주었을지도 모른다는 생각이 들기도 했다.

혹시 그에게서 전화가 올까 초조한 마음으로 며칠을 보냈다. 다행히 전화는 오지 않았다. 잠깐 그에 대한 생각에서 멀어지려 할 때 낯선 밴드 초대장이 도착했다. 박종훈이 보낸 거였다. '쿵!' 내려앉는 심장을 다잡으며 그의 카톡 프로필을 훑었다. 부인과 남매인 두 자녀가 다복해보였다. 나머지 사진은 정치인으로 활동해온 이력들이었다.

수락 버튼을 누를지 말지를 망설이며 며칠을 보냈다.

'박종훈입니다. 책 잘 읽었습니다. 제 평생 소설책 한 권 완독하게 해주신 첫 저자이십니다. 밴드 수락해 주시면 영광으로 알겠습니다.'

나갈 수도 물러설 수도 없는 불편한 사람과의 1:1 채팅, 쥐구멍에라도 들어가고픈 심정이었다.

그 역시 혜수의 프로필을 확인했을 터였다. 그를 의식하며 자신의 프로필 사진을 살펴보니 정작 남편의 사진이 없었다. 부랴부랴 번듯한 남편 사진 몇 장을 골라 전면에 배치했다. 어쨌거나 거리감을 느끼길 바랐다.

며칠 후 연락이 왔다.

'밴드 수락 부탁드립니다! 크게 실례되지 않는다면요!'

다분히 명령조, '나는 네가 한 짓을 알고 있다!'로 느껴졌다.

발가벗은 알몸으로 서 있는 기분이었다. 최소한의 옷이라도 걸치려면 무리 속에 섞이는 게 나을 것 같아 기어이 방으로 들어갔다.

밴드는 지자체장 선거 후보로 출마하는 그의 이력을 홍보하는 공간이었다. 일만여 명 넘는 사람들이 그를 떠받치며 북과 징, 꽹과리를 쳐대는 분위기였다. 상단에 소개된 그의 이력을 살피며 '피익' 웃음이 나왔다. 'D대학교 철학과 졸….'

며칠 동안 나갈 타이밍만을 엿보다 어느 야심한 밤을 틈타 조용히 몸을 빼냈다. 밴드 특성상 누가 들어오고 나가는지 관심을 기울이지 않으면 알 턱이 없었다.

다음 날 혜수의 뒷덜미가 붙들리고 말았다. '네가 한 짓(?)을 알고 있으니 도망칠 생각은 하지 않는 게 좋을 것!' 같은 엄포라도 놓는 듯 다시 초대장을 보내왔다. 정말 끈질기다.

오래전 서울에서 열리는 어느 행사에 참석했다 그를 보고는 삼십육계 줄행랑치며 뛰쳐나왔다. 그 후 고향 관련 어떤 행사에도 발걸음 하기를 꺼렸던 건 그의 존재가 지뢰밭처럼 의식되었기 때문이다.

'박종훈!'

이십여 년 동안 그가 채운 목줄에서 혜수는 자유롭지 못했다. 조금 느슨해져 풀려났나 싶어 달아나면 여전히 팽팽한 줄이 그녀를 당겼다. 줄은 선명한 붉은 낙인, 주홍글씨나 다름없었다.

지금 살고 있는 남자와 결혼하기 전 일이다. 남편과는 고등학교 때 펜팔로 알게 된 사이로, 3년간 편지를 주고받다 졸업을 앞둔 어느 날 만나고는 곧바로 헤어졌다. 서로 이상형이 아니었던 까닭이다. 그는 대학으로, 혜수는 고졸 여사원으로 각기 다른 길을 갔다.

가끔 혜수의 회사로 그의 원망 섞인 편지가 날아들곤 했다. 혼자만의 착각, 상상한 프레임에 스스로 빠졌다는 둥, 술주정하듯 횡설수설하는 내용 일색이었다. 한가하게 연애 타령이나 하고 있을 상황이 아니었던 혜수는 그의 편지 따위는 무시한 채 빈 시간마다 사내도서관에서 시간을 보냈다. 언젠가 대학에 가리란 희망을 품은 채.

꿈은 꿈일 따름이었다. 물오리처럼 죽어라 수면 아래서 물갈퀴질을 했으나 수면 위에는 작은 파문조차 일으키지 못했다.

한 치도 어긋남 없이 흐르는 세월에 속수무책으로 나이를 도둑맞아, 어느새 결혼적령기를 훌쩍 넘어선 노처녀 대열에 합류했다.

친구들은 하나둘 결혼하여 첫째 둘째 돌잔치 소식이 보내오고, 직장에서마저 앳되고 젊은 여직원들로 세대 교체가 이루어졌다.

서서히 벼랑 끝으로 몰리는 기분을 어쩌지 못할 즈음, 백마 탄 남자가 나타났다. 그 옛날 펜팔하던 사람이었다. 청춘의 물이 뚝뚝 떨어지던 시절 아무런 이해타산 없이 주고받았던 편지가 밀알이 되었던지, 두 사람은 보자마자 불이 붙었다. 내일모레가 서른 살이었던 동갑내기 두 사람 다 결혼이 급했다. 남자는 결혼하여 유학 갈 예정으로, 여자는 사방이 꽉 막힌 퇴로에서 오로지 그 길만이 통로였던 까닭이다.

십여 년 동안 훌륭한 스펙으로 몸을 다진 근육질 남자와 한 의자에서 운동은커녕 겨우 숨쉬기만 해온 여자. 두 사람의 저울추 균형이 맞을 리 없었다. 남자 집안의 거센 반대에 부딪혀 결국 결혼에 이르지 못했다.

조금 전까지 유리 구두를 신고 신데렐라 춤을 추고 있던 혜수는 한순간 나락으로 떨어졌다. 생명의 끈을 놓고 싶을 만큼 삶의 의욕을 잃은 터에 일이 손에 잡힐 리 만무했다. 회사 사표는 자연스런 수순이었다. 퇴직금 정산을 비롯해 모든 뒷일을 오빠에게 맡긴 채 시골로 들어가 몸져눕고 말았다.

수개월 간 방안에 틀어박혀 두문불출하는 딸을 보다 못한 어머니가 혜수를 본격적인 중매 시장(?)에 내놓았다. 몇 군데서 선이 들어왔지만 그녀는 아예 귀를 닫았다.

어느 날 어머니가 비장한 목소리로 혜수를 불러 앉혔다. 탐나는 집안에서 선이 들어왔다는 것이다. ○○면에서 가장 성공한 집안 중 하나로 총각 아버지는 현직 중학교 교장이며, 7남매 중 막내아들인데 위의 형제들이 모두 판사, 의사, 교사들이라고 했다.

'한 살이라도 더 먹기 전에 가야지, 여자 나이 서른 넘으면 재취자리로 넘어간다.'는 등으로 매일같이 들들 볶았지만 혜수는 마이동풍으로 흘려들었다.

달래다 꾸짖다 윽박지르다, 온갖 묘수를 다 써도 꿈쩍하지 않는 딸에게 어머니는 최후통첩과도 같은, 당신이 무너지는 말을 했다.

- 생때같던 자슥을 에미란 년이 저렇게 만들고도 살아 있는 게 죄다. 울매나 더 어만 꼴을 보라고 너까지 이러노?

남동생은 혜수가 고등학교 입학하던 해 집안의 부주의로 사고를 당해 장애인이 되었다. 고등학교 터널을 어떻게 통과했는지 기억조차 아련하지만 대기업 들어간 끈이 졸업장이었을 테니, 졸업의 증거만은 확실하리라. 동생과 연결되는 핏줄은 지독하고도 잔인했다. 인생 마디마다 옹이로 박히며, 그녀 삶이 송두리째 지배당했다. 직장에서 받는 월급조차 그 아래로 고스란히 들어갔다. 어머니가 그를 치료한다며 전국 방방곡곡 유명하다는 병원을 다 찾아다녔기 때문이다. 어머니의 기행(?)이 멈춘 건 동생 스스로 취직하면서부터였다.

- 볼게요!

더는 어머니의 신파를 듣고 싶지 않았다. 자신 앞가림만으로도 힘든 시간이었다.

- 남자 학교는요?
- 대구 S고 졸업했다더라. 남자는 신체 건강한 기 제일이다.

고등학교 이름이 생소한데다 부잣집에서 대학도 못 간 걸 보면 익히 수준이 짐작되었다. 당시 혜수는 남자의 등급(?)을 학벌로 재단하던 터여서 천하 잘난 사람도 본인이 정한 기준에 부합하지 못하면 매력을 느끼지 못하던 터였다.

- 그런 집에서 뭐가 아쉬워 우리 같은 집과 사돈할라 카겠노. J여고 졸업했다는 거 하나로 그란다더라. 아버지가 중학교 선생이니, 그 학교가 얼마나 맹문인지 알고도 남겠지.

애초 어머니는 혜수를 대구시 직물공장 산업체 야간 고등학교로 진학시켜 오빠와 남동생 학비 바라지를 하게 할 작정이었다. 하지만 '명문 고등학교 몇 명 합격'의 수치를 위한 적임자로 담임과 교장까지 집으로 찾아와 어머니를 설득한 끝에 마지못해 승낙한 터였다.

동생의 사고 이후 어머니는 혜수더러 읍내에 있는 여상으로 전학하라고 닦달했다. 도시의 인문계 고등학교 나와 봤자 시골 여상보다 좋은 직장에 취직하기 힘들다는 점에서 도시 생활을 더 이상 뒷바라지해줄 수 없다는 것이었다. 말을 듣지 않자 어머니는 더 이상 관심도 지원도 하지 않았다. 엉금엉금 기다시피 하여 혜수 스스로 겨우 졸업이라는 관문을 통과했다. 그리고 대기업에 취직했다. 그러자 이번에는 여상 졸업 후 은행에 다니는 다른 집 딸들 급여와 근무 조건 등을 비교하며 혜수의 속을 있는 대로 다 뒤집었다. 어머니에게 J여고는 막내아들을 저렇게 만든 이유 중 하나로, 원망과 응징의 대상이기도 했다.

처음으로 'J여고'가 어머니에게 귀히 쓰임 받는 존재로 격상되는 순간이었다.

어머니는 줄곧 대구에서 선을 보라고 했다. 수개월간 세상과 담 쌓은 듯 방구석에만 들어앉은 딸을 이 기회에 바깥으로 끌어내려 한다는 걸 모르지 않았다. 그러나 혜수는 대구 시내 곳곳 첫사랑과도 같은 그 남자와 데이트했던 장소들이 지워지지 않아 한 발짝도 떼기 싫었다.

그녀 고집대로 읍내 다방으로 결정되었다.

맞선 당일이었다. 어머니와 혜수가 다방에 들어가자 총각 부모, 그리고 영순 언니가 자리에서 일어났다. 진즉 영순 언니가 소개했다는 사실을 알고 있었다.

혜수는 남자 쪽 사람들이 자신을 탐탁잖게 여긴다는 것을 피부로 느꼈다. 자신의 아래위를 훑고 내려가는 눈길에서 이미 끝난 게임이라는 걸. 키는 153cm에 미치지 못했고 몸무게는 38~39kg를 왔다 갔다 했다. 저쪽에서 좋다 하면 꼼짝없이 가야 할 신세였으니, 오히려 잘됐다 싶었다.

어머니가 금세 분위기를 파악하고는 설레발을 쳤다.

- 야아가 보기는 이래도 야무집니더. 학교 다닐 때는 내내 전교 1등을, 집 구석구석에 상장이 발에 채이고, K사에서도 일 잘한다고 아이를 안 놔 줄라케서 결혼이 늦었다 아입니꺼.

코미디언이 무대에서 열연을 펼치는데 아무도 웃어주지 않았다. 관객의 무반응은 전염성이 강해 더 큰 침묵을 불러일으킨다고 들었다. 마당놀이판에서 혼신의 연기를 펼치는 어머니를 고매하신 양반들이 비웃음과 조롱을 던지는 듯했다.

'저 천한 것들!'

사이사이 추임새라도 영순 언니가 넣어주면 좋았으련만, 자신에게 주어진 단역조차 소화해 내지 못했다. 다방에 들기 전 바깥에서 혜수를 본 영순 언니의 첫마디는 '우째 너는 너의 언니 오빠들보다 키가 영 작네, 중학교 때 본 그대로구나!'였다. 그러고 보니 성인이 된 혜수를 그날 처음 본 성싶었다. 어린 시절부터 영특하다고 소문난 혜수가 명문여고 진학했다는 소문만으로 먼 시가 친척 부유한 가문에 줄을 놓았으리라. 흥행에 성공하지 못할 판임을 진즉 깨닫고 아예 출전조차 포기했는지 모른다.

앞 구르기 뒤 구르기, 공중회전돌기까지 마친 어머니의 외로운 퇴장을 끝으로 경기는 종료되었다. 저쪽에서 먼저 자리를 털고 일어섰기 때문이다.

총각 부모는 대구에서 아침 차를 타고 온 영순 언니에 대한 미안함을 표하며 점심을 사주겠다며 자기 아들 눈치를 살폈다.

- 우리랑 같이 가겠니? 아가씨 점심이라도 사 줄래?

총각이 고개를 움직이는 듯했다. 앞뒤 방향인지 옆인지, 대각선으로 끄덕였는지 애매했다. 그러고 보니 남자도 혜수도 말 한마디 하지 않았다. 어른들에 의해 결정되고 종료되었다.

- 어려운 자리 했으니 둘이 좀 더 시간 보내 봐요. 사람 인연 알 수 없어….

어머니가 못내 아쉬운 듯 총각을 향해 구걸하듯 말하자 테이블에서 몸을 뺀 그의 부모가 조소하듯 어머니를 흘겼다.

- 우리 ○○반점에 있을 테니 연락해라.

남자가 부모의 말에 다시 고개를 끄덕이는 듯했다.

어른들이 모두 떠나고 둘만 남았다.

'밥 한 끼 사주겠다는 적선인가?'

혜수는 처음으로 고개를 들고 그와 눈을 마주했다.

- 안녕하세요? '박종훈'이라고 합니다.

- 김혜수예요.

- J여고 졸업하셨다구요?

- 맞는 것 같아요.

- 내내 전교 1등을 하셨다는데, 왜 대학을 가지 않았는지요?
- 아아, 그거요? 어머니가 거꾸로, 뒤에서 1등이란 말이지요.
- 푸흡, 그럼 발에 차이는 상들은요?
- 초·중·고 6년 개근상만 정리하지 않고 늘어놓아도 발에 걸리지요.
- 크크크크 푸하하하, 아이고오 우스워.
- 제가 웃겨드릴 수라도 있어 다행입니다. 펼쳐놓은 마당에서 카메오라도 출전하지 못할까 봐 마음 졸였거든요.
- 저에게 뭐어 궁금한 거 없으세요?

혜수는 남자가 '카메오'라는 단어를 이해하지 못한다고 생각했다. 분위기 전개상 더 웃어야 하겠기에 말이다.

- 어머니가 총각 댁 집안 역사를 며칠에 걸쳐 읊으셔서, 외울 정도입니다. 혹시 모르는 거 있으면 저에게 물어보세요.

남자는 다시 허리가 꼬부라지도록 웃다가, 재채기와 기침 끝에 따르는 콧물을 손수건으로 닦으며, 겨우 진정했다.

- 식사하러 가시겠어요?
- ....

잠시 침묵이 흐르는 동안, 다방으로 그를 찾는 전화가 왔다. 카운터로 전화를 받으러 가는 그의 뒷모습이 훤칠하고 반듯했다. 어차피 그와 진도를 내고 싶은 생각이 없었다. 밥을 먹으면 빚을 지는 셈이니, 가지 않는 게 도리일 듯했다. 그러나 다방에 좀 더 있어야 했다. 읍에서 집으로 가는 버스 시간이 띄엄띄엄 있기에, 자칫하면 어머니와 같은 차를 탈 수밖에 없으리라.

전화를 받은 남자가 자리로 돌아왔다. 보나마나 그의 부모가 식당으로 오라고 한 것 같았다.

- 가시지 그래요.
- 같이 가실래요? 불편하시면 다른 식당이라도?

혜수의 막차 시간까지 두 사람은 다방에서 보냈다. 컴컴해질 무렵 집으로 온 까닭은 어둠이 어머니와 동생, 자신의 사이에 내려앉아 부끄러움과 민망함의 경계가 허물어졌으면 해서였다.

늦게 온 그녀를 어머니가 반색했다.

- 부모가 아무리 반대해도 남자만 좋다 하면 된다. 우떻더노?
- 분위기 보셨잖아요. 어른들 가고 곧장 헤어져 저는 연호사 절 그 늘에서 책 읽다가 왔어요.
- 교장질 해X먹고 사는 인간이 어째 눈높이가 그거 빼끼 안 되노! 아가씨 앉혀놓고 말 한마디 건네지 않는, 예의대가리라곤 없어, 사람 겉모습으로 평가하는 저런 집구석에 가봤자...

매일 방이나 대청마루에서 4인용 포마이카 상을 펼치고 책을 읽고 있었으므로, 안방에서 전화를 하거나 받거나 하는 어머니의 통화 내용을 다 들을 수 있었다.

몇 날을 기다리던 어머니가 분이 풀리지 않는지 영순 언니에게 전화를 거는 것이 느껴졌다.

- 총각 집에서 뭐라카던고?
- 아가씨 키가 너무 작고 약하다고.

- XX염병하고 자빠졌네. 키 작아도 있을 건 다 있다 캐라! 교장이 무슨 대단한 유세라꼬... 우리 양반도 보통학교 나와 선생 할래 카는 걸 공무원 했구마.

어머니는 영순 언니에게 온갖 악담을 퍼붓고도 분이 풀리지 않는지, 혼자 수없는 독설을 쏟아냈다. 평소 정이 많은 어머니였지만 부잣집 사람들과 각을 세울 때는 과부의 설움까지 폭발한다는 것을 혜수는 모르지 않았다. 욕이나 비난의 강도가 셀수록 부러움이 크다는 것도.

한여름 뙤약볕 아래 매미가 천지를 진동하듯 울부짖었다. 7월이 중순을 넘어 하순으로 막 넘어가던 무렵, 여름휴가를 받은 동생이 집에 왔다. 천재라 불리던 그가 가족의 부주의로 반신 마비된 장애인이 된 지 십 년이 넘었다. 그로 인해 집안은 풍비박산하듯 갈가리 찢겨졌으며 혜수의 인생도 그에 따라 출렁였다. 무지막지한 회오리가 잠잠한 소강 상태로 접어든 것은 그러한 몸으로나마 그가 취직하면서였다.

눈에 보이지 않으면 망각이라는 장치가 가동되기도 했으나, 막상 눈앞에 보이면 떠오르기 마련이다. 동생의 기우뚱한 몸을 바라보는 것만으로도 혜수는 고통스러웠다. 특히 어머니와 동생이 한 액자에 담긴 그림은 자체로 트라우마였다. 세상에서 가장 슬픈 풍경화의 정수였으니.

동생이 온다는 소식에 혜수는 벌써부터 숨통이 조여드는 기분이었다. 남자에게 실연당한 채 삭발한 모습으로 시골로 숨어든 꼴이었으니.

동생에게 비참한 내색 않으려고 들로 밭으로 다니며 어머니 일손을 도왔다. 그런 혜수를 어머니는 잘도 포장했다.
- 너거 누나가 와서 내가 편타.
서로의 속내가 빤히 보이는, 동생 앞에서 어머니와 혜수는 철저히 공범 관계를 잘 유지했다.

동생이 온 지 사흘째 되는 날이었다. 가지, 호박, 오이, 깻잎, 열무 등을 한 소쿠리 따온 것으로 열무김치, 물김치를 담그고, 갖은 나물 반찬으로 오랜만에 양껏 저녁을 먹었다. 의지에 상관없는 움직임이어도 소모된 체력만큼 식욕을 불러일으키는 모양이다. 은둔형 외톨이처럼 방 안에만 들어있던 딸이 바깥으로 나와서인지, 아들의 장애를 인정하는 수순으로 들어섰는지, 어머니도 표면적으론 행복해 보였다.
어머니와 동생은 평상에 앉아 옥수수를 먹고, 혜수는 마당 수돗가에서 설거지를 했다. 동생의 회사 생활에 관해 이것저것 물으며 잔잔한 웃음을 이어가던 평화를 안방의 요란한 전화벨 소리가 깨트렸다. 신발도 신지 않은 채 한달음에 안방으로 달려간 어머니의 통화에 혜수는 귀가 쫑긋했다.
- 영순이가? 집에 있다, 바쁘기는, 하모, 맞다, 사람이 우째 첫눈에

백 프로 마음에 드는고, 알아가미 정드는 기지, 내일? 오냐, 고맙데이.

　　통화를 마친 어머니가 흥분에 들뜬 목소리로 마당 수돗가에서 설거지하는 혜수 쪽으로 왔다.

　　- 총각이 내일 읍에서 만나자 칸단다. 휴가 왔다카네.

　　이유 없이 동생에게 민망하고 부끄러웠다. 밤하늘에 서글프도록 별이 총총했다. 빈곤 속 풍요처럼.

　　직장 다니는 동안 큰오빠네서 살았던 이유는, 신혼살림이었지만 한사코 올케가 시누이 혜수를 내보내려 하지 않아서였다. 큰오빠 내외가 혜수의 연애 사실을 훤히 알고 있었기에 더더욱 부끄러웠다. 직장 마무리 뒷일까지 오빠에게 미룬 채 사지를 탈출하듯 도시를 떠났다. 속옷 몇 개만 챙기고 변변한 옷조차 가져오지 않은 것은, 명절이나 휴가 때 집에 오면 늘 어머니 몸뻬 바지나 블라우스, 티셔츠 등을 걸치고 다녔기 때문이다.

　　어머니는 첫날 남자 부모로부터 점수를 얻지 못한 이유 중 하나로 옷차림을 들었다.

　　- 선보는 자리에 청바지와 티 쪼가리가 뭐꼬?

　　이른 아침 어머니 재봉틀 소리에 눈을 떴다. 아버지 살았을 때 어머니는 읍에서 한복이나 포목점을 하고 싶어 했다. 바느질과 음식의 달인이었다. 선산과 고향을 지켜야 한다는 아버지의 완고함에 어머니는 순종했다.

출퇴근길 오토바이로 사고로 돌아가신 아버지의 주검 앞에 어머니는 피눈물의 원망을 쏟았다.

'읍으로 가게 했으면, 읍으로 가게 놔두지, 촌구석에 갖다 놓고, 자슥들을 우째 키우라꼬.'

행복은 지나온 행적의 마일리지로 피어나는 꽃, 불행은 한순간 지는 꽃이며 예측 불가, 미지수다. 아버지의 죽음 이후 어머니는 바느질을 하지 않았다. 재봉틀이 천추의 한(恨)이기라도 한 듯.

- 이거 입어봐라. 니는 작아도 몸이 예뻐 옷 잘 입으면 키도 짜다라 작아보이지 않는데이....

어머니는 여느 시골 사람보다 옷 입는 센스가 뛰어났다. 혜수가 어머니를 세련되고 예쁘다고 생각한 이유도 여기에 근거했는지 모른다.

초록색 바탕에 하얗고 자잘한 들국화가 문양의 포플린 천으로 무릎이 덮일락 말락 한 플레어 치마를 만들어 놓았다. 마른 몸이 신경 쓰였던지 감을 넉넉히 잡아 풍성하게 했다. 옷은 잘 맞았다. 그 치마에 선볼 때 입었던 티셔츠를 걸치니 어머니가 질색했다.

- 벗어라. 모가지 뼈가 다 튀어나온다.

- 입을 게 마땅히....

- 요새 아가씨들 을매나 옷도 예쁘게 입고 다니더만, 우째 지 몸뚱아리 하나 뽄도 몬내고.... 일찍 읍에 나가 하나 사 입어라.

혜수는 장롱을 뒤져 옛날에 입다 둔, 흰색이 바래 베이지색에 가까운 티셔츠를 입었다. 그건 더 달라붙었다.

- 더 에비 보인다. 차라리 아까 꺼 입어라!
- 사 입을게요.

혜수는 벗지 않았다.

아침을 먹자마자 어머니가 혜수를 닦달했다. 아무래도 윗옷이 걸리는 모양이었다.

동네 앞 버스 정류장에 동네 사람 여럿이 버스를 기다리며 앉거나 서 있었다. 혜수는 사람들에게 목례를 한 뒤 조금 멀리 떨어진 자리에서 차를 기다렸다. 동네 사람들 눈이 부담스러웠다. 당시 여성들의 결혼 연령은 대략 이십대 초중반이었다. 전문직에 종사하는 여성은 다소 혼기가 늦기도 했지만. 특히 혜수 고향 주변에서는 서른 살 노처녀를 재취 자리로나 거래(?)하던 시절이었다. 동네 사람들이 어머니더러 '남편 잡아먹고 자식마저 병신 만들고 딸마저 제때 혼사를 시키지 못하는 세상 팔자 센 여자'라고 한다는 것을 어머니 입으로 들은 바 있었다.

진회색 승용차 한 대가 정류장을 저만치 지나 서 있는 혜수 앞에 섰다. 차에서 훤칠한 키의 남자가 내려 환한 웃음으로 그녀 앞으로 다가왔다. 흠칫 놀라 뒤로 물러서는 혜수에게 손을 내밀며 악수를 청했다.

- 박종훈입니다.

얼떨떨한 상태로 그에게 이끌려 조수석에 올랐다.

차는 넓고 깨끗했으며 향수 냄새가 살짝 풍기는 듯했다. 콘솔 박스엔 선글라스와 책이, 뒷좌석에 자그마한 손가방이, 위에 곽 티슈가 정갈하게 놓여 있었다. 먼지 하나 없이 깨끗한 것이 방금 세차한 듯했다.

합천댐이 건설되며 ○○면에서 혜수네 동네로 통하는 직선로가 연결되었다. 혜수네 동네가 댐 바로 아래여서 모든 길은 그녀 동네로 통한다 해도 과언이 아니었다.

- 왜 이렇게 일찍, 그리고 어떻게 저를 알아보시고?
- 한눈에 들어왔어요. 미인이시잖아요!
- '구미호'라는 말은 들었어도.
- 설마요?
- 같이 근무하던 부장 과장이 늘 부르던…. 근데 왜 이렇게 일찍 나 오셨어요?
- 오늘 토요일이라, 오전에 농협 들르려구요. 그나저나 혜수 씨는 왜 이렇게 일찍?
- 어머니가 제 옷이 영 마음에 안 든다고, 남자가 홀릴 만한 것으로 사 입으라 하셔서요.
- 이미 홀렸어요.
- 그러면 안 사도 되겠군요!

어제저녁 그의 학벌이 대변하는 수준을 생각지 않으려고 갖은 상상을 했다. 비록 후기 고등학교를 졸업했지만 책을 가까이하는 지적인 사람이기를 소원했다. 진한 베이지색 정장바지에 짙은 남색 반소매 티셔츠를 입은 그의 팔뚝이 굵고 실하게 느껴졌다.

읍에 도착하여 농협 주차장에 차를 세운 뒤 혜수를 기다리게 하고, 한참 만에 나왔다. 한 손으로 들고 있던 자그마한 가방을 다시 뒷좌석으로 던졌다.
- 옷 사 드려요? 제가 보기엔 오드리 헵번 같습니다만.
- 환상을 깨느니 이대로 있는 게 좋을 듯합니다.
- 연호사 잠깐 들러도 되겠죠? 어머니 심부름이 있어서요.
- 네에!

군청 고개를 넘자 확 트인 황강변이 눈앞에 펼쳐졌다.
- 합천에 명승지가 많아요, 그죠? 혹시 종교가?
- 딱히 없어요.
- 저도 무교입니다만, 부모님이 연호사에 다니시거든요, 주지스님을 뵈어야 하는데 같이 들어가시겠어요?
- 아니요, 다녀오세요.
- 시간이 좀 걸릴 거예요.
- 저는 여기 종일 있어라 해도 지루한 줄 모른답니다. 혼자 산책하고 있을게요.

그가 대웅전 안으로 들어가고, 혜수는 절 아래 강으로 내려와 바위에 걸터앉았다.

은빛 햇살에 반짝이는 물빛이 눈부시다. 바위 아래 수심 깊은 물을 보니 의암바위에 왜장을 안고 뛰어든 논개가 떠오른다. 남자에게 배신당한 뒤 몇 번 죽음을 생각했다. 수면제 몇 알을 삼켜봤는데 죽기는커녕 머리가 조금 아픈 것뿐이었다. 목을 매는 것은 더 무서웠다.

발아래 깊은 물을 보자 금방 뛰어내릴 수 있을 것 같았다.

'몇 초면 생이 끝날 것 같다, 할까, 말까?⋯ 열 번 세는 동안 생각해보자! 하나, 둘, 셋.'

이 모든 건 자신을 버린 남자 때문, 그 남자를 생각하자 창자가 끊어질 듯 격한 발작이 일었다.

'어쩌다 이 지경까지.'

열 번까지 세고 나면 강물로 뛰어내리고 말 것 같다.

'아아, 안 돼!'

자신이 죽고 난 뒤 어머니와 동생이 슬퍼할 걸 생각하자 복받쳐 오르는 감정을 누를 길 없어 '꺼억 꺼억' 소리 내어 울며 현장을 벗어났다. 남자에게 우는 모습 들키는 것도 우스운 모양새였다.

빠른 걸음으로 읍내로 들어서며, 어디로 가야 할지를 생각했다. 마땅히 갈 데가 떠오르지 않아 길가 화단 앞에 앉았다. 대구도, 시골도 자신이 있을 곳이 아니었다. 눈물은 어느새 가슴골을 타고 내려 치마까지 적셨다. 치마를 보자 또다시 미친 듯한 연민이 일었다.

'엄마!'

속에 있는 눈물을 탈수기로 짜듯 휘발시킨 다음 겨우 진정을 하고, 연호사로 되돌아갔다.

남자가 그녀를 죽었던 사람 돌아오듯 반겼다.
- 퇴짜 맞은 줄 알았어요.
- ....
- 미안해요, 제가 너무 늦게 나왔죠? 스님과 이야기가 길어지는 바람에.
- 아뇨, 제가 미안하지요.

차는 진주 방향으로 달리는 듯하더니 시내로 들어가지 않고 산청 쪽으로 빠졌다.
- 어어? 진주 가시는 거 아니에요?
- 운전사 마음입니다.
- 어디 가는지는 알아야.
- 지리산 쪽에 아름다운 계곡이 있어요. 가족과 함께 간 적이 있는데 주변 경관에 반해 애인 생기면 꼭 같이 오리라 생각했어요.
- 계곡, 계곡, 계곡이라.

스멀스멀 스미는 불안을 어쩌지 못했다. 꼬불꼬불한 산길을 끝도 없이 들어간다. 남자가 어쩌면 작정하고 왔는지 모른다. 두 사람의 숨소리가 차의 엔진 소리를 눌렀다. 뛰어내려야 하나, 밖을 내다보니 아슬아슬한 절벽 길이었다.

'여자는 버드나무 팔자여서 어느 땅에 꽂히는지에 따라 운명이 달라진다, 잘 살고 몬살고는 다 지 복인기라, 영순이 봐라, 어느 남

자라도 자슥 낳고 살면 정(情)들기 마련인기라.'

어머니의 말이 쟁쟁하게 울리며 체념 상태로 접어들었다. 어쩌면 자신을 버린 남자보다 더 여유 있는 삶을 제공할지 모른다.

점심시간이 조금 넘어 차는 '닭백숙'이라는 자그마한 간판이 달린 주차장으로 들어섰다.

혜수를 밖에 있게 하고 남자가 안으로 들어가 주문을 하고 나왔다. 메뉴는 한 종류라 선택의 여지가 없단다. 식사는 원두막으로 갖다 준다고 했다.

혜수는 그때서야 긴장이 풀리고 마음도 누그러졌다. 요소요소마다 돗자리 깐 소수 또는 다수 집단들이, 군데군데 서 있는 원두막이 사람들로 인산인해였던 것이다. 연호사에서의 행동에 미안한 마음이 들기도 했다. 이게 자신의 운명일지 모르겠다는 생각도 들었다.

- 저기 폭포수 물 떨어지는 거 봐요, 경치 아름답죠?
- 그러게요. 황진이 서경덕이 놀다 간 자리 같군요.
- 그 두 사람 이름 들어봤는데, 혹시 독립운동한 뭐어 그런 사람들이죠?
- 저도 독립운동은 안 해봐서요, 아름다운 연애를 했던 사람들인 것 같습니다. 그러나 밀당도 적당히 해야지 너무 나가면 틈이 생기기 마련이라는 교훈을 제공했던 커플 같아요.
- 역시! 공부도 연애로 접근하니 재미있군요.

함께 걷던 혜수가 남자더러 먼저 가라 이르고 식당으로 돌아와 화장실을 들렀다.

　화장실에서 나오니 어느 원두막을 가리키며 '우리 자리'라고 사인을 해줬다. 손을 들어 알았다는 표시를 하자 남자는 원두막을 지나 물가로 갔다.

　원두막에 이른 혜수는 지저분한 내부에 인상이 찌푸려졌다. 조금 전까지 사람들이 있었는지 어지러운 물건들로 가득했다. 크나큰 재떨이에 공깃밥처럼 수북하게 담배꽁초가 쌓여 있고, 목침, 부채, 수건인지 마른 걸레인지가 제멋대로 놓여 있었다. 큰 판이 벌어졌던 듯 둘둘 말린 담요 사이 화투장 몇 개가 고개를 삐죽 내밀었다. 밀려드는 손님으로 인해 청소를 못한 듯했다.

　그곳에서 밥을 먹어야 한다니, 청소를 하지 않을 수 없었다. 냄새 나는 재떨이 먼저 비워야 할 것 같아 구두를 벗은 채 그것을 들고 남자 앉은 물가로 갔다.

　- 에이, 뭘 청소한다고 그러세요?

　- 재떨이라도 비우게요.

　- 발이 예쁘군요.

　- 제가 좋아하는 남자 앞에서 신발을 잘 벗지 않거든요. 높은 구두로 그나마 유지하던 키가 푹 꺼져서요.

　- 섭섭한데요. 첫날은 엄청 작아보였는데 지금은 저보다 더 커 보여요.

　- 역시! 사람의 키는 내면의 깊이와 합쳐지기 마련, 제 내장 중 간댕이가 좀 큰 편인데 그게 아마 키에 반영됐을 거예요.

- 큭큭큭, 저는 지금껏 혜수 씨처럼 키가 큰 여성을 보지 못했어요.
- 에이, 또 막 나가신다.
- 그나저나 키가 얼마예요?
- 152.5센티미터거든요. 돈 계산할 때 소수점은 반올림을 하잖아요. 남녀 간 상거래 흥정 중이니 153센티미터로 상품 출시해도 되죠?
- 국가 기밀로 유지하겠습니다.
- 사실 이 비밀 털어놓은 사람이 처음이에요. 이제 우리 한편 먹은 깐부예요.
- 푸하하하, 하하하하.
- 이제 제가 질문 드려도 되나요?
- 처음 만날 날도 저에게 아무 질문을 하지 않아 서운했어요. 관심이 있으면 묻는 게 인지상정인데 말이죠.
- 나이, 키, 몸무게, 직업을 순서대로 나열하시오!
- 그날 어머니께 다 들었다 하지 않았어요? 설마 제 나이도 직업도 몰랐단 말이에요? 서운합니다.
- 형님과 누나들 판사, 의사, 교사 등이라고만, 정작 당사자에 대해선 모르시더라구요.
- 혜수 씨가 그런 조건에 휘둘릴 사람은 아닐 것 같은데요.
- 퍼뜩 계산기를 두들겼죠. 결혼해서 대학 가면 되겠구나!
- 부라보! 저 내년에 대구시 D대학 들어가려고 해요. 지금 짓고 있

는 중이라 특정 학과를 제외, 미달학과가 많을 거라 들었어요. 예비고사만 치르면 무조건 뽑아준다고.
- 공부하기 싫다는 분이 굳이 대학에?
- 공부 못한다고 꿈도 없다고 생각하면 큰 오산이에요. 저는 장차 정치가가 될 거예요. 부모님과 형제들이 대학 감투는 써야 유권자들에게 말발 먹힌다고, 우리 결혼해서 같이 대학 갑시다!
- 제 주변 남자들 하나같이 뜬구름을 잡는 것 같죠? 얼마 전까지 만나다 채인 놈이 있는데 유학 간다면서 절더러 벌어놓은 돈 얼마 있냐고, 없다고 하자 미련 없이 가버려….
- 아이 그 XX! 장담하건대 '그 XX' 성공하면 제 손에 장 지질게요. 남자 새끼가 쪼잔하게 여자한테 돈 달란 말을?
- '그놈' 정도로 순화하시죠. 아무리 안 듣는 데지만.
- 아직 '그놈'을 마음에 두고 있나요?
- 저 싫다고 간 사람 굳이, 나머지 질문에 답해주셔야죠.
- 나이 혜수 씨 더하기 2, 키 177, 몸무게 77, 직업은 현재 형님 병원에서 일하고 있어요. 내년에 대학에 들어갈 테니 곧 백수 되겠군요.
- 그럼 뭐 먹고 살죠?
- 부모님도 저의 대학 진학을 강력히 원하시니, 빨대 꽂아야죠.
- 한 컵에 빨대 두 개 꽂고 마셔도 될까요?
- Sure why not! 제가 아는 유일하게 긴 영어 문장이 몇 개 있는데 그중 하나예요.

- 이렇게 감동적인 영어는 제 생전 처음이에요.

- 혜수 씨! 사랑스러운 분이에요.

혜수는 '사랑'이라는 말이 너무 가까워 얼른 분위기를 반전시켰다.

- 가서 청소 마저 해야겠어요.

- 밀치고 그냥 먹읍시다. 청소하며 저도 버릴 것 같아, 밥 오면 불러 주세요.

흐르는 물에 재떨이를 닦고 돌아온 혜수는 원두막 안으로 들어갔다. 담요를 펼치고 안에 있던 화투를 정리하여 곽에 넣은 다음 개켜 한쪽으로 치운 뒤 목침과 부채 등도 구석으로 몰아 두었다. 마른 수건인지 걸레 옆 낡은 옷이 보였다. 들고 보니 얇은 여름 점퍼였다. 낡고 너덜너덜한 것으로 보아 놀던 사람이 일부러 버리고 간 것으로 짐작되었다. 혹시 찾아올지 모른다는 생각에 구석에 둘 요량으로 개키던 중 주머니에서 묵직한 무엇이 느껴졌다.

- 어머! 어어, 허억!

만 원짜리 지폐가 빽빽하게 들어 있는 게 아닌가!

'저 사람에게 얘기를 할까, 식당 주인에게 해야 하나? 아니면….'

혼란의 도가니에 빠져있는 동안 식사가 왔다. 일단 점퍼를 돌돌 말아 담요와 목침 사이 숨겼다.

둥그런 앉은뱅이 상 위에 냄비 수북이 닭백숙이 담겨 있고, 겉절이, 깍두기, 풋고추와 된장, 소금 등이 놓여 있었다. 원래 고기를 즐기지 않는 데다, 너무나 충격적인 상황에 음식이 입에 넘어갈 리 만무했다. 찹쌀죽만 홀짝거리는 그녀에게 남자가 닭다리를 뚝뚝 뜯어 그릇으로 옮겨주었다.

- 오늘 혜수 씨 만나러 간다니까 어머니께서 아가씨 몸이 너무 약하다고 걱정하시더군요. 이런 거 많이 드셔야 해요.

남자가 무슨 말을 하는지 더 이상 귀에 들어오지 않았다. 오로지 목침 뒤에 도사린 선악과를 어떻게 처리할지에만 신경이 곤두섰다. 혜수는 자기 그릇에 놓인 고기를 남자 그릇으로 옮겼다.

- 이러면 반칙이에요. 일단 이거 하나라도 드세요. 그거 드셔야 청혼합니다.

- 닭다리 하나로 멋진 남자를 살 수 있다니요. 제가 종훈 씨보다 영어 공부는 잘한 것 같으니 조금 긴 영어 문장으로 감사 인사드릴게요. "Thank very much for your commercial dealing!"

- 휴우! 앞부분은 충분히 이해하겠군요. 누구 앞에서 공부하지 못한 게 부끄럽기는 처음이지 싶습니다. 대학 가서 열심히 해야죠.

- 외모, 재산도 경쟁력, 종훈 씨 조건으로 모든 걸 상쇄할 수 있다고 생각해요.

- 저 예쁜 여자 좋아했거든요. 혜수 씨 알고부터 이상형이 백팔십도 바뀌었어요.

- 제가 '안 미인'이라는 말씀으로 들리지만 종합적으로 칭찬 같아 기분 좋군요. 근데 왜 본인을 자꾸 무식한 쪽으로 세우려 들죠? 꽤 수준 높아 보이는 책도 차 안에 있더군요.

- 우리 아버지 건데, 혜수 씨 수준 맞춰 골라 챙겼어요. 한 페이지조차 열지 않았습니다만.

- 차는 누구 거예요?

- 형님 거, 아가씨와 데이트 한다고 빌려 달라 했더니, 제대로 된 아가씨라면 차 때문에 퇴짜 맞을 거라고, 혜수 씨와 결혼하게 되면 '굼벵이도 구르는 재주가 있구나!' 아마 엄청 놀랄 거예요.

백숙 국물 한 점 없이 깨끗이 비운 그는 땀을 뻘뻘 흘린 것이 무안한지 물가로 가겠다고 하며 자리에서 일어났다.

혜수는 밥 먹는 내내 선악과에 이브가 당한 것을 생각했다. 물욕을 인간본능의 하나로 합리화하며 돈을 몽땅 꺼내 자신의 핸드백 속으로 넣었다.

그런 다음 남자가 있는 곳으로 갔다.

'*&^%$#@!@#$%^&*….'

무슨 말을 하는지, 아무 소리도 귀에 들리지 않았다. 시종일관 원두막에만 신경을 곤두세웠는데, 식당 아줌마가 상을 치우고 이어 그들과 같은 남녀 커플이 들었다. 천우신조가 아닐 수 없었다.

- 체했는지 속이 메슥거리고 머리가 아파요.

혜수의 재촉에 남자가 걱정하는 얼굴로 일어섰다.

- 식당에 소화제 있는지 알아볼까요?

- 아뇨, 빨리 집에 가고 싶어요.

그가 조수석 문을 열고 혜수를 앉힌 뒤 운전석에 앉아 시동을 켰다.

비로소 숨이 쉬어진다고 느끼던 순간, 후진 기어를 넣던 남자가 차를 세웠다.

- 잠깐만요, 뭘 잊고 와서.

그가 차 문을 열고 헐레벌떡 원두막 쪽으로 뛰어갔다. 몸을 돌려 그를 지켜보던 혜수는 아연실색했다. 그의 손에 들려 있는 것 때문이었다. 바로 그 점퍼였다.

아무런 일도 없다는 듯 차 문을 열고 잠바를 뒷좌석으로 훌러덩 던진 그는 주행기어로 바꾸고 출발했다.

공포였다! 지구가 멸망하거나 차가 땅속으로 꺼지기라도 했으면 싶었다. 남자가 점퍼를 입은 것도, 손에 들고 있는 것도 본 적이 없었다. 작은 손가방을 손에 들고 있었을 따름이었다. 그 또한 차 뒷좌석에 두고 내렸다.

그가 약국에 들르자는 걸 혜수가 결사항전으로 맞서며 집으로 왔다. 혜수의 만류에도 기어이 집까지, 어머니에게 인사까지 하고 돌아갔다.

남자는 매일 혜수네 집으로 전화를 걸었지만 혜수는 받지 않았다. 전화벨이 울릴 때마다 경기를 일으키거나 발작할 것만 같았다.

- 니가 뭐 잘났다고 그 좋은 총각을 마다 하노? 대학을 나오기를 했나, 가진 게 많기를 하나! 니 주제에 그런 남자면 하나님 부처님 감사합니다지.

사방에서 전화가 걸려왔다.

- 영순이가? 아무래도 저기 미친 기라, 속을 알 수 없다. 무슨 일이 있었는지 모르겠다만 건강한 남자가 그라마 입도 못 마출까 봐, 아이라 그날 해 떨어지기 전에 들어왔어, 저기 얼마나 고집이 센데, 같이 잤을 리가 없다, 내사 날밤이라도 새고 왔으면 싶다!

동생이 있는 자리에서 어머니와 영순 언니의 통화를 듣는 일은 참담했다. 사랑하는 남녀가 밀실에서 공유해야 할 엄밀하고 내밀한 성(性)을 어머니가 전화선으로 만방에 고하는 것 같아서였다. 징그러운 벌레가 온몸을 타고 다니는 것처럼 수치스럽고 민망한, 견디기 힘든 지옥이었다.

동생이 대구로 떠난 다음 날 총각 어머니가 혜수네 집을 찾았다. 어머니는 상감마마라도 행차한 듯 버선발로 뛰어내려 마루로 안내했다. 허둥대며 미숫가루 휘휘 저어 쟁반에 받친 뒤 대령했다. 그럼 다음 혜수까지 끌어와 함께 머리를 조아렸다.

- 이리 누추한 집을.
- 무슨 그런 말씀이세요? 미숫가루가 고소하니 맛있네요.
- 좋은 거 넣는다고 다 넣었는데, 입에 맞으시다니 ㅎㅎㅎㅎ.
- 아가씨, 우리 종훈이가 그날 무슨 실수라도 했나요?

교장댁은 어머니의 아부가 아무래도 불편한 듯 갑자기 화살을 혜수에게로 돌렸다.

- 아이고 사모님, 건강한 총각이 처녀한테 실수하지 않으면 그게 이

상한 거지예. 지도 주제를 아는지라, 본인이 딸린다고 생각해서 그럴 낍니더.

혜수의 침묵을 견딜 수 없었던지 어머니가 횡설수설했다. 발에 상장이 채인다고 할 때는 언제고 이제 딸을 무지막지하게 끌어내렸다. 어머니의 속내가 빤히 짐작되었다. 이미 총각이 딸에게 넘어갔다는 사실을, 매가 사냥감을 포착하듯 감지했기 때문이리라.

- 첫날 다방에서 저희가 좀 무례했죠? 다른 의도는 없었고 오로지 너무 약해 보여 걱정했을 뿐이에요. 좀 더 시간 가지며 서로 알아가는 건 어떤지요?

중죄인처럼 꿇어앉아 손톱만 만지작거리던 혜수가 약하게나마 고개를 끄덕인 것은 단 1초라도 빨리 교장댁이 갔으면 싶어서였다.

- 합천군에서 이름난 집안이다. 저런 집안에 시집가는 건 버드나무가 가장 좋은 땅에 심기는 기라, 선생 월급 얼마 돼서 7남매를 저리 훌륭하게 키웠겠노, ○○면에서도 훌륭한 선생이라고 소문이 자자하더라.

하찮은 교장질(?)에서 어느새 위대한 교육자로 재탄생하고 있는 동안, 혜수는 도망치듯 대구로 달아났다. 더는 어머니를 비참하게 만들고 싶지 않았다.

운명인지 인연인지 자신을 버리고 간 남자가 다시 그녀를 찾아 결혼하게 되었다.

그는 구청장에 당선되었다. 대구에서는 깃발만 꽂으면 되는 당 소속이어서 그의 승리를 의심하지 않았다. 즉시 축하 난을 보냈다.

"당선을 축하드립니다. 152.5cm 드림."

밀려드는 축하 난, 꽃바구니 화환 등에 거들떠보지도 않았는지, 아무런 답이 없었다.

취임식이 있은 지 한 달이 되어가던 무렵, 친정인 대구에 갈 일이 있었다.

일찌감치 SRT를 타고 내려가 박종훈이 근무하는 구청에 들렀다. 수표 한 장을 동봉한 편지를 직원에게 부탁하고, 얼른 관청을 빠져나와 택시에 올랐다.

★박종훈 구청장님께.★
당선 축하드립니다.
그날 제가 박종훈 씨 점퍼에 있던 돈을 가져왔습니다. 그 일 때문에 지금껏 주홍글씨에서 헤어나지 못했습니다. 부디 이것으로 저의 가슴팍 죄의 흔적을 지워주시옵기를….
                                        김혜수 드림.

그날 저녁, 오빠 집에서 그의 톡을 확인했다.

"기껏 이것으로 주홍글씨 떼 달라구요? 어림없어요! 만나서 직접 뗄 기회 주시지 않으면 언론에 퍼뜨리겠습니다. ○월 ○일 서울 갈 일이 있습니다. W 호텔 11:30…."

W호텔 뒤로 펼쳐진 산에는 벌써 가을이 오고 있었다. 통유리 너머 보이는 한강에 청명한 하늘이, 그 위로 물새들이 몇 폭의 병풍을 수놓는 듯했다.
 -백오십삼센티미터 김혜수 작가님!
 그는 수행비서와 함께 등장했다. 세 사람이 함께 식사를 한 뒤 비서에게 열차 시간에 맞춰 오라 이르고, 커피숍으로 자리를 옮겼다. 수표를 돌려주며 말했다. 그날 돈의 행방에 대해 조금도 혜수를 의심하지 않았단다. 그들 다음 들어간 젊은 커플을 의심했지만 직접 보지 않았기에 따지지도 않았다는 것이다.
 "콸콸 쏟아지는 폭포수… 황진이 서경덕이 놀다 간 계곡바위… 선명한 글씨로 새겨진 원각(原刻)의 비석…."
 산그늘이 통유리 창으로 들어오는 동안 어느새 글씨 원형에 이끼가 끼고 더께가 앉으며, 이름 모를 비석처럼 글씨가 희미해져 갔다. 타임머신을 타고 그 자리, 그 시간으로 거슬러 오르는 동안, 어느새 자연과 동화된 비석과 어우러진 한 편의 수채화만 남았다.

 집에 오니 남편과 아이들이 피자와 치킨으로 저녁을 대신하고 있었다.

- 어디 갔기에 전화, 톡 다 무시하고....

- 지리산 다녀왔어.

- 정말? 엄마 진짜야?

- 흐흐, W호텔 지리산 사진 전시회 다녀왔어.

- 그러면 그렇지, 엄마는 음악회, 전시회, 박물관 가면 연락두절....

- 전시회 하던가 봐? 작가가 누구던고?

- 박종훈, 김혜수.

- 당신과 동명이인?

- Absolute secret!

혜수는 자리에 누워 25년여 만에 해방된 '주홍글씨'에 대한 사연을 이야기해주었다.

남편의 눈에 눈물이 고였다.

신神의 선택

慶次の腹心

중편소설

고등(高等) 동물

인생은 활과 방패를 바꿔가며 계속 번갈아 들어야 하는 선택의 연속. 공격과 방어를 적절하게 활용하며 묘수를 찾아가야 한다.

1

 두 딸로 보이는 보호자의 부축을 받으며 진료실로 들어오는 노인의 허리는 약 30도 이상 굽어 있었으며 얼굴은 고통으로 일그러져 있었다. 간호사가 급히 의자를 갖다 대자 무너지듯 풀썩 주저앉았다. 노인의 키와 체격은 한눈에 보기에도 보통 사람보다 컸다. 그 체중을 온전히 양 보호자에게 의지하고 있던 터라 의자 위에 앉는 순간 두 딸의 중심이 아래로 쏠렸다.
 접수된 환자의 정보를 열자 이름은 문○○, 나이는 80세로 기록돼 있었다.
 – 어서 오세요. 어디가 불편하세요?

고등(高等) 동물

- 아이고 되다. 휴우!
 - 아버지 다리가, 무릎이 좋지 않으세요.
두 딸이 연이어 대답했다.
희수는 일단 필요한 검사를 해보고 의논 드리겠다며, 휠체어에 환자를 앉힌 뒤 검사실로 보냈다.

노인의 무릎 연골은 아예 다 닳고 없었다. 대한민국 의료 수준과 건강보험시스템이 세계 어느 나라보다 높고 훌륭하기에, 웬만한 가정에선 환자를 저 지경까지 두지 않는다. 환자 본인의 아픔을 지켜보는 가족들이 오히려 고통을 호소하며 서둘러 수술을 결정하는 경우가 많기 때문이다. 동행한 두 딸의 겉모습과 대화에서도 대략적인 수준을 짐작할 수 있었고, 혈액이나 소변 등의 결과도 깨끗하고 양호한 편이어서 더더욱 이해되지 않았다.
희수는 방사선 촬영 결과를 화면에 띄우며 환자와 보호자에게 설명했다. 인공관절로 대체하는 수술밖에 답이 없다는 것을.
 - 대학병원에서도 수술을 권했어요 하지만 아버지가….
한 딸의 말이 채 끝나기도 전에 노인이 발끈하며 화를 냈다.
 - 그놈의 대학병원, 대학병원, 내 앞에서 그 말 하지 말랬잖아!
 - ….
딸들은 아버지의 호통에 몹시 무안하고 민망한 표정으로 얼굴을 붉혔다.
 - 어르신, 인공관절 부착하면 20년은 성성합니다. 연세가 있는 분

들의 수술 여부는 다른 지병의 유무, 현재의 건강 상태 등으로 현재보다 삶의 질이 나을 것인가로 판단하지요. 현재로선 수술이 최선입니다.

- 죽어도 여한이 없는 인생이지만 죽는 게 마음대로 안 되니.... 아들과 의논해보고 다시 오겠소. 강한 진통제 좀 처방해 주시오.
- 진통제로 버티는 데는 한계가 있습니다. 수술하시면 삶의 질이 훨씬 높아질 텐데 왜 이렇게 수술을 마다하시죠?
- ....

희수의 물음에 세 사람은 약속이라도 한 듯 굳게 입을 다물었다.

그로부터 며칠이 지난 월요일이었다. 오전 업무를 시작하며 예의 문 노인이 응급실을 통해 입원했다는 사실을 알았다. 그는 특실에 들어 있었다.

오전 회의를 마치고 회진을 돌며, 문 노인 병실로 들어갔다.

- 허억!

희수의 심장이 멎을 뻔했다. 노인 침상 옆에서 벌떡 일어서는 보호자 때문이었다.

- 안녕하세요?

말문이 막힌 희수 대신 보호자가 먼저 이쪽으로 인사를 해왔다.

- 아, 아, 안녕하세요... 어르신 수술 않겠다더니... 마음 바꾸셨는지요?
- 큰아들이 왔응께로....

- 네에, 잘하셨어요. 지금보다 훨씬 나은 삶이 기다리고 있을 겁니다.

노인은 전혀 환자 같지 않은 표정으로 웃고 있었다. 희수는 자신의 심장을 내려앉게 한(!) 보호자에게 수술 날짜와 절차 등은 간호사에게 문의하라 이르고, 쫓기듯 방을 나왔다.

- 문주성이 보호자라니! 문주성의 아버지셨다니....

혼란스러운 마음으로 오후 진료까지를 겨우 끝내고 퇴근하여 바로 위층에 사는 어머니 집에 들렀다.

- 어어? 이모. 오늘 무슨 날이에요?

올해 의과대학에 들어간, 호적상 조카로 되어있어 본인도 희수의 조카로 알고 있는 재영이 반가워하며 그녀를 맞았다.

- 그러게, 무슨 날일까?
- 이모가 이렇게 일찍 퇴근하시는 날은 가족들 생일이거나.... 특별한 행사일 외는 없었던 것 같은데요?
- 반갑다는 뜻으로 해석해도 되지?
- 당근이죠!
- 고마워 내 사랑 재영. 우리 가문의 가장 위대한 업적이 재영을 탄생시킨 일임을, 늘 신께 감사해한단다.
- 원래 업적 같은 건 후세가 평가하는 거 아니에요?
- 초고속 인터넷 시대잖아!
- 역시! 우리 이모 유머와 위트는 MZ세대들에게도 전혀 뒤떨어지

지 않는다니까요.

- 앞선다고 해야지!
- Yes, you're right. my dear aunt!

스무 살 청년답게 풋풋한 웃음을 던지는 그의 얼굴이 눈부시다. 오늘 있었던 일을 생각하니 감정이 차올라 밥을 먹다 말고, 일을 핑계로 부랴부랴 아래층으로 내려오고 말았다.

다음 날 오전 회진시간, 희수는 문 노인의 방 앞에서 크게 심호흡을 한 뒤 들어갔다. 다행히 병실엔 노인 혼자 있었다.

- 어디 불편한 데 없으세요? 수술 날을 모레 오전 8시로 결정하셨군요.
- 아들이 그날 내려온다는구만요.
- 네에, 아드님이 어디서 뭐하시는 분일까요?
- 사업한다고 눈코 뜰 새 없이 바빠요.
- 으음, 전 또 영화배우나 탤런트, 모델인 줄 알았어요.
- 허허허허....

희수는 노인으로부터 느껴지는 쩌릿한 전류가 자신과 재영에게로 이어지는 큰 파장을 느꼈다.

퇴근 후 어머니 집에 들르자 역시나 재영이 그녀를 반갑게 맞았다.

- 우리 이모 '참 잘했어요' 스티커가 벌써 몇 개죠?

- 스티커 많이 받으면 무슨 상품이 기다리고 있나요?
- 아마 백마 타고 오시는 멋진 이모부를 만날 수 있지 않을까요?
- 오우 마이 갓, 땡큐!
- 그래, 너는 무슨 과를 선택하고 싶니?
- 진로는 좀 더 고민해 보려구요. 아마 이모와 같은 정형외과 아니면 응급의학과, 외과, 정신과도 끌려요.
- 그래, 아직 시간 있으니 천천히 생각해보렴.
- 제가 늘 궁금하게 여기던 질문인데요, 이모는 왜 정형외과의가 됐어요? 이모가 정형외과 의사라고 하자 친구들이 고개를 갸웃하더라구요. 여성들이 기피하는 분야라면서.
- 요즘은 어느 직종을 막론하고 남녀 구분이 없어지는 추세야. 너의 친구들 빼딱한 고개도 이해되긴 해. 당시 우리 과에 여학생은 나 혼자뿐이었거든.
- 이모 강적인 줄은 알고 있었지만... 상상이 안 되네요.
- 인기 '짱'이었겠다는 생각은 안 해봤니? 군계일학이었어!
- 물론 그랬을 것 같아요.

재영은 가지런한 치아를 드러내고 활짝 웃으며 희수를 향해 '엄지 척!'을 세워 올렸다. 그와 있는 시간은 늘 행복하고 엔도르핀이 상승한다.

식사를 끝내고 재영을 힘껏 안아준 뒤 아래층으로 내려온 희수는 주방 싱크대에서 테킬라를, 냉장고에서 라임 조각을 꺼내 식탁에 앉았다. 잔에 테킬라를 가득 따라 입안으로 털어 넣은 뒤, 라임을 소금에 찍어 입에 넣고 즙을 짰다. 불이 난 듯 화끈화끈 타오르는 목구멍을 양쪽 볼에서 샘솟는 라임의 강한 신맛이 천천히 위무하며 내려갔다.

문 노인-주성-재영이 나란히 서 있는 그림을 떠올리자 우주의 가없는 기운이 전신을 휘감는 듯했다. 깊고 깊은 땅속에서 올라오는 수맥의 기운이 창공으로 끝없이 뻗어나간 나뭇가지와 잎새 하나에까지 전달되는.

– 아마 백마 타고 오시는 멋진 이모부를 만날 수 있지 않을까요?

무심결에 뱉은 그의 말에 소름이 돋았으며, 요동쳤던 청춘의 시간이 빼곡하게 저장된 USB를 툭! 던져주는 듯했다.

땅속 깊이 박혀있는 뿌리에서 스스로 솟구치는 생명력을 이제는 도저히 어찌할 수가 없다. 마주할 밖에는.

자신이 살고 있는 전라도 광주의 어느 국립대학 의과대학에 입학한 지 한 달여 지난 4월의 초순이었다. 오전 수업을 마치고 의대관을 나온 희수의 눈앞에 펼쳐진 세상은 지금까지 느끼지 못했던 무릉도원(武陵桃源)이었다. 신이 나뭇가지에만 소복이 눈을 내려놓고 간 듯, 벚나무마다 하얗고 몽실몽실한 꽃송이들이 눈부시게 창공을 수놓고 있었다.

재수에 이어 삼수를 거쳐 입학했던지라 수년 동안 계절의 변화를 느끼지 못했다. 학교, 학원, 집, 세 꼭짓점을 '국·영·수·사·과'를 달달

외우며 다람쥐 쳇바퀴 돌 듯했기 때문이다. 억눌린 세월 동안 응집된 청춘의 열기가 그 시간을 기점으로 곧 터질 풍선처럼 부풀었다.

꽃잎이 하늘거리는 벚나무 아래서 걸음을 멈추고 하늘을 올려다보니 하얀 꽃들이 파란 여백을 배경으로 팝콘처럼 톡톡 터지고 있었다.

~~~

사나이로 태어나서 할 일도 많다만 너와 나 나라 지키는 영광에 살았다

어디선가 분위기에 어울리지 않는 군가가 들려왔다. 소리 나는 쪽은 저 아래 주차장 옆 운동장이었다. 어림잡아 백여 명 되어 보이는 군인들이 노래를 부르고 있었다.

- 웬 군인들이 대학 캠퍼스에? 설마 5·18 같은?

"차렷!-열주우웅 쉬엇!-뒤로오 돌앗!-앞으로오이 갓!…하나! 둘! 하나! 둘!…."

우렁찬 구호와 함성, 자로 그은 듯한 직선(線)의 대열…, 집단 제복의 통일된 동작에 넋이 빠져 있었다.

잔디밭에 퍼질러 앉아 시간 가는 줄 모르고 구경하고 있는 사이, 어느새 대열이 느슨해지며 군인들이 하나둘 사라지기 시작했다.

희수는 원래 가려던 목적지로 향했다. 입학 첫날부터 의대관 내 도서관을 피해 공과대학 도서관을 찾았던 이유는 그녀만의 비밀스런 이유가 있었다. 남녀공학이었던 고등학교에서 친하게 지냈던 남

자친구 서너 명이 그 대학 공과대학에 재학 중이었는데, 희수의 합격 소식에 축하해준다며 일단 공대도서관으로 오라고 했다. 잠시 만남의 장소로 들렀던 곳이었으나, 알 수 없는 매력에 빠지고 말았다. 외가 위주로 살아온 가정 분위기 탓에 아버지 쪽 친척은 만날 일이 거의 없다 보니 여자들만 있는 환경에서 자랐다. 외조부모와 그녀 부모가 딸만 줄줄이 사탕으로 낳아 집안에 남자 그림자조차 없었던 것이다.

 요 며칠 동안 이몽룡과 성춘향의 뜨거운 사랑, 섹스신(?)을 암시한 소설에 빠져 있었다. 아직 시험 기간이 아닌 데다 바깥 날씨가 사람을 유혹해선지 실내 도서관은 비교적 한산했다. 희수는 읽다 만 책을 찾아 구석진 자리를 찾아들었다. 늘 앉는 자리였다.

~~~~

 사랑사랑 내사랑아 어화둥둥 내사랑아
 이제너는 여자됐고 이제나는 남자됐네
 너는나서 계집녀자 나는 나서 아들자자
 계집녀에 아들자가 찰떡처럼 붙고보니
 좋을호자 아니겠냐 사랑사랑 내사랑아
 어화둥둥 내사랑아 오늘저녁 우리둘이

~~~~~

 이몽룡과 성춘향은 심기일전하여 다시 합을 겨루기 위해 몸을 풀었다. 처음보단 훨씬 더 여유가 생기고, 서로의 몸에서 솟은 곳 가라앉은 곳도 손에 잡히고, 몸뚱이는 다시 뜨거워진다.

몽룡은 조물주가 사람에게 이런 일을 할 수 있도록 해준 게 그저 고마울 따름이다.

"춘향아, 나는 이제 죽어도 좋다. 방자 왈, 아침에 살 섞고 나면 저녁에 죽어도 좋다고 했는데, 이제야 그 말이 실감나는구나!"

~~~~

(박상률 '방자왈왈'에서)

문살 틈 창호지에 침을 발라 낸 구멍으로 어느 야한 장면을 훔쳐보듯, 이몽룡과 성춘향의 밀실을 훔쳐보고 있었다.

'쿵!' 하는 인기척에 마치 도둑질을 하다 들킨 사람처럼 희수는 후다닥 책을 덮었다.

- 이크! 방해를 드렸다면 미안해요.

훤칠한 키에 짧은 스포츠머리를 한 건장한 남자가 바로 앞자리에 짐을 풀고 있었다. 방금 샤워를 하고 왔는지 상큼한 비누향이 풍겼다.

희수는 후다닥 옆에 두었던 고전문학 책으로 이도령과 성춘향의 섹스신을 가렸다.

"나는 내 속에서 스스로 솟아나는 것, 바로 그것을 살아보려 했다. 그것이 왜 이토록 어려웠을까?" -헤르만 헤세《데미안》-

철학적인 문구가 보이도록 페이지를 펼쳐놓은 뒤, 자리에서 일어나 화장실로 갔다.

세면대 거울 앞에서 연한 립스틱을 바른 뒤 머리카락을 정돈하고, 헛기침으로 목소리를 가다듬은 뒤 자리로 돌아왔다. 의자에 앉는 동안 그와 우연처럼 눈이 마주쳤다.

도무지 뛰는 가슴을 진정시킬 수 없었다. 그의 외모에서 느껴지는 위압 때문이었다. 그는 〈바람과 함께 사라지다〉에 출연한 할리우드 배우 「클라크 케이블」의 이미지를 상상케 했다. 떨려오는 가슴을 진정키 어려웠지만 티를 내기 위해 눈에 들어오지 않는 책장을 일정한 시간 간격으로 넘겼다.

두어 시간 연기를 마친 뒤 저녁 시간이 다 되어갈 무렵 그녀는 자리에서 일어났다.

다음 날 수업이 끝나자마자 도서관으로 달려갔다. 다행히 자신의 자리가 비어있었다.

얼마 후 바로 앞과 옆자리에 일행으로 보이는 남학생들이 우르르 몰리며 그녀를 섬처럼 에워쌌다. 하늘이 무너지는 느낌이었다. 그날 그가 왔는지 알 수 없었다.

몇 날을 그렇게 돌았는지 기억에 없다. 매일같이 자신의 소지품을 옆자리에 올려두었던 어느 날 그가 나타나 능글맞게 물었다.

- 여기, 제 자리죠?
- 주여! 관세음보살!

희수는 얼굴을 붉히며 자신의 물건을 치워주었다.

2

주성과의 연애는 그렇게 시작되었다. 그를 알고 나서 ROTC를 알게 되었다. 주성은 4학년이었고 희수는 이제 갓 대학에 입학한 새내기였지만 삼수를 한 까닭에 동갑이었다. 그는 인문계고등학교가 아닌 기계공업고등학교를 졸업한 후 대학에 들어왔으며 세부 전공은 '화학공학과'라고 했다.

어머니가 영어교육학과 출신이어서 영어에 대한 관심이 높았다. 아버지가 해외 학회나 세미나 등에 참석할라치면 자식들의 영어 공부를 목적으로 원어 영화 테이프를 사오라고 주문했다. 엄격한 집안 분위기에 예외적으로 허용된 숨구멍이었다. 희수는 그중 〈바람과 함께 사라지다〉를 가장 좋아했다. 스토리도 재미있었지만 '클라크 케이블'이라는 배우에 가슴이 설렜던 이유도 있었다. 2차 성징이 나타나며 심한 사춘기 열병을 앓았던 이유도 그에 대한 연정에서였다.

문주성! 키 180cm, 몸무게는 80kg, 넓은 가슴, 건강한 웃음…. 밤마다 에로틱한 사랑을 나누는 상상을 하며 잠이 들었던 「클라크 케이블」이 문주성으로 나타났다. 마치 꿈속처럼.

예과 일학년 동급생들에 비해 희수는 비교적 쉽고 수월하게 과제를 할 수 있었다. 삼수를 하는 틈틈이 스트레스 해결 방안으로 읽어냈던 책들이 많은 도움이 되었고, 긴 세월 알게 모르게 쌓아온 한숨이 비옥한 거름으로 쌓여 있었다.

그녀는 학과공부는 뒷전으로 오로지 연애사업에만 몰두했다. 하루라도 그를 보지 못하면 갈증이 일었다.

만남이 잦아질수록 애정지수도 올라가 면학 분위기가 만연한 도서관에서의 데이트로는 성이 차지 않았다. 캠퍼스 벤치, 주차장 공터, 잔디밭…. 서로의 손을 마르고 닳도록 만질 수 있는 영역으로 점차 범위를 넓혀갔다. 하지만 주성은 늘 시간에 쫓겼다. 학과 공부와 ROTC 훈련, 주말 과외를 하고 있었기 때문이다.

곧 여름방학이다. 희수는 주성이 방학 동안 군부대로 들어가 훈련받는다는 소식에 왠지 모를 불안감이 느껴져 주성에게 애교를 부렸다. 훈련소 들어가기 전 하루 데이트하자고 졸랐다.

아침 첫차를 타고 오전 10시가 넘은 시간 덕유산 무주구천동에 도착했다. 버스에서 내리는 그들을 맞은 것은 병풍처럼 둘러싸인 울창한 수림에서 뿜어져 나오는 맑고 신선한 공기였다. 연신 재채기를 해대는 희수의 등을 주성이 부드럽게 토닥거리며 말했다.

- 도시의 찌든 때를 달고 온몸이 신선한 공기로 교체되는 과정에 일어나는 물리적인 반응이야.
- 그럼 주성 씨는 왜 안 해?
- 나는 이미 너무 찌들어 물리적 반응으론 어림없어. 오로지 화학반응으로만.
- 알아듣게 설명해줘.
- 19금인데 괜찮겠어?

- 19 + 4= 얼마?
- 화공학 기초이론인데 어렵지 않으려냐? 오염수와 정수를 혼합하면 오염의 정도가 희석되고, 정수의 양이 많을수록 오염의 정도가 약해지고, 서로 결합하는 동안 한쪽의 오염도가 낮아지지. 서로 다른 극끼리 결합해야 반드시 전류가 통하는, 신이 마지막 날 창조하고 보기에 가장 좋았더라 하신 인간의 양극, 남자와 여자의 결합!
- 푸하하하.... 난 또 대단한 화공학 이론인 줄, 개똥철학 내지 사이비 교주!

한번 웃음이 터진 희수는 별일 아닌 주성의 작은 농담에도 허리를 굽히며 깔깔대고 웃느라 자주 걸음을 세웠다. 느릿느릿한 걸음으로 등산로가 시작되는 산 아래 지점에 이르렀다. 새벽 등산을 했는지 한 무리의 등산객들이 후두두두 뛰는 걸음으로 내려오며 그들을 향해 소리쳤다.

- 목적지가 어딘지 모르지만 빨리 서둘러야 할 걸요? 저기 하늘 보세요. 금방 소나기 쏟아질 구름이잖아요.

두 사람은 동시에 하늘을 올려다보았다. 저 북쪽 산머리에 시커먼 구름이 봉우리를 감싸고 있었다.

- 갑자기 하늘이 왜 저러지?

산으로 오를지 말지 망설이는 동안 구름은 빠르게 하늘을 뒤덮고 계곡에선 뿌연 안개가 연기처럼 피어오르고 있었다.

- 오늘부터 장마인가?

- 그러게, 주말인데 어쩐지 사람이 별로 없다 했어.

빠른 걸음으로 뒤돌아 가고 있는 그들 앞을 이미 빗줄기가 앞서고 있었다. 주차장까진 아직 먼 길이었다.

- 어떡하지?

- 일단 저기로 피하는 거 어때?

희수가 안개로 자욱한 계곡 건너로 희미하게 보이는 집을 가리켰다.

그들은 한달음에 계곡으로 내려가 징검다리를 건너 비탈길을 올라 오두막처럼 생긴 집에 도착했다. 멀리서 볼 때와는 다르게 오두막 세 채가 디근자 형태로 맞붙어 있는 제법 규모 큰 집이었다.

- 계십니까? 계십니까?

주성이 큰 소리로 사람을 부르자 안채로 보이는 곳에서 방문이 열리며 오십 대 중후반으로 보이는 부부가 모습을 드러냈다.

- 워어메, 이 빗속에.... 얼른 일로 오시오.

아저씨가 손짓으로 그들을 불렀다. 주성이 희수 어깨를 감싸 안고 부부가 있는 마루로 갔다.

- 민박 하실라고라?

- 민박집인가요?

- 그라지라.

희수와 주성이 동시에 눈을 맞췄다.

- 가능하시다면요.

- 안으로 들어오시오.

부부가 안내하는 방으로 들어가니, 안방인 듯 느껴졌다.

- 시방, 천둥 번개에 전구가 나갔어라. 조깨 기다리시오, 다른 방 전구 갖고 올 텐께.
- 저어 아저씨, 저희가 지금 이용할 수 있는 방으로 들어가면 안 될까요? 옷이 다 젖어….
- 바깥에 널어놓은 농산물들을 방안에 넣어, 치울 동안 여그 있으시오.

아줌마가 진품명품에 등장할 법한 오래된 궤짝 문을 열더니 허름한 옷가지들을 내놓았다.

윗목에 놓인 가마니에 희수가 몸을 기댄 채 엉거주춤 서 있자 앉자 아저씨가 희수를 떼어놓으며 말했다.

- 요것이 쌀가마라 물이 묻으면 안 된께….
- 저게 다 쌀이란 말씀이세요? 부자시군요!

주성이 과장된 몸짓을 하며 주인 부부를 추켜세웠다.

- 허허, 시골 살림에 부자는 무슨, 방학 되면 민박객들이 많이 찾응께, 올해는 장마가 일찍 온다혀서 미리 들였지라.
- 식사도 돼요?
- 여그는 밥묵을 데가 마땅찮으요. 저그 주차장 있는 데까지 나가야 식당이 있어갖고, 길이 여간 멀어….
- 힘드시겠어요?
- 옴마, 사람 찾아오는 것만큼 반가운 일이 어디 있다고, 도시 냄시를 이럴 때 안 맡으면 우리 같은 사람은 평생 구경도 못하지라. 그

나저나 점심은 으째야쓰까이?
- 가능하시다면 했으면 합니다.
- 오메이, 그라마 밥부터 안쳐야 쓰것꾸마.
- 어이! 군불이랑 방은 나한테 맽기고 밥부터 준비하소이.

주인 부부가 나가고, 희수가 비로소 어둠에 눈이 익숙해졌는지 어리둥절한 표정으로 방안을 둘러보며 말했다.

- 흥부네 집을 이런 그림으로 상상했어. 그리고, 저게 쌀가마라고? 놀부네 쌀가마니는 마당에 있었던 것 같은데?
- 놀부놈은 부자니까. 대부분의 서민들은 쌀이 귀해 신줏단지 모시듯 하지. 밖에 놔뒀다간 도둑 당할지 모르니까.

흥부놀부 이야기를 이어가고 있는데 아저씨가 밖에서 헛기침을 하며 말했다.

- 인자 방 다 치웠응께 일로 오시오. 장작 몇 개 넣어놨응께 금방 따셔 올거요.
- 군불이라뇨, 여름인데요?
- 도시하고 같당가? 산속의 비 오는 날은 냉기 땜시 장작 몇 개라도 넣어야....

아저씨는 그들을 가장 북쪽에 위치한 방으로 안내했다. 금세 내려앉을 것 같은 처마 밑으로 고개를 숙이고 들어가자 궤짝 위에 이부자리가 정갈하게 개켜져 있었다. 사극에서 본 가난한 백성의 방 내부와 다를 바 없었다. 방에서는 고사리와 나물 삶을 때 나는 냄새가 났다.

벽에 큰 유리창이 달려있었다. 흙벽을 허물고 유리로 대체한 듯했다. 유일하게 도시 흉내를 내고 있는 우스꽝스런 조형물 같았다. 양쪽으로 어두운 색깔의 커튼이 찰리 채플린의 콧수염같이 얌전히 매여 있었다.

아궁이에서 새어드는 연기에 눈이 조금 따가웠으나, 향긋한 나무 타는 냄새는 좋았다.

주성이 씻고 오겠다며 자신의 웃통을 훌러덩 드러내며, 아까 아줌마가 준 옷들을 주섬주섬 챙겨들고 나갔다.

희수는 찰리 채플린의 수염을 일자로 쫙 밀어붙인 뒤 창문을 열었다. 물안개로 자욱한 계곡과 건너편 산들이 아득한 과거의 이름 없는 화가가 그린 풍경화로, 벽계수를 배경으로 서경덕을 흠모했던 황진이의 무대로 느껴졌다.

"우르르 쾅쾅!"

넋 놓고 훔쳐보던 이도령과 성춘향, 서경덕과 황진이의 연애사를 번쩍하는 형광 백색의 꺾은선 그래프와 지축을 흔드는 굉음이 산산조각 내버렸다. 창문으로 물 폭탄이 떨어져 희수는 황급히 창문을 닫았다.

하얀 거품을 토하듯 콸콸 쏟아지던 계곡과 건너편 산들이 짙은 안개에 서서히 잠식돼 가고 있었다.

- 씻을래?

언제 들어왔는지 창밖을 내다보며 두려움에 떨고 있는 희수를 주성이 가만히 안으며 말했다.

― 떨고 있구나? 희수가 원하지 않는 한 어떤 일도 일어나지 않을 거야. 맹세해!
― 믿어.
― 그래, 머리 다 젖었다. 수돗가로 같이 가줄까?
― 아냐, 혼자 다녀올게.
― 그래. 우리 희수 잘할 수 있지?
― 오글거린다.
― 안 그래도 아저씨가 오골계 두 마리 잡아 백숙 하겠다고 하셨어. 설마 우리 둘을 잡겠다는 말은 아니겠지?
― 푸하하하!

― 상을 방에 넣어드려요? 아니면 식구처럼 같이 먹을라우?
아저씨가 다시 밖에서 헛기침을 했다.
― 흥부 아줌마 아저씨와 같이 먹자.
희수가 주성의 귀에 속삭였다.

조금 전까지 퍼득거리며 살아 있었을 닭을 생각하자 희수는 식욕이 동하지 않아 자신 몫으로 올려진 고기를 주성의 그릇으로 죄다 옮겼다.
― 아니 아니, 난 충분해. 희수 먹어.
주성이 손사래를 치며 다시 희수 그릇으로 갖다놓자, 주인부부가 자신들의 몫까지 모두 주성에게 몰아주느라, 고기가 밥상 위를 날아

다녔다.

　몇 번 사양하던 주성은 아무리 그래봤자 다시 돌아올 분위기를 감지하고는 못 이기는 체 받아들였다.

　- 돌을 샘켜도 금방 소화될 나이지라. 난 처음 문 열고 머시기 테레비에 나오는 사람들인가 했소. 두 사람이 월매나 보기 좋던지. 여그 가끔 영화 찍는 사람들이 오기도 하요.

　주성의 식욕은 소 한 마리도 거뜬히 해치울 기세였다.

　기분 좋은 포만감을 느끼며 그들은 자신들 방으로 들어왔다.
　- 우리 같이 양치질하러 갈까?
　희수가 웃으며 칫솔 세트를 꺼내고, 문을 열어 비를 맞으며 수돗가로 달렸다. 두 사람은 초등학생처럼 충실히 알림장 숙제에 임했다.

3

　아저씨 말대로 산속의 날씨는 도시와 사뭇 다른 듯했다. 비는 그치지 않고, 기온은 점점 내려갔으며 바깥도 금세 어두워졌다.
　서서히 온기가 올라오는 방바닥에 주성이 궤짝 위의 이불을 내려 펼쳤다. 이어 베개 두 개를 가지런히 놓았다. 희수와 주성은 나란히 누웠다. 두 사람은 손을 맞잡았다. 서로의 심장이 벌떡거리는 게 손을 통해 전달되는 성싶었다. 한참을 그러고 있었다. 어느 순간 주성의 숨소리가 빨라졌다. 희수는 자꾸 목으로 침을 삼켰다. 조용히 누워 있기에 희수가 침을 꼴딱 삼키는 소리가 더 크게 났다. 주성의 숨소리는 더욱 빨라졌다. 밖에서 천둥 치는 소리가 요란하게 나는 순간 두 사람은 누가 먼저랄 것도 없이 한데 엉키었다. 방이 빙빙 도는 듯했다.

　뜨겁게 육탄전을 벌이며 내는 두 사람의 온갖 소리는 세차게 내달리는 계곡물 소리와 비바람 소리, 천둥 소리에 묻혀들었다. 서로가 서로를 공격하듯이 상대의 몸을 탐닉하는 접전은 계속되었다.

　오빠나 남동생이 없었던 희수는 성인의 심볼에 대해 잘 알지 못했다. 부모님 사이가 좋지 않다 보니 실수나 장난으로도 아버지의 그것을 본 적 없어 무지 그 자체였다. 어릴 적 친척 남동생들의 하얗고 야들야들한 것들만 봐오다, 어마무시하게 굵은 원통형의 우주발사체 로켓 같은 무엇이 느껴지자 몸이 폭발할 듯 뜨거워졌다. 무기는 전방위로 그녀를 공격하고 있었다. 자신의 몸과 도킹이 이루어지는 순간 육신이 공중 분해되고 말 것 같았다. 그러나 두렵기보다 기꺼이 파괴당하고 싶은 욕망을 자제하기 힘들었다.

　미친 듯 갈구하는 희수에게 주성이 갑자기 자신의 무기를 스스로 거두며 말했다.

　　– 결혼하기 전까지는 안 돼!

　"후두두두둑…쏴아아아…쾅쾅쾅…휘이익…또르르…."

사방이 아군으로 둘러싸인 곳에서 희수는 결국 적군을 항복시키고 말았다.

주성은 울었고 희수는 웃었다.

외박을 하고 돌아온 희수를 어머니가 무서운 표정으로 맞았다.
- 어디서 누구와 뭘 하고 왔니?
- ....
- 그동안 네 행동이 수상하여 뒷조사를 하며, ROTC 장교 후보생과 연애한다는 사실을 알고 있었다. 저러다 말겠지 하고 했는데... 혹시 그놈과 밤을 샌 거니?
- ....
- 오늘 이 시간부로 끊어라! 여자 혼자 힘으로 병원을 운영할 수 없다. 의사와 결혼해야 해! 그 쥐새끼가 의대로 진학해 병원을 기웃거릴지 모르니.

'쥐새끼, 즉 쥐의 자식'이란 이복동생을 말했다. 아버지가 다른 여자에게서 아들을 낳은 것이다.

방학 동안 희수는 집 안에 감금됐다. 주성이 없는 도시, 차라리 감금이 달콤했다. 방 안에 틀어박혀 매일같이 무주구천동에서의 낮과 밤을 되새겼다.

영겁 같던 방학이 끝나고, 드디어 주성이 퇴소하는 날이었다. 희수는 그와 만나기로 한 호텔 커피숍으로 갔다.

　수 시간째 기다려도 주성이 나타나지 않았다. 여동생들과 자취를 하고 있는 집으로 전화를 걸어봤지만 공허한 메아리만 돌아올 뿐이었다.

　늦은 밤까지 기다리다 집으로 돌아온 희수는 다짜고짜 어머니에게 따졌다.

　- 왜죠?
　- 애초 너와 어울리는 사람이 아니다.
　- 제 운명을 부모님이 결정할 수 있다고 생각하지 않아요, 저는 그 사람과 결혼할 거예요.
　- 그 남자가 다치기를 원하지 않는다면 여기서 그만두는 게 좋을 거야!

　캠퍼스의 나무들이 어느새 화려한 옷으로 단장을 하였다. 가을이란 계절의 쓸쓸함과 이별의 상징을 알 것 같았다. 나뭇잎들이 저마다 알록달록한 색깔로 뽐낸다 한들 곧 땅으로 떨어질 운명의 소멸이 두려운 게다. 봄의 꽃들 역시 낙화하고 시들지만 연초록 진초록 잎들이 뒤를 잇는 생명의 연속성에 안도를….

　강렬한 색상으로 장렬히 불태우는 나무들이 박수근 화백의 '겨울나무' 되어 희수를 떨게 했다. 수없는 편지와 쪽지를 여러 경로로 전달했건만 주성으로부터 어떤 연락도 받지 못했다. 당연히 어머니의 손길을 의심해 마지않았지만, 발 달린 짐승으로서 단 한 번조차 나타나지 않는 그가 오히려 더 원망스러웠다. 속물근성 남자들이 여자와 하룻밤 자고 나서 흥미를 잃어버린다는 속설을 떠올리며 분노가 치밀기도, 문득문득 실오라기 하나 걸치지 않은 무주구천동에서의 자신이 천박하고 부끄럽게 느껴지기도 했다.

몇 차례 화공학과 주변을 어슬렁거리다 어머니에게 발각된 이후 더는 그곳으로 가지 않았다. 어머니의 한 마디 때문이었다.

- 너의 외할아버지와 호형호제하는 대학 총장을 통해 ROTC 교관인 소령을 만났다.

어느 누구도 어머니를 이기는 걸 본 적 없었다. 오죽하면 아버지를 다른 여자에게로 쫓아냈을까. 걸핏하면 '병원장'을 들고 으름장과 협박을 일삼았으니. 어차피 조건을 선택한 아버지의 속물근성이나 도긴개긴, 누가 더하고 덜하지 않았다.

강의를 마친 후 집으로 가려는 희수에게 의과대학 동급생이 쪽지를 건네주었다. 희수는 행여 그가 헛물을 켜고 있나 싶어 'Sorry'를 외쳤다.

- 희수! 나도 임자 있는 사람을 넘볼 만큼 못나지도 궁하지도 않아. 조금 전 바깥에서 ROTC 단복 입은 학생이 전해달라며 주던데, 버릴까? ㅎㅎㅎㅎ....

희수는 빛의 속도로 그의 손을 낚아챘다.

- 10월 30일, ROTC 장교후보생 카니발 축제, 장소: S나이트클럽, 시간: 오후 5시부터....

자주색 카펫이 깔린 지하계단으로 내려갔다. 기역자로 꺾어들자 발밑이 쿵쿵 울려왔다. 출입구 쪽에 검정색 정장을 입은 웨이터가 정중히 인사하며 문을 열어주었다.

"우르르 쾅쾅!"

지축을 뒤흔드는 굉음이 고막을 때렸다. 푸르스름한 빛이 새어나오는 캄캄한 실내의 천장에서는 지구본 닮은 무엇이 빙글빙글 돌아가며 물방울 그림자를 어지럽게 쏟아냈다. 자신이 살고 있는 세상에 이런 요지경이 있었다는 사실이 믿기지 않았다. 레드 카펫을 밟고 칸영화제, 청룡영화제 등의 시상식장 입구로 들어갔어야 했지만, 무엇에 씌어 엉뚱한 출구로 빠진 듯했다.

어안이 벙벙한 채로 입구에서 서성대고 희수에게 까만색 정장 차림의 사내가 다가와 자리를 안내할지 물었다. 희수는 무슨 말을 하는지 알아듣지 못해 고개를 가로저었다.

잠시 후 어둠에 조금 익숙해지자 ROTC 단복 입은 군인들과 연인들로 보이는 여성들임을 알 수 있었다. 수백 명도 넘어 보이는 피 끓는 청년들이 괴상한 몸짓으로 몸을 뒤흔들어대는데다 음악까지 최고 데시벨로 귀청을 때려대니, 대한민국이라는 나라가 저들 손에 의해 유지되거나 망가질 것 같은 착란이 일었다.

곧 빠른 템포 음악이 시작되었다. 희수에게도 익숙한 〈남행열차〉의 첫 소절이었다. 무대는 삽시간에 천지개벽이 일어나는 듯 포효했다. 번쩍번쩍 터지는 사이키 조명 따라 광란의 몸짓이 태풍이 휘몰아치는 바다 한가운데 같았다.

이해하지 못할 팝송과 국내가요 몇 곡이 장마철 소나기처럼 훑고 지나가고, 느리고 잔잔한 음악이 흘렀다. 어느새 실내는 침실 등처럼 은은하고 부드러운 조명으로 바뀌며, 성난 파도도 잔잔하게 가라앉았다. 남녀 커플들만이 무대에 남아 서로를 껴안은 채 천천히 음악을 타고 있었다.

희수는 나이트클럽의 분위기를 빨리 파악했다.

주성이 좀 늦나 보았다. 그의 동선을 훤히 아는 터라 기다리는 일이 익숙했다. 희수는 그의 바쁜 생활을 사랑했다. 그들이 최초로 말을 트기 시작한 도서관에서 주성이 전공을 물어왔을 때, 당시 인원을 충족하지 못한 어느 학과 이름을 댔었다. 어떤 계산도 없는 밝고 건강한 웃음이 그녀 속으로 들어왔다. 주성은 스스로 부자가 아니라고 했다. 과외를 하고, 장학금을 받으며, 장교훈련을 받았다. 그를 통해 희수 의식에 정립된 가난은 아름다움이었다. 부모의 힘을 덜기 위해, 동생들의 학비를 보태기 위해, 밤낮없이 뛰어다니는 그를 사랑했다.

누군가에 의해 그녀 몸이 공중으로 번쩍 들어 올려지는가 싶더니, 정신 차릴 새도 없이 무대 중앙으로 옮겨졌다. 주성이었다.

~~~~

이름도 몰라요 성도 몰라 처음 본 얼싸 안겨
푸른 등불 아래 붉은 등불 아래 춤추는 댄서의 순정
그대는 몰라 그대는 몰라 울어라 색소폰아

새빨간 드레스 걸쳐 입고 넘치는 그라스에 눈물지며

비 내리는 밤도 눈 내리는 밤도 춤추는 댄서의 순정

그대는 몰라 그대는 몰라 울어라 색소폰아

~~~~~

5·18 민주화운동 기념식 뒤풀이 공연에서 한바탕 울음을 토했던 장○○이라는 가수의 목소리였다. 희수는 TV나 다른 매체를 통해 그의 노래를 들을 때마다, 일제강점기와 6·25 동란을 거친 전(全) 대한민국 겨레의 응집된 한(恨)이 모조리 상쇄되고, 맺힌 응어리가 풀리는 느낌을 받았다. 사방으로 설치된 스피커를 통해 절규하듯 토해내는 구성진 가락은 두 사람 가슴에 폭풍을 일으키며 사무친 통곡을 불러왔다. 주성은 희수와의 사이에 최소한의 공기조차 스며들지 못하게 강하게 압착한 다음 한손으로 그녀 허리를, 다른 한 손으론 머리를 자신의 얼굴로 끌어당기며 천천히 돌았다. 정수리로 물컹물컹 쏟아내는 뜨거운 액체가 희수의 얼굴과 목, 가슴골로 시냇물처럼 줄줄 흘러내렸다. 감정을 주체하지 못한 희수가 주성의 발을 자주 밟았으나 주성이 번쩍 들어 자신의 박자 속으로 안착시켰다.

다시는 희수를 놓치지 않으려는 그에게 희수가 큰 소리로 말했다.

- 나가고 싶어.

- 괜찮겠어?

- 간절해.

- 그래, 나가자!
- 어머니가 주성 씨와 ROTC 동정을 다 알고 있어. 어쩌면 바깥에서 망보고 있을지 몰라. 비상구가 없을까?
- 알아볼게.

주성이 직원으로 보이는 사람과 무슨 말을 주고받더니, 희수 손을 꼭 붙든 채 그 사람을 앞세워 어디론가 갔다. 아까 자신이 내려온 계단이 아닌 주방 쪽이었다.

좁고 컴컴한 계단을 오르자 건물 뒤편이 나왔다. 두 지구인은 외계인을 피해 급히 옆 건물인 모텔로 잠입했다.

초등학교 3학년 무렵이었을 것이다. 안방에서 동생들과 놀다 잠이 들었다. 술 냄새를 풍기며 들어오는 아버지 냄새와 소리가 아련한 꿈속처럼 느껴지는가 싶더니 다시 잠에 취했다.

기이한 소리에 눈을 떴다. 아버지가 어머니를 내리누르며 죽일 것 같은 자세로 달려들었으나 어머니가 반항하지 않았다. 바깥의 가로등에서 어스름한 빛이 새어들어 두 움직임이 적나라하게 드러났다. 이불이 올라갔다 내려갔다 하는 동안 아버지 아래 깔려있는 어머니 입에서 묘한 신음 소리가 났다.

묘한 상황을 더 자세히 지켜보기 위해 몸을 살짝 틀었다. 아버지의 몸이 급격한 피스톤 운동을 하는 동안 어머니의 신음과 교성은 더 커졌다. 그때였다. 동생이 깨어나 울기 시작했다. 폭주하는 기관차의 엔진과 경적 소리, 동생의 울음이 뒤섞인… 참으로 묘한 밤이었다.

모텔 룸으로 안내된 주성과 희수는 무서운 속도로 서로를 갈구했다. 희수는 아버지가 어머니를 공격하던 밤을 생각하며 주성을 받아들였다. 첫날밤을 그와 무주구천동에서 보냈으나, 뭐가 뭔지도 몰랐다. 그냥 주성의 첫 여자이고 싶었을 따름이었다.

동물의 포효하는 듯한 신음이 밤새 이어지고 끊어지기를 반복하는 동안, 희수는 신이 동물에게 부여한 가장 큰 쾌락일지 모르는 강한 엑스터시, 전율, 오르가즘을 몇 차례나 경험했다.

모텔에서 나오기 전 희수를 꼭 끌어안으며 등을 토닥이는 주성에게 희수가 말뚝을 박듯 말했다.

- 나랑 결혼해줄 거지?
- 인생은 활과 방패를 교차하며 들어야 하는 선택의 연속, 공격과 방어를 지능적으로 활용하며 바둑의 묘수를 찾아가는 게임이라고나 할까. 선택할 권리와 피동적으로 당해야 하는 경우... 현재 내 위치가 후자야.
- 그래서?
- 빈농의 자식으로 태어나... 공고로 진학해 대학에 들어오고, ROTC 훈련을 병행하며 장학금을 받기까지... 하나하나 일궈내며 '길은 개척하는 자의 것'이라며 자신만만하게 살아왔어. 그런데....
- 그런데?
- 막다른 길에 봉착한 느낌이야.
- 기껏 이런 절망적인 말이나 들으려고.... 나 청혼한 거야.

- 신(神)이 있다고 믿지 않았으면서, 신(神)에게 매달렸어. 희수를 내게 보내달라고.
- 결혼하겠다고 해줘!
- 우리나라에서의 결혼은 개인 대 개인이 아닌, 집안 대 집안끼리의 합일이라는 거 몰라?
- 집안 대 집안? 다른 집은 몰라도 우리 집은 '명문가'란 허울을 뒤집어쓴 '수채 구덩이'야. 어떤 길로 가든 서울로만 가면 되니, 내가 의사 면허를 취득할 때까지 기다려주겠다고 약속해 줘. 시간이 얼마나 걸리든.
- 맹세할게!

현관문을 열고 들어오는 희수에게 어머니가 뺨을 후려쳤다.
- 이런 천박한 X 같으니라구! 알아듣게 설명했건만. 그놈 인생 쓰레기통에 처넣고 싶지 않거든….

희수는 귀를 막은 채 자신의 방으로 들어가 문을 잠가 버렸다.
어머니는 그녀가 들으라는 듯 큰소리로 여기저기 전화를 걸어댔다.
- 화공학과 문주성, ROTC 장교 후보생, 소위 달고 입대하기 전에 손 좀 봐 줬으면….

자본주의 사회에서 돈으로 해결되지 않는 것이 없다는 사실을 어머니는 입버릇처럼 말했다. 그것을 무기로 사용하는 것도 자주 봐왔다. 아버지에게라도 자신의 속내를 털어놓고 싶었지만 허울 좋은 병원장 자리만 차지하고 있었을 뿐, 알맹이는 이미 다른 여자에게 가 있어 남보다 못한 사이로 전락하고 말았다.

등하굣길을 어머니에게 저당 잡힌 채, 꼭두각시처럼 움직였다. 철벽 감시를 받으며, 주성에겐 더 큰 고통을 주었으리라 생각하니 그때서야 덜컥 겁이 났다. 어머니는 한다면 하는 사람이었다. 이혼을 요구하는 아버지에게 자신 옆에서 말라 죽으라며 끝내 부인했다.

- 만나지 않을 테니 그를 그만 놓아주세요.

4

기나긴 겨울이 지나고, 예과 2학년 새 학기가 시작되었다. 주성은 3월 초 상무대에서 소위 임관식을 거행한 뒤 곧바로 부산 해운대의 병기학교로 간다고 했다. 머리로만 그의 동선을 그렸을 뿐 어떤 액션도 취하지 못했다.

주성이 없는 학교는 무의미하고 황량했다. 꽃피는 4월이 감내 못할 아픔으로 다가왔다. 하루에도 열두 번 부산으로 달려가고 싶었지만, 어머니의 손아귀에서 한 치도 벗어날 수 없었다.

갈수록 늘어나는 학업량에 희수는 자주 피로감을 느꼈다. 산더미처럼 쌓여가는 과제가 아득한 태산처럼 높아 보였다. 입맛이 없고 나른해 자주 엎드리거나 눕는 희수를 어머니가 먼저 알아챘다. 임신이었다.

하얗게 질린 얼굴로 아버지를 집으로 불렀다. 어머니와 남남으로 살지만 자식 일에 한달음으로 달려와 준 아버지가 희수를 꼭 끌어안았다. 희수는 참으로 오랜만에 아버지 품에 안겨 파르르 떨었다.

어머니와 아버지가 그녀를 가운데 두고 심한 언쟁을 벌였다. 동생들 모두 중·고등학생으로 학원으로 돌고 있어 밤 10시 이후에나 돌아왔다. 어머니는 '서울에 있는 아는 의사 섭외해서 쥐도 새도 모르게 아이를 지워야 한다'며 아버지를 윽박질렀다. 하지만 아버지는 '이미 6개월로 접어들어 아기 임산부 둘 다 위험하니 그 남자와 결혼시키자'고 했다.

- 당신 일 아니라고 함부로 말하지 마!
- 이봐. 희수는 엄연히 내 딸이고 딸의 행복을 주장할 권리가 내게도 있어! 그리고 의사 아닌 사람은 사람도 아니야? 내가 그 청년 뒷조사를 해봤는데 성적도 우수하고, 어디 하나 버릴 게 없는 모범 청년이었어.
- 당신 정말 미쳤구나, 그 무식한 공대생에게 희수를 시집보내란 말이야? 자신의 전공으로 비전이 없을 듯하니 군장교로 입대한 것 아냐! 그런 놈을 의사가 될 내 딸과 결혼시키자고?

매일같이 집안은 전쟁통이었다. 동생들이 들어올 시간이면 휴전하여 평화를 연출하고, 날 밝으면 다시 전투를 치렀다. 양측이 팽팽하게 맞서는 가운데, 일단 희수의 휴학에는 세 사람이 만장일치로 동의했다.

아버지의 동조가 있었는지 어땠는지 알 수가 없지만 어머니는 필리핀 마닐라행 비행기 표와 호텔 등을 예약했다. 모든 것이 두렵기만 했던 희수는 어머니가 하는 대로 지켜볼 수밖에 없었다.

집안을 외할머니와 도우미에게 부탁하고, 어머니와 희수가 필리핀 마닐라로 날아간 때는 5월 초순이었다. 동생과 이모, 주변인들에겐 희수 건강이 쇠약해 요양 차 공기 좋은 휴양지로 간다고 했다. 그도 그럴 것이 겉으로 보기에 희수는 느슨한 옷으로 배를 감춘 곳을 제외하고 나머지는 피골이 상접해보였다.

호텔에 도착하자마자 어머니가 어디로 전화를 걸어 영어로 대화했다. 마닐라에 도착했으며 내일 오전 10시까지 호텔 정문 앞에 기다리겠다는, 약속을 재차 확인하는 전화였다.

다음 날, 희수는 어머니와 함께 큰 모자와 선글라스로 얼굴 전신을 가린 채 호텔 정문 앞에 서 있었다. 약속 시간이 되자 검정색 리무진이 그들 모녀 앞에 섰다. 창문을 내린 운전기사와 몇 마디 주고받고는 희수 손을 잡고 차에 올랐다. 얼마를 달렸을까, 차가 멈춘 곳은 어느 병원 주차장이었다.

어머니와 희수는 어느 밀실로 안내되었다. 잠시 후 주치의라고 소개한 의사가 들어오고, 영문으로 된 서류 몇 장을 내밀었다. 어머니는 빠른 손놀림으로 사인을 휘갈겼다.

원피스로 된 환의로 갈아입은 희수가 수술실로 안내되었다. 이어 희한한 수술대에 올라가도록 요구받았다. 양다리를 쫙 벌리고 눕도록 설계 돼 있었다. 환의가 원피스로 된 것인데다 팬티조차 걸치지 말라는 지시를 따르고 올라가 누우니 표현 못할 수치와 모욕감이 느껴졌다. 영락없는 실험실의 개구리였다.

잔뜩 겁에 질린 눈으로 사방을 두리번거리던 그녀 눈에 의료장비들이 나란히 세팅된 테이블이 들어왔다. 그중 주방 용품처럼 생긴 커다란 집게 모양의 기구가 그녀를 노려보았다. 순간, 뱃속의 생명체가 꿈틀했다. 며칠 전부터 조금씩 태동으로 여겨지는 움직임이 있긴 했지만 대수롭지 않게 생각했다.

이윽고 의사가 들어오고, 간호사가 자신의 상반신과 하반신 사이를 가리는 커튼을 치고, 수술용 도구로 한 상 가득 차려진 바퀴 달린 테이블이 굴러오는 소리가 들렸다.

- Please, What's your name?
- ....
- Relax lady, I will check one more time, What's your name?
- No No! 안 돼에...!

발악하듯 괴성을 지르며 자리에서 일어나, 자신의 팔에 꽂힌 수액을 뽑고 밖으로 뛰쳐나갔다.

5

교정의 나무들이 하루가 다르게 싱싱한 기운을 내뿜으며 세상을 향해 싹을 틔우고 있는 가운데, 캠퍼스 화단에는 꽃모종을 옮겨 심는 작업 인부들이 눈에 띄기도 했다.

이듬해 봄 복학한 희수는 강의가 끝나기 무섭게 집으로 달려오기 바빴다. 벌써부터 자신과 눈을 맞추고 옹알이를 하는 재영이 한시바삐 보고 싶어서였다.

어머니의 가없는 회유와 협박, 설득에도 굴하지 않고 희수는 필리핀에서 건강한 사내아이를 낳았다. 앞으로 생명을 살려야 하는 직업군에 속해 살아가야 할 운명이었다. 세상에서 가장 포근하고 따뜻한 요람으로 알고 찾아왔을 엄마에게 역습을 받는다면, 의사의 윤리를 떠나 세상을 부정하는 행위와 다를 바 없다고 느꼈다. 의사 가운 속에 평생 주홍글씨를 숨기고 살아가야 하는 일도 두렵긴 마찬가지였다. 하지만 이 모든 걸 '퉁!'치고도 남는 일은 이미 모성애가 생기고 있었던 것이다.

딸의 고집을 더는 꺾을 수 없다고 판단한 어머니가 조건부로 내세운 것은 아기를 부모인 자신들의 호적에 올리겠다고 한 일이었다. 일단 생명을 지키는 게 최우선이었으므로 그녀는 기꺼이 동의했다.

어머니는 그녀와 함께 필리핀에 머무르며 한국 지인들에게 본인의 임신 사실을 연출했다. 또한 아버지와도 거래(?)를 했다. 세 사람이 철저한 공범이 되기로.

마당 양쪽으로 수호신처럼 서 있는 백목련 자목련이 어느새 꽃잎을 떨구고 하늘 향해 뭔가를 갈구하듯 가지를 읍소하고 있었다.

　학교 일과가 끝나기 무섭게 집으로 달려온 집안은 평소와 다를 바 없이 시끌벅적했다. 새 생명이 불러들이는 기운으로 외할아버지 할머니, 이모들이 문지방이 닳도록 들락거리는 통에 집안은 늘 잔칫집처럼 북적댔다. 재영이 며칠 전부터 엎치기를 시도하고 있었는데, 그날은 뭔가 역사가 이루어질 것 같았다.

　첫 기적을 눈으로 확인하겠다며 명절날 윷놀이하듯 둥그렇게 모여 앉은 외족들은 엎치려는 재영에게 힘을 실어주느라 용을 쓰고 있었다.

　- 영차! 영차! 하나 둘! 하나 둘!....

　천신만고 끝, 드디어 처음으로 뒤집기에 성공했다. 마치 나라를 구하고 돌아온 개선장군 환영하듯, 그의 세상을 향한 첫 행보에 뜨거운 박수와 함성을 아끼지 않았다.

　박장대소로 가열된 분위기가 좀처럼 사그라들지 않는 가운데 현관문이 열리며 싸늘한 낯빛의 어머니가 들어오셨다. 희수는 어머니의 부재조차 인식하지 못했었다.

　- 한 번 더! 한 번 더! 영차! 영차!

　- 탕! 탕!

　들뜬 잔칫집 분위기 소음 사이로 본능적 두려움이 느껴지는 굉음이 파고들었다. 우왕좌왕하는 사람들 속 어머니는 뭔가 알고 있다는 듯 떨리는 손으로 전화기를 들었다.

　- 여기 총을 든 강도가 밖에서... 얼른 와 주세요.

- 문 열어엇! 문 열란 말이야앗! 이희수, 이희수! 희수!
- 총을 든 강도, 빨리 출동해주세요. 노인과 아기가….
- 열 번 셀 동안 안 열면 다시 쏜다! 하나 둘 셋….

어머니와 총을 든 강도라는 사람의 음성이 뒤죽박죽으로 엉키는 동안 거실에 있던 사람들은 바람처럼 사라졌다. 방금 전까지 영웅 대접을 받던 재영이 여전히 바닥에 코를 박고 울고 있었다.

- 내가 나가볼게.
- 너 미쳤니?

어머니가 재영을 안은 채 나가려는 희수를 막느라, 세 사람은 거실에서 진흙탕처럼 굴렀다. 재영의 자지러지는 울음소리와 대문을 쾅쾅 두드리며 횡설수설하는 주성의 음성을 경찰 사이렌 소리가 덮었다. 혼재한 소음 속 한 발의 총성이 더 울렸다.

- 탕!

"뉴스, 뉴스… 뉴스입니다. 불법으로 흉기를 소지한 채 휴가를 나온 현 육군 중위가 사귀던 옛 여자 친구가 만나주지 않는 것에 앙심을 품고 난동을 부렸습니다. 문주성 중위는 병기 관리를 담당하는 현 육군 소대장으로….'"

방송마다 매체마다, 연일 헤드라인 뉴스를 장식하며 그의 신상이 낱낱이 까발려졌다. 어머니는 매일같이 경찰서에 조사를 받으러 다녔고 희수는 딱 한 번 다녀왔다.

의과대학에 다니는 여대생을 짝사랑한 나머지 계획적으로 일으킨 범죄라고 했다. 입대 전부터 여대생 주변을 맴돌며 스토킹을 하는 바람에 수차례 경찰 조사를 받았으며… 결국 여대생은 휴학까지….

경찰인지 어머니인지, 누가 소설을 썼는지 알 수 없었다. 하지만 시나리오는 완벽했다. 심장병으로 병원 입·퇴원을 반복해오던 할아버지가 얼마 후 돌아가셨다. 구십대 중반으로 아슬아슬한 삶을 지탱해 오던 중이었다. '오비이락(烏飛梨落)'이라는 단어를 대입시키기에 그보다 더 좋은 명분은 없었다.

희수는 할아버지 장례를 치른 후 가족들이 모인 자리에서 '사건 직후 주성의 부모가 선처해 달라고 찾아왔으나 경찰을 불러 곧바로 내쫓았으며, 접근 금지를 요청했었다'는 이야기를 들었다.

*6

어느새 예닐곱 해가 훌쩍 흘렀다. 그동안 희수네는 고급 아파트로 이사를 했다. 어머니와는 위 아래층으로 나누어 쓰고, 재영은 어머니와 함께 지냈다. 졸업과 동시에 그녀는 개명을 하고 의사 면허를 취득해 새로운 삶을 꾸려나갔다.

주성은 잊기로 했다. 군대에서 전과자라는 낙인이 아닌 진짜 별을 달았다 해도 어머니 마음을 움직이기 어려웠을 것이다. 어머니는 재영을 끼고 앉아 '공과대학 다닌 씨앗 같지 않게 머리가 좋다'는 말을 희수 앞에서 자주 했다. 여전히 받아들일 의사가 없음을 뜻하는 말이었다. 재영을 낳기만 했을 뿐 키우는 일은 오로지 어머니 몫이었다. 그와의 결혼은 엄청난 지각변동을 감수해야 하는 일이었다. 어머니 은혜에 반하는 일이었으며 외할아버지를 죽음에 이르게 한, 재영이 자신의 자식이라는 사실을 만천하에 공개해야 하는….

아득한 태산을 옮기는 일보다 더 무거운 일일 터였다. 그래서일까, 희수도 점점 그를 마음에서 밀어냈다. 뜨겁게 연애할 당시 어머니의 전방위적 방해 공작에도 일말의 내색을 하지 않았다. 동시대 태어난 인간으로 믿기지 않을 만큼 몸과 마음이 넓었던 그를 사랑하지 않을 수 없었다. 그렇게 힘든 과정을 겪었으면서 생각하기에도 끔찍한 범죄를 저지른 그를 이해할 수 없었다. 재영을 위해서도 잊어야 했다. 엄마가 되어보니 진짜 아이 엄마를 감별한 솔로몬 재판을 이해하고도 남음이 있었다. 모든 순위에 우선하는.

병원은 날로 번창해갔다. 외할아버지 때부터 병원 주변 부지를 차근차근 매입해 두었던 것을 어머니 아버지가 신축 건물을 세우며, 정형외과 전문병원에서 준 종합병원으로 확장시켰다.

서울에 있는 명문 의대를 졸업하고 해당 대학병원에서 근무하던 신경의학과 전문의 A를 스카우트했다. 어머니가 희수 남편감으로 기획한 일이었지만 별 부작용 없이 희수에게도 먹혀들었다.

A와의 결혼식을 앞두고 청첩장이 돌려지고 있던 때였다.

진료를 마치고 퇴근 준비를 하고 있는데, 노크 소리와 동시에 문이 열렸다.

– 허억!

문주성이었다.

귀신을 본 듯 소스라치게 놀란 희수는 자리에서 일어나다 바닥으로 주저앉고 말았다.

– 놀라게 해서 미안.... 퇴근하며 잠깐 이야기할 수 있지?

딱지처럼 접힌 것을 책상 위에 올려두고는 잽싸게 몸을 돌려 도로 나간 움직임에 희수는 허깨비를 보았나 싶어 머리를 흔들었다. 분명한 흔적이 있었다.

심장을 진정시키며 접힌 종이를 펼쳤다. 어느 호프집 전화번호와 약도가 세세히 그려져 있었다.

주성은 이미 몇 잔 걸쳤는지 얼굴이 불콰하게 상기돼 있었다.

– 결혼식을 앞두고 있어.

– 알아!

– 예의가 아니잖아?

– 진정으로 그 사람을 사랑해서 하는 거라면 말리지 않을게. 조건으로 하는 결혼이라면 지금이라도 마음을 돌리길 원해!

– 상당히 실례하는 거 알고 있어?

– 우리가 얼마나 뜨겁게 사랑했니? 나는 국가를 위해서가 아닌 너를 위해 생명을 바치려다 이렇게 됐다. 밤마다 써서 너에게 부친

편지가 수취거절이란 딱지가 붙은 채 돌아오는 건 그래도 참을 만했어. 순전한 내 감정이었으니. 사단장, 연대장, 대대장, 중대장에게 차례로 불려 다니며, 수건처럼 돌려대는 데는 견뎌낼 재간이 없었다. 이등병으로나마 무사히 제대한 것이 기적이었다고 할까.

- 우리 인연 여기까지라고 생각하자. 당시엔 나도 철이 없었어.
- 철이 없었다고? 인간은 철 들기 시작하면 죽을 때라고…. 나라고 뭐 달랐겠니? 희수를 사랑한 감정만은 순도 백 프로였어.
- 할아버지가 주성 씨 때문에 돌아가셨어.
- ….

깊은 침묵이 이어지는 동안 희수는 자리에서 일어났다. 대화가 길어지면 걷잡을 수 없는 감정이 소용돌이칠 것 같아서였다.

그쯤에서 멈출 줄 알았다. 주성은 희수의 퇴근길 곳곳에 모습을 드러냈다. 병원과 아파트 주차장 등에 귀신처럼, 괴물처럼 서 있기도 했다. 문자와 톡, 폭탄은 경계가 없었다. 통곡과 절규를 토해내다 성경이나 금강경 구절을 보내오는가 하면 다시 성난 파도처럼 일렁였다.

후줄근한 옷차림으로 자신을 염탐하거나 따라붙는 주성이 하얀 가운 속에 보일 듯 말 듯 깔끔한 근육을 감추고 있는 A와 비교되어 초라하고 추하게 느껴졌다.

그를 잊지 못해 마음의 병을 앓고 있던 즈음 어머니가 입버릇처럼 하던 말이 있었다.

- 육사장교도 아니고 기껏 ROTC, 군대에서 말뚝 박는다 해도 별 달기는 하늘에 별 따기, 끝까지 버티면 대령이나 달려나? 전역해 일자리가 없어 여기저기 기웃거리는 사람들 많이 봐왔다. 자신의 전공으로 비전이 없으니 장교 흉내라도 내겠다는 거 아냐? 백번 양보해서 명문대학 출신이라면 또 모르겠다. 지방 공대생 주제에 감히 어디를 넘봐?

그때마다 희수는 귀 막고 눈 감았다. 인간을 의대, 명문대 로스쿨, 지방 공대생…. 쇠고기 부위별 등급 나누듯 구분 짓는 어머니가 혐오스럽기까지 했었다.

요즘 그의 분별없는 행동을 보며 어머니의 선견지명이 이해되는 듯했다. 재영과의 관계를 생각하면 측은지심이 느껴지기도 했으나 인륜지대사를 동정과 맞바꿀 만큼 박애주의자도 봉사자도 그녀는 아니었다.

몇 번이나 신고할까 하다 마음을 눌렀다. 더 큰 화를 초래할 듯해서였다.

퇴근 준비를 하며 휴대폰을 확인하던 희수는 평소와 다른 애플리케이션에 화면에 눈을 치켜올렸다. '문주성'이라는 이름자 위에 수십, 수백 통의 빨간색 숫자가 표시되던 평소와 달리 아라비아 숫자 '1'이 달랑 올라앉은 게 아닌가. 한꺼번에 손가락으로 '퉁' 치며 넘기던 것을, 호기심이 동해 열었다.

- %^&*!@#$....

- 이런 개XX...!

자기도 모르게 욕설이 튀어나왔다.

정말 어처구니가 없었다. 같이 밤을 보낸 후 둘이 나누던 성적인 내용이었다. 일말의 연민으로 남겨주었던 문자와 톡, 전화번호까지 모조리 차단해버렸다. 단 네 글자를 보낸 뒤.

"저급 인간, 하등 동물!"

7

결혼생활은 실망스러웠다. 시작은 신혼 여행지에서부터였다.

결혼 전 A와 잠자리를 가질 기회가 몇 번 있었다. 호텔에서 식사하고 차를 마신 뒤 자연스레 술자리로 이동한 코스였다. 희수가 은근슬쩍 운을 떼었다. A는 남녀 공히 결혼 첫날밤까지 정조를 지킬 의무에 대해 고지식한 이론을 보기 좋게 펼쳐놓았다. 여자만의 정조 의무를 언급했다면 희수가 가만있었을 리 없었다. 성별 구별 없이 지켜야 한다는 말에 부끄럽기도, 뜨끔하기도 했다. 솔직히 썩 유쾌하지 않은, 부정적 부담으로 작용했다. 어머니가 처녀성 복구 수술에 대해 운을 떼기도 했지만 행동으로 옮길 마음이 없었다. 설마 삼십 대 중반의 여의사에게 처녀가 아니라는 이유로 태클을 걸 만한 사람은 아닐 거라 믿었고, 그런 의식 속에 갇혀 있다면 자신의 배우자감으로 온당치 않다고 여겼다. 고집이라고 해도 좋을 든든한 배짱까지 지니고 있었다.

'결혼'과 '신혼여행'이라는 단어가 성(性)과 결부돼 있어, 교본대로 준비하며 기대에 부풀어 있었다. 무슨 이유에선지 그의 페니스는 발기하자마자 바람 빠진 풍선처럼 스르르 죽어버렸다. 둘째 날, 셋째 날… 마지막 날까지 제대로 한 번 하지 못한 채 돌아왔다.

'마음 편한 집에서는 다르겠지' 하는 기대는 번번이 실망으로 이어졌다. 전희는 길게 끌었으나 본 게임에선 칼집에 손도 대기 전 자멸하고 말았다.

제대로 마누라 한번 만족시켜주지 못하는 작자가 간호사들과 바람을 피운다는 소문이 돌았다. 사실을 따져 묻는 희수에게 A는 도리어 책임을 씌웠다.

결국 결혼 2년 만에 결혼 생활에 종지부를 찍었다. 이혼 사유란을 채운 글자는 '성격 차이'였다.

비록 사상누각 같은 성을 쌓았다 허물었지만, 왠지 모를 허전함과 쓸쓸함을 지울 수 없었다. A와 헤어진 일은 아무런 미련도 후회도 없었다. '불행한 결혼보다 행복한 이혼이 낫다'는 속설이 자신을 위해 만들어진 명언처럼 개운하기까지 했으니.

늦은 밤 혼자 있는 집으로 내려와 씻고 누우면 스멀스멀 올라오는 외로움이 있었다. 성(性)에 대한 갈증이었다.

죽으면 흙으로 돌아갈 육체였다. 살아 있는 동안 신이 허락하신 쾌락의 용도를 묻혀두기엔 자신의 여체가 너무 안타까웠다. 몸의 기관과 기능을 세부학적으로 분석하고 용처를 아는 전문의였다.

어린 시절, 아버지는 어머니와 사흘이 멀다 하고 싸웠다. 전운이 감지되면 희수가 먼저 동생들을 데리고 자신의 방으로 갔다. 누가 누구를 때리는지 알 수 없었으나, 수순처럼 비명과 물건 부수는 소리가 들렸다. 그럴 때마다 희수는 동생들과 이불을 푹 뒤집어쓰고 있었다.

전쟁은 늘 아버지의 패배로 끝나는 듯했다. 싱크대에서 술을 꺼내 병째 벌컥벌컥 마신 뒤 다른 방으로 들어가 코를 골며 자는 것으로 막이 내렸으니.

부모가 파괴한 집안은 쓰나미가 휩쓸고 간 자리처럼 흉흉하고 황폐했으며, 공포와 두려움이 가득했다. 희수는 그 순간의 고통을 견디기 위해 아버지가 마시는 술을 홀짝거렸다. 그리고 나면 저절로 잠이 찾아왔다. 아버지가 마시던 술이 테킬라였다.

근래 들어 술을 마시고 나면 잠이 오는 대신 생물학적 욕구가 일었다.

학회나 세미나 등에 참석하며 자신이 이혼녀라는 사실을 공공연하게 밝히며, 좋은 사람 소개해달라는 농담에 진심을 섞기도 했다.

진열대에 전시해놓은 상품은 어느 누군가의 관심을 끌기 마련이다. 몇몇 독신 남성들과 데이트하며 관계를 가지기도 했다. 하나같이 희수를 만족시켜주지 못했다.

성적인 만남은 일반적인 인간관계보다 질퍽하고 복잡했다. 칼로 무 자르듯 단절할 수도, 이어갈 수도 없는 진퇴양난의 한복판이었다. 자신이 사막화되어가는 기분이었다.

사랑 없는 만남을 중단하고, 리얼돌을 옆에 두었다. 아쉬운 대로 생물학적 욕구는 채워졌으나 끝나고 나면 왠지 헛헛하고 쓸쓸한 비애가 찾아왔다.

따스한 감정을 교류하며 정상으로 오르는 인간과의 관계가 절실했다.

텅 빈 시간, 희수는 주성이 보낸 마지막 톡을 떠올리며 회상에 젖었다. 노골적인 외설에 당시는 경악했지만 부부간 밀실에서 이루어지는 작업 중 그보다 더 숭고한 일이 없다고 생각했다.

동창회나 ROTC 단체를 통해 그를 찾아볼까 하는 마음이 들다가도 행복한 가정을 일구고 있을 가능성에 멈칫했다. 그녀가 철칙으로 삼는 원칙은 가정 있는 남자를 경계하는 일이었다. 외할머니, 어머니, 자신에 이르기까지, 남자의 외도는 한 가정을 붕괴시킬 뿐 아니라 한 집안, 나아가 사회 전반을 무너뜨리는 악성코드였다. 더더구나 자식은, 모든 경우의 수에 우선한다는 것을, 재영을 통해 알고 있었다.

*
8

문 노인의 수술 당일인 목요일이었다. 희수는 무슨 수를 쓰더라도 그와의 끈을 연결하리라는 각오로 며칠 동안 전쟁에 출전하는 장수처럼 단단한 각오와 결심을 굳혔다.

정형외과 분위기가 이상했다. 직원들이 삼삼오오 모여 수군대다 그녀를 발견하곤 황급히 제자리로 돌아갔다. 사무실로 수간호사가 뒤따라왔다.

- 무슨 일이에요?
- 저어... 문 노인이 수술을 안 받으시겠답니다.
- 네에?
- 환자가 밑도 끝도 없이 환자는 퇴원을 요구하기에 보호자인 딸을 간호사실로 불러 물었더니 울기만... 원장님이 환자와 보호자를 만나보는 게 좋을 것 같습니다.
- 보호자로 가끔 아들이 있기도 했던 것 같은데, 현재 누가 있던가요?
- 현재는 따님만 있는 것을 확인했습니다.
- 일단 불러주세요.

진료실 문이 열리고, 맨 처음 아버지를 모시고 왔던 두 딸 중 큰딸로 보이는 여성이 들어왔다. 빨갛게 충혈된 눈은 퉁퉁 부어 있었다.

- 간밤에 무슨 일이 있었나요? 오늘 8시 30분 수술하기로, 그저께 오빠분께서 수술 동의서에 서명한 것으로 알고 있습니다.
- 저도 아버지 마음을 잘 모르겠어요, 으흑!

- 진정하세요.
- 곧 오빠가 도착할 겁니다. 오빠와 의논해서….
- 그렇게 하세요. 수술시간이 오전 8시 30분이어서 저도 일찍 왔습니다만, 조금 늦더라도 기다리죠.

그녀가 나간 뒤 희수는 거울을 꺼내 얼굴을 살폈다. 문 노인으로부터 수술 당일엔 아들이 내려온다고 했던 말을 똑똑히 기억하고 있었던 것이다.

잠시 후 주성이 헐레벌떡 들어왔다.

- 미안합니다.
- 무슨 일인가요? 월요일은 기분 좋게 수술하겠다고 하시더니, 설마 저희 병원에서 일부러 의료비 올리기 위해 수술을 권하는 것으로 오해하시는 건 아닌지요?
- 죄송합니다…. 십여 년 전에 어머니가 돌아가셨어요. 감기를 오래 앓아 병원에 모시고 갔더니 갑상선암이라고 하더군요. 임파선으로 전이되면 되돌릴 수 없다며 의사가 수술을 권했어요. 의료 상식이 전무하던 저희 가족은 부랴부랴 어머니를 대학병원에 입원시키고, 수술실로 들여보낸 게 마지막이었어요. 마취에서 깨어나지 못하고 돌아가셨답니다. 갑상선암은 경과 봐가며 치료해도 된다는 사실을 뒤늦게 아신 아버지가 땅을 치며 통탄하셨어요. 고생만 하시다 겨우 살 만할 때 돌아가셨거든요.
- 그런 사연이 있으셨군요. 이해됩니다. 잘 아시겠지만 이번 경우는 다릅니다. 인간은 보행을 하는 동물, 걷는 동안 다른 기관의 운동

으로 이어지지요. 반대의 경우 연쇄적인 퇴화를 불러옵니다.

- 저 상태가 되도록 저희가 무슨 일인들 안 해봤겠습니까. 아버지 고집을 꺾을 수가 없었어요. 더 이상 한계를 느꼈는지 당신 스스로 이 병원을 지정해 오신 거예요.
- 실망이네요. 전 또, 주성 씨가 저희 병원을 추천하신 줄....
- 허허허허....

희수는 농을 걸며 슬쩍 주성에게 다가갔다.

- 대학병원을 거부하신 아버지가 손수 이 병원을 지정하셨답니다. 제가 사고 친 집안이 희수네 병원이라는 걸 모르셨나 봅니다. 저도 처음엔 몰랐어요, 병원 이름도 바뀌고 희수 씨까지 개명을 했으니....
- 다행입니다. 그나저나 어떻게 하죠?
- 제가 아버님을 달래보겠습니다.

주성이 나간 후, 문 노인이 주치의를 불러 희수가 병실로 찾아갔다.

- 의사 양반! 내 부탁 좀 들어주시오.
- 무슨 부탁이신지요?
- 들어주실 거요, 아니요?
- 흐흐, 저희가 수용할 수 있는 범위라면 얼마든지요.

문 노인의 부탁인즉슨, 수술실에 아들을 함께 있게 해달라는 것이었다. 수술받다 죽더라도 저승에 있는 아내에게 아들 배웅받으며 왔노라 안부 전해주겠다고 했다.

희수는 즉시 수술 팀을 불러 회의를 했다. 일부는 고개를 끄덕였으나 반대 의견이 우세했다. 부정적인 쪽을 이해 못할 희수가 아니었다. 병원 설립 이래 보호자를 수술실에 들인 예가 없었다. 어느 인간에게나 최소한의 비밀이 있기 마련이다. 그 인간의 목숨을 다루는 수술실은 자체로 보안이 유지되어야 한다. 의사가 보호자 눈치를 살펴야 하는 부담에서 자유로워야 하기 때문이다.

장고 끝, 희수가 부담을 안기로 했다. 필리핀 마닐라에서의 수술대 위에서 주성의 손을 간절히 잡고 싶었던, 당시와 지금이 시공간을 초월해 맞닿아 있음을, 신의 뜻이 아니고서는 설명할 길 없는, 할아버지-아들-손자로 이어지는 핏줄의 맥(脈), 운명이라 여겼다.

오전 10시가 넘어갈 무렵에서야 환자를 수술실로 옮겼다. 보호자인 주성도 전신에 소독을 하고 의료진 수술 가운으로 갈아입은 다음 수술실 구석진 자리에 앉았다.

수술대 위에 누운 문 노인이 잔뜩 불안한 표정으로 사방을 두리번거렸다.

- 어어, 환자분, 이렇게 움직이시면 안 됩니다. 그러면 전신을 다시 소독해야 하거든요.
- 거어 있냐?

─ 예에 아버지, 저 여기 있어요. 아무 걱정 마시고 한숨 푹 주무신다 생각하세요.

간호사들이 혈관을 찾아 바늘을 끼우고 수액을 연결하고, 준비 다 됐다는 신호를 하자 주치의 희수가 들어왔다.

─ 환자 본인 인증 절차입니다. 성함이 어떻게 되세요?

─ 의사 양반! 부탁이 있소. 우리 아들과 손잡고 있으면 안 되겠소? 내가 죽더라도... 제발 부탁입니다.

의료진들이 서로의 눈을 바라보며 고개를 절레절레 흔드는 가운데 희수가 용단을 내렸다.

─ 보호자 분! 오셔서 손 잡아드리세요.

주성이 눈치를 살피며 성큼성큼 걸어와 아버지 손을 잡았다.

─ 아버지! 저 손 여기.... 산 같으시던 우리 아버지가 어찌 이리 약해지셨어요? 어흐흑!

─ 내가 너희 엄마를 그렇게 죽여놓고, 뭔 부귀영화를 더 누리겠다고 이러는지 모르겠다.

─ 으으흐흑! 아부지, 아부지....

문 노인의 수술은 무사히 끝났고, 2주일 만에 퇴원하여 물리치료를 꼬박꼬박 받으러 다닌다는 사실을 확인하였다.

9

― 아버지에 대한 감사 인사를 드리고 싶습니다. 시간을 허락하시겠
는지요?

이제나 저제나 기다리던 연락이었다.

매일같이 돌아오는 날이며 요일이었지만 주성과 약속을 잡은 후 맞이하는 날들은 달랐다. 포근한 햇살 속 아지랑이가 아롱아롱 피어나는 출근길 발걸음은 더없이 가볍고 경쾌했다. 병원정원의 나무와 꽃들에서 올라오는 새순과 꽃망울들의 세밀한 속삭임까지 다 알아들을 수 있었다.

D-day를 기다리며 풍선처럼 부풀어 있는 마음 한편 묵직하게 그녀를 짓누르는 악성 바이러스에 괴로웠다. 그의 프로필엔 직장으로 보이는 건물을 배경으로 환하게 웃고 서 있는 모습과 컴퓨터로 설계된 계략도면 등이 다였다. 가정을 일구고 있다면 가족사진 한 장 정도는 올리는 게 가족에 대한 예의로 알고 있었다. 그뿐 아니었다. 문노인이 입원해 있는 동안 며느리의 그림자도 없었다.

희수는 점점 주성이 독신으로 살고 있을 가능성에 무게를 두었다. 그녀 주변에서 스토킹을 할 당시를 보더라도 결코 아무하고나 결혼할 사람이 아니었다. 의학적 관점으로 들여다봐도 마찬가지다. 인간의 육체는 언제든 자유로이 움직일 수 있지만 정신은 급속도의 방향 전환이 어렵다. 나쁜 기억은 육신을 보호하기 위해 망각이란 장치가 가동되기도 하지만, 좋은 기억은 육신의 건강을 위해 오래도

록 붙들어놓으려는 습성이 있다. 힘들 때마다 조금씩 에너지원으로 사용하도록 내어주는 걸 잊지 않으면서.

바이러스가 자신을 공격할라치면 이런 식으로 합리화했으며, 최악의 경우 '내가 하면 로맨스 남이 하면 불륜'의 공식을 슬쩍 끌어다 쓸 마음까지 챙겨두었다.

"따라라 라라라라… 라라라라라… 우리 만나요…."

엊그제 봉오리 맺힌 것을 본 듯한데 2~3일 만에 천지개벽을 알리는 화신처럼 벚꽃이 대지를 수놓으며 세상 빛의 조도(照度)를 높였다. 〈벚꽃엔딩〉이라는 노래가 흘러나오는 거리를 걸으며 백화점으로 향했다. 20여 년 세월을 돌고 돌아 맨 처음 주성을 만났던 그날로 회귀한 느낌이었다.

"바이올린 선율이 잔잔하게 흐르는… 두 방망이질하는 심장 소리의 협연… 불꽃 튀는 두 움직임 사이로 스며드는 첼로 비올라의 향연… 지휘자의 지휘봉이 하늘 위로 솟구치며 내리꽂는 순간… 일제히 포효하는 관현악단의 하모니… 점점 빠르고 격렬하게… 피콜로와 트롬본이 가세하며 천둥, 번개, 비바람을 불러오는 광란의 체위… 닿을 듯 말 듯 아련하게 도달한… 지휘자의 지휘봉이 멈춘 그곳… 시원의 어느 골짜기에서 들려오는 정체 모를 짐승의 비명, 신음, 울부짖음…."

호텔의 예약된 룸으로 채 들어서는 순간, 오케스트라의 막이 내려지고 말았다. 그녀가 상상했던 최악의 시나리오가 주성의 옆자리를 차지하고 있었다. 뒤돌아 도망치고 싶었으나 이미 두 사람의 눈에 포획되고 말았다.

– 어서 오세요, 반갑고 고맙습니다.

– 네에, 안녕하세요?

희수는 두 사람이 일어서서 빼주는 그들 맞은편 자리에 앉았다.

– 이이로부터 말씀 많이 들었습니다. 첫사랑이었다죠?

– 글쎄요, 진정한 사랑이었다면 아마 결혼했을 테죠. 주성 씨가 저에게서 마음이 떠난 것으로, 자존심에 먼저 차느라 일이 이 지경이 되고 만 것 같습니다.

– 푸하하하–허허허허–크크흐흐.

당황스런 분위기에 아무 말이 튀어나왔는데, 세 사람은 유쾌하게 웃었다.

대화를 이어가는 동안 희수는 그 자리가 그리 불편하지 않게 느껴졌다. 지극히 자연스런 분위기를 주성의 아내가 이끌고 있다는 사실이 놀라웠다. 희수와 주성을 순수 멜로드라마의 주연으로 캐스팅한 후 아름다운 작품을 연출하고 있어 마치 황순원의 〈소나기〉를 감상하는 듯했다. 부부간 확고한 믿음과 신뢰와 사랑이 바탕 되지 않고서는 불가능한 전개였다.

거의 소나기가 끝나갈 무렵, 주성의 아내가 희수에게 자그만 쇼핑백을 건네며 자리에서 일어섰다.

- 두 분, 그동안 못다 하신 이야기 많을 테니 자리 비켜드리겠습니다.
- 네에? 어머!
- 시아버지께 두 아이를 맡겨놓고 왔답니다. 아시다시피 수술 후 아직 완전히 회복된 상태가 아니셔서요.
- 그러면 이 남자 제가 가져도 되는지요?
- 사랑은 움직이는 거라고 하더군요. 주성 씨가 어디로 움직이는지도 관전 포인트가 될 것 같습니다.

수준 높은 유머와 위트로 사람을 들었다 놓았다 한 후, 그녀는 바람처럼 사라졌다.

- 내가 주성 씨 잘 놓아드렸네. 저리 현명하고 엽렵(獵獵)한 아내를 맞이했으니.
- 우리 자리 옮길까?

주성이 동문서답으로 분위기를 바꿨다.

호텔에서 나온 두 사람은 한적한 커피숍을 찾아 들어갔다.
천장에 매달린 스피커에서 테미 와이넷(Tammy Wynette)이 애절하게 〈Stand By Your Man〉을 호소하고 있었다.

~~~~~

Sometime it's hard to be a woman

Giving all your love to just one man

~~~~

고등(高等) 동물 • 309

짙은 허스키한 음색의 여가수 노래에 희수는 왠지 모를 감정이 복받쳐 왈칵 눈물을 쏟았다.

- 어어 이 사람이?

주성이 테이블의 냅킨을 한 움큼 집어 희수에게 건네며 등을 토닥였다.

- 내가 어찌됐나 봐. 이 노래가 무슨 뜻인지도 모르는데, 왜 이렇게 눈물이 나지?
- 유감 많은 노래야. 카니발 축제에서 블루스 출 때 장○○이 부른 〈댄서의 순정〉 뒤에 이 노래가 흘렀거든. 그날 내가 더 많이 울었을 거야.
- 그날 생각하며 부정한 생각을 품고 왔거든. 부인 보는 순간 엉큼한 마음이 삼십육계 줄행랑을 쳐버렸어. 두 사람 나 옛 먹이려는 작전이었지?
- 이봐요, 의사양반! 사람 팔다리는 잘 고치면서 마음 읽는 건 어째 영…. 쯧쯧.
- 내가 너무 창피하고 부끄러워서 그래.
- 카니발축제 이후 희수와의 모든 교신이 차단된 상태에서 입대를 했잖아. 강원도 최전방 첩첩산중, 군대가 아닌 감옥이었어. 뒤주 안에 갇힌 사도세자가 생각나더라. 밤마다 탈영을 꿈꾸었지.
- 그래서 그 사고를 쳤니?
- 살기 위해 한 일이 일기 쓰기였어. 결혼하며 스무여 권 되는 일기

장을 버릴까 고심하다 그냥 두었어. 역사를 잃은 민족에게 미래가 없듯, 내 청춘의 가장 아팠고 찬란했던 과거를 부정하고 싶지 않았거든. 일기장을 아내에게 들킬까 봐 전전긍긍하는 나 자신이 한심해 솔직히 털어놓았어. 물론 서로의 신뢰가 형성되었을 때지.

희수는 주성이 운전하는 우주선에 올라 다른 행성을 여행하는 느낌이었다. 부부간 저토록 폭넓고 깊은 대화를 할 수 있다니, 그들의 세계는 자신이 경험하지 못한 미지의 세계였다.

부유한 외가를 축으로, 외부세계와 철저히 담을 쌓은 성(城)안에서 살아왔다. 성(城) 밖은 자신들을 보호하기 위한 파수꾼들이 산다고 믿었다. 비로소 성(城) 밖을 나와 자신들의 집을 관찰하니 한 점점으로도 보일까 말까 한 바깥세상이었다. 인간은 저마다의 우주를 소유하고 있으며 제각각 유일무이한 성을 쌓고 살아간다는 사실을 너무 늦게 깨달았다.

찻집에서 오랜 시간 이야기를 이어가며 희수는 주성에 대해 알았다. 그는 코스닥 상장을 앞두고 있는 중소기업 CEO였던 것이다. 어머니가 그토록 경시하고 무시했던 지방 공대생이 혁신적인 기업을 이끌며 대한민국의 국민소득을 증대시키는 주역으로 우뚝 솟아 있었던 것이다.

집에 돌아온 희수는 조그맣게 포장된 선물함을 열었다. 마음에 쏙 드는 보석 브로치와 편지가 들어 있었다.

~~~
저희의 행복한 가정 뒤에 남편의 열정적이고 찬란했던 과거가 뒷받침하고 있다는 사실을 감사해하고 있습니다. 사랑도 연습이 필요하다고 믿는 편입니다. 열정적으로 사랑하고 아파했던 그 시간들에 깊은 존경과 또한 애정을 표하며….

- 문주성의 아내 ○○○ 드림.

희수는 침대에 누워 허망한 듯 천장을 바라보았다. 샹들리에 가지마다 대롱거리는 불빛이 그녀를 비웃으며 손가락질하는 듯했다. 주성을 잃음으로써 상실한 것들을 하나둘 일깨우며.

"멋진 남성(男性)과 남편, 훌륭한 재영 아빠, 행복한 가정, 존경스러운 스승…."

그 옛날 자신이 주성에게 보냈던 '저급 인간, 하등 동물'이란 문자를 떠올렸다.

지구상의 생명체를 굳이 등급으로 분류한다면 그는 가장 상위개념에 속할 것이라 생각했다.

희수는 몸을 일으켜 폰을 집었다. 그리고 주성에게 톡을 보냈다.

"고등(高等) 동물, 고급 인간!"